TRICK STERS
トリックスターズ

久住四季
SHIKI QUZUMI

———— trickster/
詐欺師,手品師,奇術師,魔術師など、「人をだます者」
というニュアンスの意味を持つ語。

TRICKSTERS

CONTENTS

『登場人物紹介』

佐杏冴奈……魔学結社オズの魔術師。城翠大学客員教授
薬歌玲……城翠大学理事長。同大学の魔学部創設者
三嘉村凛々子……城翠大学魔学部新入生。佐杏ゼミ所属
在真氷魚……城翠大学魔学部新入生。佐杏ゼミ所属
扇谷いみな……城翠大学魔学部新入生。佐杏ゼミ所属
酒匂理恵……城翠大学魔学部新入生。佐杏ゼミ所属
午沼千里……城翠大学魔学部新入生。佐杏ゼミ所属
須津黎人……警視庁捜査一課警部

暮具(くれぐ)　総(そう)…………警視庁捜査一課警部

久遠(くどう)　成美(なるみ)…………警視庁捜査一課警部

手鞠坂(てまりさか)　幸二(こうじ)…………城翠大学医学部新入生。周(あまね)の親友

アレイスター・クロウリー…………二十世紀最高位の大魔術師

◆

天乃原(あまのはら)　周(あまね)…………城翠大学魔学部新入生。語り手

～ 予習（プレ）講義 ～

ゆっくりと目を閉じ、聴こえてくる音楽に耳を澄ませる。
それは――

★

――すべての事件が幕を閉じてから二週間が過ぎたある日のこと。

ぼくは事件解決の後日、手鞠坂に約束させられた通り、本当に合コンに参加することになっていた。相手は同じ城翠大学一年の医学部の女の子たち。場所はもはや言わずもがな――ＪＲ宮古（みやこ）駅から徒歩五分の喫茶店ベイカーである。

「え、え、魔学部？　ほんとに？」

揺らめく蝋燭（ろうそく）の炎に照らされた薄暗いボックス席には男女四対四の計八人がおり、全員の自己紹介が済んだところで、一番左に座った女の子がぼくに質問してきた。別に隠しても仕方が

ないので、ぼくは、本当に、と頷く。すると、

「うわー、すごーい！」

女の子たちのぼくを見る目つきが一瞬で変わった。

といっても、それは決して好ましい部類のものではない。いや、はっきり言って鬱陶しい。開始五分で早くも帰りたくなってきたが、ぼくは精一杯の自制心で無表情を装った。せっかく盛り上がってきた雰囲気に水でも差そうものなら、あとで手鞠坂から何を言われるかわかったものじゃないからだ。

「魔学部ってさ、魔法教えたりするあの魔学部だよね？」

「えーと……たぶん」

たぶんも何も、魔学部は城翠大に一つしかないのだから間違えようがない。そもそも魔学部なんて風変わりな学部は全国を捜しても、ここ城翠大にしかないのだけれど。

「な？　俺の言った通り変なやつだろ？」女の子たちの様子に満足したのか、ぼくの対面に座った手鞠坂が機嫌よさげに笑った。「ま、医学部の推薦合格蹴って魔学部に行くような変わり者は、日本中でも絶対こいつ一人だけだな」

「えー！　医学部辞めちゃったの!?」

「うそー、もったいない！」

女の子たちは珍獣を見る目つきでささやき合う。その様は店内の雰囲気とも相まって、まる

で魔女の密談のようだ。

「……あのね、幸二。頼むから、余計なこと言わないでくれるかな」

ぼくは内心で顔をしかめ、手鞠坂に釘を刺した。口が軽いのはこの悪友の欠点の一つである。

「何が余計だよ。別にいいだろ、隠すことでもあるまいし」

ため息をつく。

手鞠坂とぼくはかれこれ三年近い付き合いの、いわゆる腐れ縁である。だから一週間前、合コンに誘われたとき、ぼくはすでに『ぼくを話のネタにして場を盛り上げてやろう』という手鞠坂の魂胆にも察しがついていた。だから断ってもよかったのだけれど――

（最近、手鞠坂を構ってやる機会もなかったし……まあ、おとなしく道化を演じてやってもいいか）

――などと、妙な仏心を起こしたのである。それが失敗だった。ぼくがたまにやる気なんか出すと、やっぱりロクなことにならない。

ちなみに手鞠坂をはじめとする他の男性メンバーも、全員が医学部に所属している。つまり、この場においてぼくだけが筋金入りの異邦人なのだった。

「じゃあ、じゃあ」別の女の子がテーブルに身を乗り出す。ぼくは嫌な予感がした。「使ってみせてよ、魔法」

……ああもう、絶対言われると思った。どうしようか。でもまあしょうがない。これで場がしらけてもぼくのせいではないだろう。同じ学内でさえこんな齟齬が生じるほどに魔学が浸透していない日本の社会が悪いのだ。つまり政治のせいだ。そういうことにしておく。

「とりあえず魔法じゃなくて、魔学とか魔術って言い方が正しいんだけどね……」

国際社会でも魔学はれっきとした学問として認められており、その実践として魔術がある。したがって、そこには当然〝世界共通の正式名称〟というものが存在する。『魔法』とか『魔法使い』なんて単語は、今の時代、もはや死語なのだ。もっとも、日本は先進国の中でも有数の魔学冷遇国だから、そんな呼び方に気を配る人のほうが稀だけれど。

もったいぶっても仕方ないので、ぼくは「見たい見たい」と騒ぐ女の子たちと、「見せろ見せろ」とはやし立てる男たちをぐるりと見回してから、ずばり結論を述べた。

「——使えない」

場が凍った。

「え？」

訊き返してくる女の子に、ぼくは繰り返す。

「いや、だから使えないんだ」

「…………」

皆が不審げな眼差しになり始めた。さすがに言葉足らずだったかと反省し、続ける。

「だからさ、使えないんだよね。ぼくだけじゃなくて、教授も准教授も学生も含めて、魔術が使える人なんてうちの学部には一人もいないんだ。なにせ魔術を演術できる本物の魔術師っていうのは、今ではもう世界にたった七人しかいないから」

　本当は魔学部には例外がいるのだが、それは黙っておく。先生だって、こんなところで名前を出されても嬉(うれ)しくはないだろう。

……いや嬉しがるか、あの人なら。

　ぼくの話を聞き、女の子の一人が言った。

「あ、そういえばニュースで見たことあるかも。今じゃもう魔術師って絶滅寸前で、世界なんとかっていう組織が全員保護してるって」

　絶滅寸前って野生動物じゃないんだから。それにオズは『世界なんとか』なんて怪しい名前の組織でもない。

　しかし実際、この手の誤解はものすごく多い。魔学部の学生は『魔法』が使えるのだと信じ込んでいる人が同じ学内にも山ほどいる。海外の魔法学園ファンタジーじゃあるまいし、そんな都合のいいことがあるはずもないのに。

　たしかに魔学は学問であり、学問である以上、その知識と教養は万人(ばんじん)が学び取ることを許されている。けれど魔学が持つ本来の神秘と奇跡——魔術を実際に演術できる人間は、世界広しといえど、きわめて少数に限られているのだ。

「例えば教育学部の学生は教師ってわけじゃないし、文学部の学生は小説家ってわけじゃないでしょ？　それと同じで、魔学部の学生も魔術師ってわけじゃないんだ。魔学部の学生はそこらの普通の大学生と一緒だよ。……うん、魔学を研究するのが魔学部。魔術師になりたいんだったら、大学じゃなくて専門学校に行かなくちゃ」

もちろん魔術師専門学校なんて世界中のどこにもないけどね、とぼくは付け加える。

「――――」

一同沈黙。

ジョークのつもりだったのだけど、見事に外した。場にうすら寒い空気が漂う。主催者(ホスト)である手鞠坂にぎろりと睨(にら)まれ、ぼくは首を縮めた。

「で、でもさ」そんな場の空気を払拭(ふっしょく)しようとしてか、女の子の一人が明るく言った。「ほら昔、魔女がホウキに乗って空を飛ぶっていう映画があったじゃない？　わたし、ああいうのって憧(あこが)れちゃうな」

「あ……ああ、いいよな！　憧れるよな、うんうん！」

すぐさま手鞠坂が頷く。が、

「あ、でも」よせばいいのに、ぼくはまたも余計なことを言ってしまう。「そういうのって大抵が実現不可能だったりするんだよね」

「え？」再び場が凍った。「不可能？」

「そう、不可能。『不可能命(ロストタスク)』って言ってね。今のホウキに乗って空を飛ぶっていうのも、実は現代魔学では一つも成功例がないんだ」

「そ、そうなの？」

「うん」これは本当だ。『飛行』を実現した魔術師は、現代では一人も確認されていない。「他にも、動物と話をするとか、鉛を黄金に変えるとか――『魔法』って言葉で世間の人が思いつくことの大半が実現不可能なんだ。実際のところ魔学は万能ってわけじゃないし、そこまで有能でもないんだよ。むしろ結構面倒くさいことが多いわりには、大した事ができない感じ」

　利便性を追求するなら、ホウキなんかで飛ぶより、飛行機のファーストクラスにでも乗ったほうがずっと快適だろう――と、この間先生が言っていたのを思い出す。魔術師とは思えぬ暴言だが、先生自身だって煙草に火をつけるときはライターを使うし、移動のときは電車やタクシーに乗るし、暇なときはゲームで遊ぶのだ。

「……あの、それじゃあ」さらに別の女の子が、おそるおそるといった様子で訊いてくる。

「結局、魔法って何の役に立つの？」

「さあ」首を捻る。「ぼくもよくわからないんだよね」

　実際、少し前までのぼくはそう考えていた。母を助けてくれなかった『魔法使い』や『魔法』に一体何の意味があるのか、と。それは根深いほどの諦観だった。

　けれど最近になって、ぼくは自分の中のそれが、少しずつ別の何かに変化しているのを自覚していた。もちろん、あの人の〝達観〟には到底追いつけそうもないし追いつく気もないけれど、これはこれで悪くない心持ちだった。ぼくがあの事件を通して得た解答。それがこれなのかもしれない。

「――お、そうだ」手鞠坂が唐突に提案した。「周。お前、例の事件の話しろよ」

「事件？」首をかしげる女の子。

「あれ、知らない？　ほら、入学したぐらいに魔学部で騒ぎになったやつ」

「あ、わたし知ってる！　結構噂になってたし」

「えー、何それ？」

女の子たちは興味を持ったらしい。なんだか妙な雲行きになり始めた。

「ほら、周。早く話せって」

「……ええ」

手鞠坂が催促する。たぶん汚名返上のチャンスをくれたつもりなのだろうけれど、ぼくは渋った。

あの事件が一応の解決を見てから今日で二週間ほど経ったわけだが、ぼくは未だに事件の全容を整理し切れてはいなかった。事件の話をするということは、それらすべての情報をきちんと整理して、筋道立てなければならないということだ。それはかなり骨の折れる作業で、正直、面倒この上ない。

加えて、さらに厄介なことがある。それは事件の真相を話してはならないことだ。なぜなら、あの事件の真相は魔術師の密室に永遠に封じられたのだから。

しかし皆、ぼくに期待のこもった目を向けている。どうやら言い逃れできる状況ではないらしい。まったく、手鞠坂も余計なチャンスをくれたものである。

仕方ない。事件の真相は適当にごまかして話すことにしよう。それこそ先生みたく、トリックスターのように——。

「わかった。話すよ」

その一言で、ベイカー店内の片隅に小さな歓声の花が咲く。何をどこから話し始めたものか思案しながら、ぼくはゆっくりと口を開いた。

そう。

私立城翠大学新年度の始まりとともに開幕を告げ、魔学部新入生、並びにその関係者全員(不本意ながらぼくも)を巻き込んだ魔術師の殺人ゲーム。

密室と殺人、魔術とトリック、探偵と犯人、捜査と推理、偶然と必然、愛情と友情、主義と主張……その他諸々(もろもろ)なんでもござれの世紀の一大イベント。先生ならそんな派手な煽(あお)り文句を用意したかもしれない。

でも、ぼくは多少乱暴で強引ながら、あの事件をたった一言でまとめてしまいたいと思う。

すなわち。

あのゲームに勝者はいなかった。

あの事件はただ、世界を転がし、運命すら弄ぶ、魔術師たちの物語だったのだ、と――。

◆ 魔術師からの挑戦状 ◆

『──親愛なる諸君。
　このたびは城翠大学魔学部への入学おめでとう。
「我」は新入生諸君の入学を心から喜ぶものである。
　若き諸君ら一人一人の小さな肩には、大いなる魔学の明日（あした）が荷（にな）われているのだということを忘れず、日々学業に精進してもらいたい』
『さて、本日は諸君らに一つ報告したいことがある。
「我」は諸君の有望なる前途を祝し、またその日々の励みとなるように、諸君にあるゲームへの参加をお薦めしたい。これは魔学を信奉し、魔学のために挺身（ていしん）する諸君にとって、まさにこの上なくふさわしいゲームである』
『安心したまえ、内容（ルール）は簡単だ。

すなわち、これから行われる六つの講義の中には、ある七つの欺計(トリック)が施されている。

……繰り返す。

——これから行われる六つの講義の中には、ある七つの欺計が施されている』

『さあ、賢明なる諸君。

七つの欺計をすべて看破し、隠された真実を推理せよ。

この謎(なぞ)が解き明かされるまで物語(ゲーム)は続けられる。

「我」はいつでも諸君のすぐそばにいる。

すべてが白日の下(もと)にさらされたときこそ、「我」は諸君の前にその姿を現すであろう』

『「我」は魔術師。七番目の欺計をこの手に握り、扉の奥にて諸君を待つ。

それではただ今より、物語(ゲーム)を開始する……』

【第一講】魔学部入学ガイダンス

1.

さて。

もしも事件のことを正しく話すのならば、それはやはりぼくが魔学部に入学を果たし、その説明会に出かけた日のことから始めるのが一番適当だと思う。ぼくはその日、魔術師と出会ってしまった。今思えば、あの時点から、ぼくの名前が物語の登場人物表にリストアップされてしまったのだろう。

「…………」

四月第一週の火曜日。朝、八時四十分のことである。

愛すべき学び舎である魔学部に通学する途中で、ぼくはあまりにも唐突で理不尽な死を迎えようとしていた。

死因——内臓圧迫による窒息死。

凶器――『通学ラッシュ』。

がたんごとん、という規則的振動のたびに襲い来る、四方八方からの重圧に身を翻弄されながら、キャンパスライフ初日からぼくはうめいた。

「……苦しい」

早朝ラッシュ時における都内各鉄道の乗車率は半端ではない。狭い車両が、文字通り隙間なくぎゅうぎゅう詰めになる。車両が破裂してしまうのでは、と心配になるほどだ。

早稲田、慶応、明治などの都内有名私学とも同列に数えられ、入試偏差値も難関大のレベルに達している生粋の名門校、私立城翠大学。そのキャンパスがある宮古は、東京都を横断するJR中央総武線沿線のちょうど真ん中辺りに位置している。自然、車内は都心部へと向かう通勤通学の乗客でごった返す。

他県の一地方都市出身であるぼくは、過度な人ごみにあまり慣れていない。どっちを向いても人、人、人、――しかもそれが波のように迫ってくる今の状況は、正直耐えがたいほどの苦痛だった。

明日からはもう少し早い電車で来ようか。いや、それともいっそのこと宮古に引っ越してしまおうか。でもこの時期、はたして都合のいい物件が見つかるのか。今のアパートにも入居したばっかりだし――

〝……次は宮古、宮古でございます……〟

押し合いへし合いの車内にアナウンスが流れる。ぼくはとりとめのない思考を中断して、ドアのそばに近寄ろうとした。

と、そのときだった。予想外の出来事が起こった。

「おい、そこな若人。ちょっと訊きたいことがあるんだがな」

この身じろぎすら難しい窮屈な状況で、いきなり背後から肩を叩かれたのである。

最初は痴漢かと思った。混雑した車内だし、何より最近は男女問わずそういった行為を働く悪質な連中も多いと聞いていたからだ。しかし、よくよく考えれば痴漢が話しかけてくるわけがないのであり、このときのぼくの見解は的外れと言わざるを得ない。

振り返ると、声の主は若い男性だった。背が高く、周囲から頭一つ抜きん出ている。理知的に整った美形で、髪は無造作なシャギーカット――一見してモデルみたいな人だった。左耳から垂れている長いチェーンピアスもその印象に拍車をかけている。とりあえず、朝の満員電車に驚くほど合っていない。

「えーと、なんでしょうか」

ぼくは警戒半分で訊き返した。すると、うむ、とその男性は横柄に頷いて、

「城翠大学に行きたいんだがな。実は降りる駅がわからん。教えてくれ」

と言った。

「……次の駅ですけど」

ぼくがそう答えると、

「次？　ふうん、そうかそうか。そいつはちょうどよかったな」

謎の男性は笑いながら、ぼくの肩をぽんぽん叩いた。ぎゅうぎゅう詰めの車内でなぜこんなことができるのだろうか。

……どうやら痴漢ではないらしい。しかし新手の宗教勧誘かもしれない。ぼくが訝ったときである。

「ふうん？」

男性は目を細め、じっとぼくを見返してきた。その人のほうが背が高かったので、ぼくは見下ろされる形になる。

「あの……なんですか？」

「いやいや」男性は笑みを浮かべ、「お前、今疑問に思ったんだろう？　どうして俺が、お前に大学への最寄り駅を尋ねたのか、と」

「は？」

「ふふん、そんなもの、ちょっと考えればすぐにわかる。初歩的な推理というやつさ」

ぼくが目を丸くしている前で——何しろ、いきなりお前よばわりだ——男性は一人でしゃべり続けた。

「それはこの俺が、お前のことを城翠大の学生であると一目で見抜いていたからだよ。大学の始業時間まで残り二十分、その最寄り駅に向かう電車内で、しかも明らかに学生然とした人物。ここまで考えれば結論は一つだ。どうだ、違うか？　──天乃原周」

「え？」

　虚を突かれて、ぼくは男性を見上げた。彼は、ふふん、と笑うのみだ。

　と、電車は徐々に速度をゆるめながら駅構内にすべり込み、最後にがくんと揺れて停車した。

　降車には骨が折れるだろうと踏んでいたが、なんと男性は「どけ」とばかりに人の壁を力任せに掻き分け、無理矢理ドアのそばまで近寄っていった。公衆道徳も何もあったものではなかったけれど、おかげでぼくはその後ろにくっついていくだけでよかった。

「いや助かった。礼を言うぞ」

　ホームに降り立ったところで男性が言う。人ごみに隠れていてわからなかったが、革製のスプリングコートに手袋という統一されたスタイルだった。顔以外は一切素肌をさらしていない、非常にハードボイルドな装いである。

　男性はいきなり煙草のパッケージを取り出すと、ライターで火をつけた。

「日本の若者は不親切だとか聞いていたんだが、そう捨てたものでもないいな」

「……はあ」

「で？　大学に行くにはこのあとどうすればいいんだ？」

「えーと、大学に行くんだったら、普通、地下鉄ですけど」

「地下鉄か」男性は煙を吐き出し、「……ふん、そういう主要アクセスはやめておくか。ここから先の経路はかなり限定されてくるし、どこで追っ手が待ち伏せしているともわからんからな」

「……追っ手、ですか？」

「ああ、いやいやこっちの話だ。ちょっとしたゲームの話さ、気にするな。それより世話になったな。俺は写楽芳成（しゃらくほうせい）という」

「はあ、写楽」

変わった名前ですね、とはもちろん言わない。というより言えない。そんな不穏当な発言をしてこの場が無事に収まると思うほどぼくは楽観主義者ではないし、まして面倒事に自ら首を突っ込みたがるような好奇的性分でもない。だから、そうですか、と頷くにとどめておいた。

いや、そんなことよりも。

「あの……どうしてぼくの名前を？」

男性は、ん？　と一瞬眉（まゆ）をひそめたが、すぐに口（くち）の端（は）を持ち上げながら何かを放ってよこした。反射的に受け取ってみると――それはぼくの財布だった。

「それがないと改札で困るだろう？」

煙草を吹かしながら、男性は平然と言う。財布には定期と学生証が入っているから、たしかにこれを見ればぼくの名前も、ぼくが城翠大生であることもわかっただろう。いや、この際それはいい。問題はそこではなくて――

「あの、これ……」

「ま、タネ明かしすればそういうことさ。じゃあな。縁があったらまた会おう」

ぼくが問う間もなく、男性は両手をコートのポケットに突っ込むと、くわえ煙草のまま颯爽(さっそう)と踵(きびす)を返してしまった。左耳では銀のチェーンピアスが踊っていた。

その後ろ姿を呆然(ぼうぜん)と見送りながら、ぼくは沈思する。財布は鞄(かばん)の底に入っていた。だから、うっかり落とすなんてことはまずない。つまり、この財布は男性の手によって意図的に鞄から抜き取られたことになるわけで、要するに――

「……泥棒(スリ)?」

これが、ぼくと〝魔術師〟――佐杏冴奈先生とのファーストコンタクトであった。

2.

魔術師。

魔学を語る上でその存在は絶対に無視できない。魔学は魔術師に始まり、魔術師に終わる。そう言っても過言ではないだろう。

人類史とも同等のはるかな歴史を持ち、星占、錬金、心霊といった、いわゆる非科学的現象の研究、応用を目的とする魔学は、二十一世紀を迎えた現在、世界中で高い理解と評価を得ている。魔術師はまさしく、その魔学という学問体系の頂点に立つ存在なのだ。

『魔術師』とは職業でも資格でも称号のことでもない。それはいわば〝才能〟の名である。走るのが速いとか、料理を作るのがうまいとか、数十桁（けた）の暗算が一瞬でできるとか――そういった個人が持つ才能のうちの一つ、既存（きそん）の物理法則を平然と無視し、様々な超常現象を実現する『魔術』を演術できるという、恐るべき才能の名前だ。

世界史の教科書を開けば、彼らが歴史にどれだけ影響を与えてきたかがよくわかる。かの世界三大宗教の開祖をはじめ、ナポレオン、ジャンヌ・ダルク、ナイチンゲール、国内でも聖徳（しょうとく）太子（たいし）や織田信長（おだのぶなが）など、そうそうたる顔ぶれが魔術師であったことが確認されている。

魔術師には、実に様々な人間がいた。

数ヶ国にまたがる大戦争を調停して救世の英雄となった者もいれば、独裁者として戦禍を拡大し星の数ほどの命を死と破滅に追いやった者もいた。干涸（ひから）びた大地に雨を呼び潤いをもたらした者もいれば、戯れに都市を焦土へと変える者もいた。他者に生の喜びを教える者もいれば、死の悦（よろこ）びへと誘（いざな）う者もいた……。

ときに幸福と希望を分け与え、ときに不幸と絶望を撒（ま）き散らし、一部では神や悪魔そのものとも崇（あが）められ畏（おそ）れられてきた彼らは、その知力と魔術をもって常に世界を動かしてきた。いわば魔術師は、有象無象の脇役をその才知とカリスマで先導する主役なのだ。——世界を転がし、運命すら弄ぶ、世紀の魔術師たち。

しかし。

その魔術師たちも、時代の移ろいとともに数が減り、現代においては世界中にたった六人を残すのみだという。

「……だから、今年の魔学部は受験者数が多かったわけだ」

地下鉄大学東口駅ホームに到着後、混雑にまじって階段を上がりながら、ぼくはそんなことを考えた。

地上に出ると、すぐそこがキャンパス東門である。ぞろぞろと民族大移動のような人の流れに身を任せ、ぼくは魔学部棟を目指す。

城翠大宮古キャンパスは、二十三区内にありながらも広大な敷地面積を有している。元々は都内に分散していた各キャンパスが、数年前の魔学部創設と同時に、ここ宮古に統合移転されて現在の形になったらしい。文、教育、総合科学、理、工、魔の六つの学部棟を擁しており、どれも近代的なデザインをしている（医学部は付属病院があるため、一棟だけ場所が三鷹だ）。それらを繋ぐ石畳が舗装され、緑地や並木が造成された構内は開放感があって、『大学』というよりもどこか『公園』といった雰囲気である。

そしてキャンパスを上空から眺めたとき、それら学部棟の配置が描く円——その中心には、白い荘厳な時計塔がそびえている。どこかのテーマパークにあったものを移築、改修したもので、城翠大のシンボルにもなっているそうだ。

その時計塔を確認すると、時刻はもうすぐ九時になろうとしていた。

本日、新入生はそれぞれの学部棟にて、講義や単位取得などの入学説明会(ガイダンス)に出席しなければならない。講義そのものはないが、所属ゼミの取り決めなども行われるので遅刻するわけにはいかないのだった。

ぼくはやや急ぎ足でキャンパス南方へと向かう。と、なだらかな坂の上に建物が見えてくる。それこそが城翠大学魔学部。全国でも他に類を見ない、きわめて稀有(けう)な学部である。

魔学とはいわば非科学だ。人が自力で空を飛んだり、動物としゃべったり、鉛を黄金に変えたりと、そういった非常識を大真面目(おおまじめ)に研究する学問である。ゆえに魔学は、科学の恩恵を享受してきた先進国であればあるほど社会に浸透しにくいという性格を備えている。世界有数の先進国である日本は、まさにその代表国だ。事実、日本では『科学的根拠に乏しい』『非科学的である』と、魔学はその存在を言下(げんか)に切り捨てられてきた。

城翠大学魔学部は、そんな日本に魔学の研究、教育を目的として創設された、我が国唯一の魔学研究機関である。

しかし、歴史の浅さのわりにこの学部、毎年結構な受験者数を誇っており、関係者の間では『入学困難』とまで評されているというから驚きだ。なにがウケるかわからないのが今の世の中だが、これはまさにその典型と言えるだろう。きっと物好きが多いのだ、とぼくは分析している。

「……?」

と、その魔学部の正面に、大勢の人が集まっていた。

受付かと思ったが、すぐに違うと悟る。まず嫌でも目につくのが、玄関前にずらりと立ち並んだ黒いスーツの男たちである。全員がなんと外国人。周囲に厳しい視線を張り巡らせており、まるでマフィアだ。しかも彼ら、一体何をしているのかというと、魔学部棟に入っていく人間を一人残らずボディチェックしているのである。大学キャンパスに強面(こわもて)の黒服が集合した光景は、かなり異様なものだった。

(……何かのイベントだろうか?)

しばし考察したあと、そんな結論にたどりつく。大学なんてところは変人の巣窟(そうくつ)で、ある意味、毎日がお祭り騒ぎだと聞いていたからだ。

しかし。

彼らの胸元のプレートを見て、ぼくはすぐにその正体を悟った。そう、そのプレートに六芒(ろくぼう)星(せい)を象(かたど)った紋章が刻まれていたのである。

(……オズだ。すごい。初めて本物見た)

先進国でありながらも唯一世界的な魔学振興国として名高いイギリスの首都ロンドンには、

《オズ》という魔学結社の本部が置かれている。正式名称は『Order of the Zenith』、略して《OZ》――直訳すると『天頂の結社』というらしい。組織でも機構でも協会でもなく、結社というところがまた時代錯誤なのだが、この世界数十ヶ国がこぞって加盟しており、国連常任理事国すらもその発言が無視できないという魔学結社は、現在、世界に六人しか確認されていない魔術師全員を、『全人類の遺産』と称して徹底的な管理下に置いているのだ。

魔術師としての才能の有無は、完全に先天性に左右される。ゆえに現代における魔術師の歴史的重要性は到底計り知れない。存在するだけで歴史に名が刻まれるほどの、文字通りの『遺産』なのだ。

が。

今年度初頭、このオズが発表したある報告が、加盟各国に激震をもたらすことになった。すなわち、このたび、その六人の魔術師のうちの一人が、オズ本部を離れ、非加盟国である日本に長期滞在することになった。しかもその魔術師は、招聘した日本の大学側の意向に応じて、しばらくの間、同大学にて客員教授の職に就くというのだ。

魔学に関心の薄い日本のメディアでは大した話題にもなりはしなかったが、全国に確実に存在するミーハーな魔学ファンが、この話に飛びつかないはずがなかった。

そんなわけで今年度の魔学部受験者数は激増した。老若男女問わず受験者が殺到し、願書提出時の最大倍率はなんと三桁に達したとも言われている。もちろん、眉唾ではあるけれど。

黒服の男たちは、おそらく魔術師を警護するべく派遣されてきたオズのエージェントなのだろう。

あまり気が進まなかったけれど、ぼくもボディチェックを受けた。別に危険物など所持している覚えはないので当然パスする。

自動ドアから、棟内へ。

魔学部棟は七階建ての研究棟に三階建ての講義棟がくっついたL字型の建物だ。外観は煉瓦調でアンティークな感じだが（さすがは魔学部）、内装は新しく、まるで企業がオフィスとして使うインテリジェントビルのような趣きである。廊下の天井隅では監視カメラがしっかり睨みをきかせていた。

「たしか二階の大講義室だったかな」

ぼくは玄関を入ってすぐ脇の階段を上り、廊下を歩く。幸い各所に案内が張られていたので迷うことはなかった。廊下の突き当たりにある会場の大講義室にたどり着くと、その重い扉を押す。

大講義室は、部屋というより、ホールと言ったほうが正しかった。椅子と机が一体になった長座席が、中央、右、左の三列で扇形を描いて後方へと連なっている。全席合わせて二百人は座れるようだ。今はその半数以上が、ぼくと同じ新入生の顔ぶれで埋まっていた。ホールそのものが階段状になっていて、前列に進むほど低くなっており、最前のスペースには教壇と教卓が設えられている。その脇に十数人ほど教官とおぼしき人々がパイプ椅子に居並んで話をしていた。学生側も、友人と私語をかわす者、空いている席を探して立ち歩く者といろいろで、大講義室は喧騒に包まれていた。

そして、やはりここにも黒服の姿があった。壁際に等間隔で立ち並び、場内の警備をがっちりと固めている。

時刻はすでに九時を回っていたが、どうやらガイダンスはまだ始まっていないらしい。

（大学側が時間にルーズで助かった）

一安心して、ぼくは空いている席を探した。人の多さに少し怯みつつも、なんとかホール前方の空席をゲットする。

すると、会場全体にふぉぉぉぉ～ん、い……という耳障りな音が響いた。教壇上のマイクのスイッチが入れられたのだ。学生たちから喧騒のさざなみが引いていく。

『――それではこれより、今年度の魔学部新入生入学ガイダンスを始めたいと思います』

壇上に一人、スーツ姿の女性が立った。

やわらかい声の通りに、上品な面差しの女性だった。歳は三十代だろうか。肩まで伸ばした黒髪に、グレーのツーピースを着こなしている。胸ポケットにはインゴットの万年筆が光っていた。渋い趣味だ。

その女性には見覚えがあった。昨日の入学式でも、彼女は講堂のステージで新入生全員に対して挨拶していたからだ。

『新入生の皆さん、入学おめでとうございます。城翠大学魔学部へようこそ。わたくしは城翠大学理事長を務めている、薬歌玲と申します』

壇上の女性は集まった学生たちを見渡して、目尻に皺を作って笑いながら、ゆっくりとしゃべった。少なからず場内がどよめく。

――城翠大学理事長、薬歌玲。少しでも魔学に興味のある日本人ならば、彼女の名前を知らない者はいない。

本名は『クスコ・レイ・ロア』。〝ロア〟というのは、彼女の英国籍での苗字であり、そして彼女自身が、かの欧州名士一族である〝ロア家〟の出自であることを示している。ロア家については、これも日本でこそ知名度は低いものの、海外――特に欧州の政財界では雷鳴よりも通りがいいはずだ。

イギリスのロア家といえば、イタリアのメディチ家、フランスのリュシー家、ドイツのローゼンバラッド家とも並ぶ、欧州名士一族の一つである。

十五世紀中盤から国内経済をじわじわと掌握し始めたロア家は、十八世紀以降、産業革命とともに興った資本主義の波に乗り、一気に国内経済のスターダムに台頭、同時に国外への事業展開も推し進めて大成功し、爆発的な躍進を遂げた。現代においてもイギリスでのロア家の地位は不動のものとなっており、化成、電器、重工、保険、不動産――いくつもの企業を束ねる一大グループとして、政財界を牛耳(ぎゅうじ)っている。

しかし。

ロア家は世界有数の企業母体であると同時に、もう一つ裏の顔を備えている。それはすなわち魔学に対して非常に造詣(ぞうけい)の深い一族であるということだ。事実、ロア家はその史上、多くの企業家を世に送り出すとともに、それと同等数の優れた魔学者を輩出してきた。

その血が彼女――薬歌玲にも流れていたのだろう。日英のハーフとしてイギリスで育った彼女は、十六歳の頃(ころ)、帰国子女として来日し、城翠大付属高校に入学。卒業後、そのまま城翠大教育学部に入学する。しかし己の出自も関係してか、魔学研究を志望した彼女は、城翠大教育学部卒業後、魔学研究の本場であるイギリスのケンブリッジ大学魔学大学院に進学した。

名家(めいか)の血に継承された天才の因子を遺憾なく発揮した彼女は、修士及び博士課程を計二年も飛び級(スキップ)して修了。その後、異例のスピード出世を遂げ、わずか四年で准教授にまで駆け上がる。その間、研究活動にいそしむかたわらで教鞭(きょうべん)を振るった。二年後、彼女は日本に帰国。母校である城翠大教育学部で教授に就任。その翌々年には教育学部の学部長に就任する。

同年、城翠大理事長選に出馬し、見事当選を果たした彼女は、ついに大々的な学内の構造改革に乗り出す。このときすでに彼女の頭の中には、ある一大プロジェクトの構想があったに違いない。……いや、魔学振興国イギリスで生まれ、その中でも特に魔学に造詣深い環境で育った彼女のこと、もう一つの母国である日本が魔学に対してあまりに無知である様を目の当(ま)たりにしたとき、すでにその構想の種は、彼女という土壌に植え付けられていたのだろう。そしてその種は、才能という水を吸い、努力という光を浴びて、見事花を咲かせるに至った。

理事長当選から三年後、彼女は偉業を成し遂げる。それが国内初の魔学研究機関――つまり、この城翠大魔学部の創設だ。これにより薬歌玲は、まさに国内における魔学研究の先駆的存在(パイオニア)となったのである。

そして今回その魔学部に、オズから魔術師を迎えることを実現させたのも彼女だ。その辺りはきっとロア家が彼女の働きかけに従って政治的に仕組んだりもしたのだろう、とぼくは邪推している。

『この魔学部が創設されてはや数年。まだまだ歴史の浅い学部ではありますが、皆さんのこれからの学生生活が明るく健やかなものとなりますよう、教官一同、全力でサポートしますのでご安心ください。わたくしも、当学部の一教授として及ばずながら力を尽くす所存ですので、皆さん、どうぞよろしくお願いいたします』

丁寧に挨拶して頭を下げる薬歌理事長。会場から拍手が起こる。十代の若造たちにも礼儀正しいその態度は立派としか言いようがない。幼年期、少女期を英国の上流社会で過ごしているため、礼儀を重んじる姿勢が自然と身に付いているのだろうか。

薬歌理事長は壇上を辞した。入れ替わりに、白衣を着た初老の男性がマイクの前に立つ。オーラが違うとでも言おうか、理事長にくらべるとどうしても見劣りするのは否めない。

「えー、はい、それではガイダンスに移りたいと思います。みなさん、お手持ちのパンフレットを開いてください……」

学生たちはがさがさと荷物を開け、入学式で配られた大学案内パンフを取り出した。

時間割の作成や聴講受付の確認、センターの端末から大学サーバーにログインする方法、履修の登録手順、学部棟利用の注意など――次々となされるそれらの説明を、ある学生はメモし、またある学生はぼーっとして聞き流していく。

「えー、それでは以上で説明を終わりたいと思います。続いて各ゼミと、その担当教官の紹介に移ります……」

かすかに場内がざわつき始める。退屈な説明が終わって緊張がゆるんだ――それもあるだろう。しかし学生たちの興味と関心は、明らかにある一つの共通志向に束ねられて、壇上横に居並ぶ教官たちに注がれていた。

(――一体、あの中のどれが噂の魔術師なのだろうか?)

世界に六人しかいない本物の魔術師との対面。まさにここからが本日のメインイベントとばかりに、学生たちから熱気と興奮が立ち昇る。

「えー、それではまず、錬金学科の先生方からお願いします……」

しかしそんな期待をよそに、教官と各ゼミの紹介はきわめて淡々と始まった。教官が壇に上がり、自分と、自分の講座のプロフィールを述べていく。

魔学部には四つの学科がある。すなわち隠秘学科、神智学科、錬金学科、魔学史学科の四つだ。それらはさらに各講座へと枝葉のように細分化していて、新入生はこのいずれかの興味ある講座を選択、所属して、研究ゼミを作ることになっている。

そして例の魔術師先生も一つゼミを担当するらしい。誰もがそのゼミを目当てにしていることは間違いない。だからこそ、その魔術師の顔を見逃すまいと、目を皿のようにしているのだ。

が、

「――以上で、魔学史学科のゼミと教官の紹介を終わります」

そんな期待を裏切るように、教官とゼミの紹介はあっさり終わってしまった。肝心の魔術師がどの人物だったのか、それらしい説明もなく。

学生たちの間に不満げなざわめきが生じ始める。

『――皆さん、長い時間お疲れ様でした』薬歌理事長が再び壇上に立った。『続いて各ゼミの割り振りに移りますが……実は魔学史学科の担当教官には、もう一人だけ学外からお招きした先生がいらっしゃいます。本来ならその方にもゼミ紹介をしていただくべきなのですが、ちょっと大学への到着が遅れていらっしゃいまして――』

と、そのときだった。

突然ホール前方の扉が開き、黒服の男が駆け込んできた。壇上の理事長に近寄ると、何事かを耳打ちする。理事長は驚いたように顔を離し、

「……では、お着きになったのですね？」

と、黒服に訊き返した。突然の出来事で場内が静まっていたため、その声は比較的ホール前方に座っていたぼくのところにも聞こえてきた。

「それで、佐杏先生は今どこに？」

理事長が言う。再び扉が開いたのは、それと同時だった。

「いやー、悪い悪い。少し遅刻してしまったか？」

一人の男性が会場に姿を現した。長身で、モデルのように洗練されたスタイルとファッション。そして、左耳から胸元にかけてきらきらと銀のチェーンピアスが揺れている。

ぼくはその人物を見て目を丸くした。

「東京はロンドンよりもごちゃごちゃしててわかりにくいな。おかげで迷ってしまったぞ、まったく」

「ミスター佐杏……！」

口調こそ憤っているが、実際にはにやにやとした笑みを浮かべながら、尊大に悪態をつく男

性に、理事長が慌てた様子で詰め寄った。

「勝手なことをされては困ります！　護衛のエージェントを振り切って、一人で大学にまでいらっしゃるなんて……」

「ふふん、勝手ね。そりゃあ勝手にもするさ。本来人間なんて自分勝手なもんだろう。自分の人生は一体誰のものだ？　それは自分だけのものさ。それを誰かに譲渡するのは自由だが、生憎とこの俺は、自分の人生を誰かに譲った覚えも、またその気もないんでね。自分勝手にやらせてもらうとも」

男性は両手を広げ、そらっとぼけるようにべらべらとしゃべった。

「ご自分の立場を自覚してください！　ミスターにもしものことがあれば、わたくし一人では責任を負いかねます。最悪の場合、各国政府と深刻な外交問題に発展する可能性も——」

「は、俺は政治なんてつまらんものに興味はない。そういうのはやりたい人間同士でやっていればいいのさ。俺には関係ない」

「ミスター……！」

「まあ、そう怒るなよ」男性は反省の欠片も見られない、にぃ、という悪党めいた笑みを浮かべると、「大丈夫さ。もしもなんてことが起こってもこの佐杏冴奈、自分の身ぐらい自分で守ってみせる。こーゆーのをたしか日本では、降りかかるキノコは自分で払う、とかって言うんだろう？」

に⁉　茸(きのこ)⁉　……もしかして火の粉だろうか。

「まあ、心配するだけ無駄ってことさ。これでも一応魔術師なんだからな、俺は」

その言葉に、さすがの理事長も返事に詰まった。

──魔術師。

騒がしかった場内が水を打ったように静まる。その一言で皆が圧倒された。

（……魔術師だって？）

ぼくは目をしばたたく。けれど何度見直してみても、たった今会場に現れた人物は、今朝(けさ)、電車で会ったあの男性に間違いなかった。あの人が魔術師？

「……ところで、だ」

数百という観衆を即座に黙らせ、その注目を浴びた超越者は、コートのポケットから小さな箱を取り出すと、誰にともなく言った。「ここは煙草を吸っても大丈夫なのか？」

3.

突然の出来事に職員は取り乱し、学生は面白半分で騒ぎ出し、場内はミキサーでシェイクされたような混乱に陥り──結局、収拾のつかないまま、てんやわんやのうちにガイダンスは終了した。

それでもなんとか配布されたシートの希望ゼミ欄に第一希望から第三希望までチェックをつけ、そのシートが回収されたところで、時刻はちょうど十二時。

場内は未だ騒がしい雰囲気に包まれていた。学生がいっせいに帰ろうとホールの出入り口付近に殺到したこと、そして先程から壇上横で繰り返されている言い合いが原因である。

「お待ちください、まだ話が済んでいません！」

「そいつは残念だな、俺は済んだ」

「佐杏先生！　わたくしにはあなたをお守りする義務が——」

「だからそんな必要ないって言ってんだろう。自分の身ぐらい自分で守れるさ」

薬歌理事長と魔術師の男性である。二人の言い分は完全に平行線だった。というより、男性がひたすらとぼけ続けていて、理事長は暖簾に腕押し、といった状態だ。

まあぼくにはまったく関係のないことである。ようやく出入り口も空いてきて、そろそろ帰ろうと席を立ったときだ。

思いがけないことが起こった。

「……ん？」

理事長と言い争っていた男性が、不意にぼくのほうを向いて怪訝そうな顔をすると、次の瞬間、おお！　と声を上げ、あろうことか理事長を無視してこちらにやってきたのである。

「おい、なんだなんだ。お前、魔学部の新入生だったのか？」男性は大声で言った。

「……ええ、まあ一応」ぼくは周囲からの視線を気にしつつ、小声で答える。「奇遇ですね、佐杏先生」

　男性は一瞬目を丸くすると、

「おいおい、怒るなって」くっくと笑いながら両手を上げて言った。「オーケイ、俺の負けだ。許してくれ。なにせ魔術師ってのは根っからの詐欺師(さぎし)でもあるからな。呼吸をするように嘘(うそ)をついてしまうんだ」

「はあ。……別に怒ってなんかいませんけど」

　ぼくがそう言うと、彼は両手をポケットに突っ込み、

「ふふん、じゃあ改めて名乗ろうじゃないか。俺の本名は佐杏冴奈だ。今度は本当にな」

「わかりました。佐杏先生ですね」

「そう……先生か。うん、そうだな」

　佐杏先生はぶつぶつ呟(つぶや)いて、ふふふ、と底知れない笑みをもらした。不気味だ。

「あの、なんですか？」

「いやなに、いい響きだと思ってな。先生……うん、佐杏先生か」

　一応教授なのだし、ゼミの教官も務めるわけだからそう呼んだのだけど、なんだか先生はその呼ばれ方がいたく気に入ったようだった。まあ、こんな些末(さまつ)なことで喜んでもらえるのならこっちも楽ではある。

「それにしても本当に偶然ですね。驚きました」

「そーゆーわりに驚いてるふうには見えないな」

「そうですかね。……感情表現が下手なもので」

「なるほど。うん、そんな感じだな」何気に失礼なことを言われてしまった。「しかし、偶然ね。俺はどちらかというと、ある種の据膳を感じるけどな」

「は？」

据膳？

食わぬは男の恥？

「……あの、もしかして必然じゃないですか」

「うん、それだ」先生は即座に言った。「起こるべくして起こった出来事、というやつだ。――ふん、日本語は自由度は高いが論理性に欠けている。おもしろいが、難しいな」

「はあ」

魔術師と出会うことが必然だったと言われてもぴんと来ない。もしそうだったとしたら、そこには一体どういう意味があると言うのだろう。

「まあ、ただのオタ話さ。気にするな」

「与太話、ですね」

「ま、そんなことよりも」先生はいきなり話題を変えた。「お前、今暇か？」

「は？」

「だから、時間はあるのかと訊いたんだ。腹が減ったからどこかで食事をしようと思うんだが、俺はここらの土地勘なんてないんでな。お前、どこか気の利いた店を知っていたら教えてくれ」

「それはまあ構わないですけど、でも――」

「佐杏先生！」話を中断された薬歌理事長がすごい剣幕でこちらに飛んできた。「お待ちください。まだお話は終わっていません！」

「ああもう面倒だな」先生はひらひらと手を振る。「わかったわかった、明日ちゃんと聞く。だから今日はもういいだろ」

「そうはいきません。今ここで、きちんと先生にもわたくしの話に合意していただきます」

責任感あふれる理事長の態度に、先生は小さく唸り、

「そう言われてもな。俺はこれからこいつと食事に行くんだよ」

「え？」そう言われて、ぼくは声を上げた。てっきりぼくは店の場所を教えるだけかと思っていたのだが。

「このままここで議論を続けて、もし俺が空腹で倒れでもしたら、それこそ本末転倒じゃないのか？　魔術師を守るのがあんたの役目なんだろう？　ん？」無茶苦茶な弁を弄する先生。

そんな先生を、理事長はじっと見返す。

ぼくが先生の言い分に待ったを入れようかどうか悩んでいると、

「――わかりました」理事長は頑固一徹宣言した。「わたくしも、その食事にご一緒させていただきます」

4.

大学東口駅から地下鉄で宮古駅まで戻り、そこから五分ほど歩く――という道程を、理事長が手配した黒塗りのベンツ（！）に乗って移動する。そして路地裏のショップの群れに埋没してひっそりたたずむ、ある喫茶店に入った。ただいきなりこんな店を紹介するのも、なんだかぼくの人格が疑われそうな気がしてまずいと思わないでもなかったが……まあ、そんな後悔は今更遅い。

きぎぃいぃーいと、軋んだ蝶番の音をさせながら木目扉を押すと、そこはもう夜のような深い闇に包まれていた。

小ぢんまりとした入り口とは裏腹に、店の中は奥行きがあって広い。カウンターも合わせれば三十人は入れるだろう。窓は一つもなく、照明も各テーブルに用意されたキャンドルのみ。そのため店内は昼でもかなり暗い。ぼうっとした蠟燭の火が、壁に飾られたルネサンス期のステンドグラスや、ホールの隅で枝葉を広げる観葉植物の陰影をゆらゆらと浮かび上がらせており、かなり怪しげな雰囲気が漂っている。カウンターでボコボコと泡を吹いているコーヒーサイフォンなど、もはや魔女の黒魔術さながらだ。

しかしそんないかがわしさが一部の学生たちに受けており（いわく、それがお洒落（しゃれ）なのだそうだ）この喫茶店は年中客足が絶えないほど人気があるという。……本当、大学という所は物好きな人種が多い。

かの名探偵が活躍した十九世紀のロンドンの街は常に濃い霧（スモッグ）が立ち込めており、路地裏は昼でも薄暗く、その闇が人々の不安を煽って犯罪の温床になっていたという。喫茶店ベイカーは、そんな雰囲気を意識して店の内装作りを行っているらしい。

「こいつは……また、独特な店だな」

先生の呟きに、ぼくはいきなり後悔した。さすがの魔術師も異様な店内に怯んだのだろうと思ったのである。

けれど、違った。振り返ってみると、先生はむしろ愉快そうに笑っていた。理事長も内装を物珍しげに眺めてはいるものの、特に動じた様子はない。

「ずいぶんといい店知ってるじゃないか、え？」

「ええまあ。友人がここでバイトしてるもので」

先生に小突かれながら、安堵（あんど）しつつ答えていると、

「――あ、周」

カウンターの中からその友人がやってきた。

「ああ幸二、いたんだ」

高校からの知り合いであり、今年、同じ城翠大の医学部に入学した手鞠坂幸二は、こちらにやってくるなりぼくの首に腕を回してきた。

「おいおい、どこの誰だよ、このイケメンと美人のカップルは」

精悍な顔立ちの悪友は、高校時代には水泳をやっていたこともあって引き締まった身体つきをしている。ゆえにその筋力も並ではない。ぼくは身を翻弄されて顔をしかめながら、「先生と理事長」と簡潔に答えた。

「先生と理事長?」手鞠坂は眉をひそめた。「……なんでお前がそんな人たちと知り合いになってんだよ」

「……そんなこと言われてもね。偶然だよ、ただの」いや、先生いわく必然だったか。まあどっちでもいい。「それよりも放してくれないかな。痛いんだから」

ぼくがそう非難すると、

「ふふふ。店も愉快なら、店員もなかなかに愉快だな」

ぼくたちのやりとりを見ていた先生が笑った。

手鞠坂ははっと我に返るとぼくを突き飛ばし、先生と理事長に向き直った。

「失礼しました。二名様ですか?」営業用スマイルを浮かべて言う。恐るべき変わり身。

「そうだな。一応、こいつの席も用意してやってくれ」

先生は、突き飛ばされて壁に額をしたたかに打ちつけ、うずくまって苦しんでいるぼくを指差しながら、笑いを噛み殺して言った。

「かしこまりました、三名様ですね。お席、ご案内いたします」

手鞠坂は先生と理事長を店の奥へと通した。痛む額をさすりながら、ぼくもそれに続く。

四人がけの丸テーブルに着くと、先生はケーキとブルーマウンテン、理事長はサラダとカフェオレを注文した。ぼくはブレンドのみ。

「仲がいいじゃないか、お前たち」カウンターに戻っていく手鞠坂を見ながら先生が言う。

「……どこをどう見れば、そんな結論に達するんですか」

ぼくの反論を笑って受け流し、先生はコートのポケットから煙草を取り出して口にくわえた。パッケージのラベルには〝Cocaine〟（コカイン？）と書いてある。煙草のことはよくわからないけれど、日本では見ないような銘柄だった。たぶんイギリス産のものなのだろう。

「吸っても大丈夫か？」先生は理事長とぼくに訊いた。

「わたくしは構いませんが……」

理事長がぼくを見る。未成年者のぼくの前での喫煙は、理事長としては好ましくないらしいが、

「別にぼくも構いませんよ」そう言った。ぼく自身は喫煙者ではなかったが、他人の喫煙に文句をつけるつもりはない。毒を喰らうも寿命を縮めるも個人の自由というものだ。

先生は煙草にライターで火をつけた。暗闇に小さな炎がともる。すう、と一息吸い込むと、目を細めて煙を吐き出した。

「………」

そうして場が落ち着くと、ぼくはだんだんおかしな気分になってきた。

目の前には、世界に六人しか確認されていない『全人類の遺産』とまで称される魔術師の一人と、その魔術師を招聘することに成功した国内魔学の先駆者がいる。

——はて。どうしてぼくはこんな場違いな席に着いているのだろうか。

ここまでただただ状況に流されてきたぼくだったが、あまりに自分とかけ離れた二人と正面から向き合ったことで、ようやくまともな意識が戻ってきたらしい。今更ながら非常に落ち着かなくなってきた。

「どうした？」

「あ、いえ」

先生と目が合ってしまった。勝手に見ていたのがやましい気がして、ぼくは取り繕うように言う。「先生って……日本人ですよね？」

「なんだ、やぶからへびに」

これはたぶん、やぶからぼう、だろう。

「いえ、だってイギリスから来る魔術師が日本人だとは思わなかったから、驚いたなあって……」決してうまい言い訳でもなかったが、この疑問も本当のところだ。

会場での先生の自己紹介の様子が思い出される。薬歌理事長の許可も得ずにいきなり煙草に火をつけた魔術師は壇に上がると、静まり返った場内を見渡して尊大に名乗った。

「佐杏冴奈。イギリスから来た。魔術師だ。よろしく頼むぞ」

自己紹介というにはあまりに素っ気ないものだったが、好奇心で目を輝かせた学生たちには関係なかった。

(――日本人?)

魔術師と名乗る男性の外見は、どこからどう見ても日本人にしか見えなかった。ざわめきの波紋が広がっていく。魔術師の一人が日本人だったというのは、会場の誰もが知らなかった事実だろう。

「ふうん? けど――」先生はテーブルの隅にあった灰皿を手元に引き寄せると、灰を落としながら言った。「どうして俺が日本人だと思うんだ?」

「え?」

「別に俺は、自分が日本人だなんて自己紹介をした覚えはないがな」

「…………」

それは、まあ、たしかに。髪と目の色、顔立ち、さらに『佐杏冴奈』という名前や、流暢(りゅうちょう)な日本語での会話(多少、語彙(ごい)用法に問題はあるが)から考えて、ぼくが――おそらく会場にいた皆も――勝手にそう思い込んでいただけだ。唯一、そのかなりの長身だけが一般的な日本人男性のそれと照らし合わせて不整合な点だが、それも許容範囲というものだろう。長身の日本人男性がいないわけではないのだし。

先生は、ふふん、と笑って、「髪は染められるし、目はコンタクトレンズがある。顔だって整形できる。名前なんかいくらでも偽れるし、日本語も訓練次第でどうとでもなるさ。それだけの材料で俺を日本人だと断定するのはさすがに短絡的なんじゃないのか？　むしろ、否定要素である身長をどうにかするほうがよっぽど難しいだろ」

「はあ」そう言われるとたしかにその通りだ。ぼくは頷かざるを得ない。「それじゃ、日本人でなかったら、先生、一体どこの国の人なんです？」

「おいおい」先生は手を広げた。「別に日本人じゃないとは一言も言ってないぞ」

「……、あの、じゃあ、やっぱり日本人なんですか？」

「さあな。ベッドも共にしてない人間に、そんなプライベートなことは教えられない」

「………………」

先生の口元にはいつの間にか、心底おもしろがっているようなにやにやとした笑みが浮かんでいた。からかわれているのだ、と遅まきながら気づく。そんな方向に話を持っていかれては、ぼくは沈黙するしかない。

「――先生」場を仕切り直すように理事長が口火を切った。「今朝の件についてなのですが」

「うん？　何のことだ？」

「とぼけないでください。オズの護衛を振り切って、一人で大学まで来られたことです」

理事長の詰問に、先生はどこ吹く風といった様子で煙を吐き出す。

なるほど。先生が今朝言っていた『追っ手』というのは、あの黒服たちのことだったわけか。その追跡を振り切りつつ大学へ向かう——それを先生は『ゲーム』と称していたのだろう。

……ちなみにその黒服たちはというと、今は店の外できっちり守りを固めていたりする。

「どうしてあのようなことをされたのですか」

「ふん、当たり前の権利を行使しているだけだと思うがな」先生は言う。「〝人間は生まれながらにして自由である〟と言ったのはルソーだが、これは実にいい言葉だと思わないか？　俺はこの言葉が大好きだ。つまり、この俺もいつ何時でも自由でいる権利があるわけで、わざわざ日本に来てまで鬱陶しい護衛など無用に願いたいと思ったわけだ。そしてそれを実行に移した。それだけさ」

理事長はため息をつく。

「……先生。〝魔術師の身の安全を保証するべく護衛を付ける〟というのは、あなたを招聘させていただくに当たってオズから要求された条件なのです。それを守れないのであれば、招聘措置は即刻中止、魔術師はただちにオズ本部に帰還させるように、とオズ評議会から達しを受けていまして」

「それで？」

「ですから」理事長は言う。「――先生ご自身がオズ本部の拘束から逃れるためにも、多少の不自由は我慢していただきたいのです」

（拘束？）

ぼくは眉をひそめ、先生を見た。

先生は無言だ。

理事長は続ける。

「魔学部には、オズ本部とも遜色のない一流の設備がそろえてあります。もしこの環境をお気に召していただけるのなら、どうか護衛を付けることだけはご承諾願えませんか。それさえ認めていただければ、もうオズに有無は言わせません。二度とあなたをあんなところには――」

「ふん」先生は鼻を鳴らした。「ずいぶんと、人をモノみたいに言ってくれるな？」

「い、いえ！　わたくしはそんなつもりでは……！」

理事長は狼狽する。そんな彼女を見ながら、言葉の意味を反芻していたぼくは、ふと思い出した。

そういえば少し前にテレビで、その希少さゆえに魔術師を徹底的な管理下に置いて保護しているオズに対し、どこかの人権団体が猛抗議をした、というニュースを見たことがある。いわく、『全人類の遺産』を保護していると言えば聞こえはいいが、オズはただ魔術師を独占したいだけであり、その実態は保護ではなく、魔術師たちの人権を無視した拘束に他ならない――と。

結局、後にその人権団体自体が、実は魔学研究のために魔術師の身柄確保を企んでいたという事実が判明し、事件はお粗末な幕引きとなってしまうのだが、この出来事が世論に与えた影響は大きかった。今ではいくつかの組織や団体が魔術師の人権保護のため、そして広く魔学を普及させ、ひいては魔学全体の発展を促すために、オズ以外でも魔術師の保護を行うべきだと主張して各界に働きかけているらしい。オズが先生の日本滞在を許可したのも、そういった政治的背景があったからなのかもしれない。

たしかに、いかに魔術師が『全人類の遺産』だとしても、あんな大勢の人間に一日中監視されていては気が休まる暇もないだろう。人ごみ嫌いのぼくとしては、いつも見張られているなんて考えるだけでぞっとする話だった。

「勘違いしてもらっちゃ困るな」先生は足を組み直す。その目がかすかに剣呑な光を湛えた。「俺は別にオズに飼われているつもりはない。気に入らなくなれば、いつでも勝手に出ていくさ」

理事長は気圧されたように押し黙る。

そのとき、ちょうど手鞠坂が注文の品を運んできた。

先生は煙草を消すとケーキに手をつけ始める。ぼくはコーヒーをすすりながら、少々呆れつつその様子を見守る。所狭しとテーブルに並んだスイーツの数々が、次々に平らげられていく様はまさに圧巻だった。見かけによらず、どうやら先生はかなりの甘党らしい。

「……よし、そうだな。それじゃこうしよう」コーヒーを飲みながら先生が提案した。「一つ、俺とあんたで、互いの要求を懸けてゲームをしようじゃないか」

「ゲーム？」

「ああ。負けたほうは大人しく勝ったほうの要求を飲むって条件でな。どうだ？」

「突然、そう申されましても……」

理事長は戸惑ったような声を出した。

ゲームか。

「将棋、囲碁、オセロ、麻雀、人生ゲーム……ゲームの内容は何でもいいぞ。ちなみに俺が一番好きなのはチェスで、一番得意なのもチェスだな」先生は楽しそうに言う。

「……ですが、盤も駒もないのですけど」

「別にそんなものなくたって、頭の中でやればいいだろ」

さも当然とばかりに言う。ブラインドチェスか。まともに勝負するとなると、かなりの実力が必要になるけれど――

「あの、申し訳ありません。それはちょっと……」

「なんだ、できないか？」

理事長は丁寧に低頭する。

「ふむ、そうだな。だったらクイズってのはどうだ？」

「クイズ、ですか？」

「そうだ。俺が出す問題に……そうだな、あんたが答えてもつまらん。よし、周。お前が答えろ」

「は？」いきなり引き合いに出されて、ぼくは声を上げた。「ぼくがですか？」

「ああ。まず先にお前に問題を出す。そして理事長さん、あんたはこいつがその問題に正解できるかどうかを賭けろ。どうだ、おもしろくていいだろう？」

しばし思案していた理事長だったが、やがて「……わかりました。それで構いません」と頷いた。自分から持ちかけた勝負で負ければ、先生も筋を通して理事長に従わざるを得ない。そしてこの勝負ならば、理事長の勝率は低くない。そんな計算が彼女の中で閃（ひらめ）いたのだろう。先生は頷き、ぼくを見た。

「で、お前は。周？」

「…………」

なんだかまた状況に流されつつある。正直、ぼくはこういうシチュエーションが非常に苦手だ。事態の中心に立つ役回り——そういうのは、ぼくには荷がかち過ぎる。

けれどこの状況で異を唱えられるほど、ぼくは豪気ではない。なので、結局折れざるを得なかった。渋々頷きながら答える。

「……わかりました。やりますよ」

「よし。それじゃ行くぞ。——南無三（なむさん）！」

「……、説破」

ちなみに正しくは『作麼生』だ。念のため。

「ここにカップがある」

先生は空になったカップをひょいと持ち上げた。もちろんそれ自体、何の変哲もないただの白いカップだ。

「もし俺が今このカップを離したら、このカップはどうなる?」

先生の手の中のカップはテーブルの外にある。先生が手を離せば、カップは万有引力の法則にしたがって落下するだろう。そして硬い床にぶつかって——

「割れてしまうんじゃないですか?」

ぼくは当たり前のことを言う。しかし、先生はあっさりと首肯した。

「そうだな。その通り、正解だ」

「あの、それが問題ですか?」

「話を急ぐなよ。問題はこれからだ。それじゃこのカップが、床に落ちても割れないようにするにはどうすればいい?」

「『床に落ちても割れない』ですか?」先生の奇妙な言葉を反芻する。

「そうだ。だから、カップと手を糸で結んでおくとか、床にクッションを敷いておくとか、そういう小細工はなしだ。あくまでカップは手を離れたあと、この高さから落下して床に落ちる。

それが前提だ」

「カップも、先生が今手に持っているようなものを使うんですね？」

「ああ」

「……そうですか」

ものすごく丈夫なカップを使う、という考えが真っ先に浮かんだのだけれど、却下せざるを得ないらしい。

先生は隣の薬歌理事長を見やる。

「さて、理事長。あんたどっちに賭ける？　こいつの回答は正解か、それとも不正解か」

「そうですね」理事長はしばし思案してから言った。「不正解に賭けます」

先生は、ふうん、と相槌を打ってから「だ、そうだ」とぼくに向き直った。「で、周。解答は？」

「ああ、えっと」ぼくはすぐに考える。カップが取り替えられず、床に落ちないように物理的な細工もできないのなら、カップはどうしたって割れてしまう。ならば残された手段は一つ。それ以外の非科学的な方法を取るしかない。ただ——

ぼくは、ちら、と先生のほうを見る。

「どうした？」

「……いえ」

理事長はぼくが不正解するほうに賭けた。だからもしこの解答が間違っていたら、先生はゲームに負けてしまうことになるのだけれど……。

しかし先生はそんなことにこだわっている様子は微塵もない。だったら、ぼくも今はクイズを解くことだけに専念しよう。そう思いつつ、解答を述べた。

「魔術を使うんじゃないか、と思います」

「ふうん、どういう魔術を使うんだ？」

「カップは宙を落下して、たしかに床に落ちる。そういう前提がある以上、答えは一つです。カップがゆっくり落下するような魔術を使えばいいんですよ」

魔術を説明する際に、わかりやすい譬えとしてよく引き合いに出されるのが『音楽』だ。何の共通点もないように思える両者だが、『魔学は音楽である』という有名な言葉もあるほどで、実はその学問体系は非常に似通っているという。

魔術――その正体は〝音〟だとされている。

といっても、普通の人間に聴こえる類のものではない。常人には決して聴こえない、けれどたしかに存在する〝音〟。世界には稀に（それこそ数千万人に一人という確率で）この〝音〟を感知し、さらにそれを発することのできる超越者が生まれてくる。

すなわち、それが魔術師だ。

そして、彼らが聴き、発するこの〝音〟――常人には感知不能だが、しかしたしかに存在する〝振動〟――それが世界のあらゆるものに作用し、結果、現象が生じる。これが魔術だと言われている。

「その通り」ぼくの解答に、先生は口の端を持ち上げて言った。「正解だ」

　ぼくは胸を撫で下ろした。

　しかしすぐに先生は首を横に振って、

「ただし『あくまで理論上は』って条件付きだけどな」

「え？　あの、どういうことです？」

「たしかにお前の言う通りにできれば、前提を覆さずにカップも割れないで済むだろう。もしも本当にお前の言う通りにできればな」

「それはつまり」

「ああ、そうだ。カップをゆっくり落下させるなんてこと、魔術じゃ実現できねーんだよ」

「……えっと」ぼくは意味を捉えあぐねた。「あの、すみません。よくわからないんですけど」

「──『不可能命題』という魔学用語をご存知ありませんか？」理事長が言った。どうやら彼女はこの問題の正答を知っていたようだ。

「ロストタスク？」

「ええ。これは、現代魔学では実現不可能な事例を指して使う用語です。魔学は超能力のような類のものではなく、れっきとした学問です。ですから、魔学者たちの研究に裏打ちされた法則と理論がある。魔術師はそれに忠実に従って魔術を演術するのです。『魔学は音楽である』

という言葉はご存知でしょう？」

「ええ、まあ一応」

　理事長は頷き、

「魔術師は人間には感知できない〝音〟を発し、世界に〝振動〟を与えることで様々な現象を実現します。ですが闇雲(やみくも)に〝音〟を出せばいいというわけではありません。目的通りの現象を実現するには、〝音〟を体系立て、統制し、一つの楽曲として完成させる必要があります。その作曲――魔術の理論と法則を研究して、魔術式を術譜(スコア)に書き起こすのは魔学者の仕事であり、魔術師はそうして作られた魔術を演術するのです。ですから魔術は、できることとできないことがはっきりしています。カップをゆっくりと落下させる――つまり、物理的な干渉なしに物体を操作するという現象は『念動』という魔術に分類されますが、『念動』は『不可能命題』なのです」

「それじゃ」

「ああ、もうわかるだろ」再び先生。「唯一前提をクリアできる魔術が実現不可能なんだから、この問題はもう解くことができない。こいつは鍵(かぎ)どころか、そもそも扉自体が存在しない密室なんだよ。つまり、カップが床に落ちたら、割れないようにする方法なんかない。それがクイズの解答だな」

「…………」ぼくはなんだか騙(だま)されたような気になって沈黙した。

「どうした、鳩(はと)が水鉄砲食ったような顔して」

　正解は豆鉄砲。これはちょっと惜しい。

「いえ、その……魔学でもできないことがあるんだな、と思って」

「あん？　当たり前だろうが、そんなもん」先生は呆れたと言わんばかりに肩をすくめた。

「おいおい、まさか魔学は万能の学問で、魔術師は万能者だ、みたいに考えてたんじゃないだろうな。何世紀前の伝説だよそりゃ。日本人はみんなそんな感じなのか？」

「いえ、さすがにそこまでは……」

　しかし、似たようなイメージを抱いていたことはたしかだった。

「いいか、物事には程度ってものがある。非科学的な事象を全部魔学で実現できるわけじゃない。科学的な事象を全部科学で解決できないのと同じでな。魔学は現実的(リアル)かつ論理的(ロジカル)。魔術師は空も飛べないし、動物と話だってできない。鉛を黄金に変えるのも無理だし、火や水を自在に操るのさえ至難だ。仮にも魔学部入学者なら、まずはこの前提をしっかり頭に入れておけ」

「……はい」

　魔学はなんでもかんでも思い通りになるような都合のいいものじゃない。数え切れないほどの失敗と血の滲(にじ)むような試行錯誤の歴史に支えられた、一個の学問なのだ。これが、ぼくが先生から教わった最初の講義内容だった。

「ま、なんのかんのと言ってはみたが……カップは床に落ちれば割れる。何の捻りもない、ただそれだけのことだな」

　言って、先生は何の前触れもなく、いきなり右手のカップを手放した。突然過ぎて理事長もぼくも声を上げることすらできなかった。カップは無慈悲なまでにあっさりと床に落ち――

（割れる！）

　と思った瞬間、ぴんっと弾けるような音をたてて、床面すれすれで跳ねるように止まった。先生の耳についていたはずのチェーンピアスが、カップの取っ手と先生の右手を繋いでいて（いつの間に？）落下を防いだのだ。まるで手品のような手際だが、さすがにどきりとさせられてしまった。

「とにかく」悪戯を咎めるように理事長が言う。「ゲームはわたくしの勝ちですね」

「そうなるな」先生はあっさりと認めた。

「では、先生に護衛を付けることを承諾していただけるのですね？」

「ああ、ルールは守るさ。ゲームはルールを守ってこそ楽しめるものだからな」

　理事長は目尻に皺を作って微笑み、頭を下げた。「ありがとうございます、先生」

　しばらくしてから、ぼくたちは店を出た。理事長が車を回すよう護衛の黒服たちに話している間に、

「先生。あの、すみませんでした」

「うん？　何がだ？」

「だって、ぼくが答えを間違えたから」

「別にお前のせいじゃないさ」先生は両手をポケットに突っ込んだ。「あの問題を出した時点で、お前が不正解になることは俺も予想がついてたしな」

「え？」

では、先生はわざとゲームに負けたというのだろうか。一体どうして？

「先生、お待たせしました」

理事長の声に振り向くと、狭い路地に黒塗りのベンツが停車していた。道行く人々が顔を背けている。まあ無理もない。

「あなたはどうしますか？　もしよろしければご自宅までお送りしますけど」

「あ、いえ。大丈夫です」ぼくは理事長の申し出を辞退する。こんな車でアパートに乗りつけた日には、近所でどんな噂が立つかわかったものじゃない。

「――ああ、そうだ。一つ頼みがあるんだがな」後部座席へ乗り込む寸前、先生が理事長を振り返った。

「なんでしょう？」

「なに、大したことじゃない」先生はぼくを指差して言う。「明日はゼミの発表だろう。こいつは、俺のゼミに入れといてくれ」

「は？」

理事長とぼくは面食らった。

「いえ、ですがそれは……」

「なんだ、だめなのか？」先生の表情が不機嫌に歪む。

「そういうわけではありませんが、先生のゼミには希望者が殺到していまして。ゼミ生は公平に抽選で決定いたしますから、一人だけ特別扱いするというのは……」

先生はくぐりかけていたドアから離れ、身を起こした。「つまりだめってことか」

「いえ、その……」

「ふうん、そうかそうか。俺はそっちの頼みを聞いてやったのに、そっちは俺の頼みなんか聞く耳も持たないってわけか。こりゃまたずいぶんな話だな、うん？」

先生が護衛の存在を承諾したのはゲームに負けたからであって、別に交換条件ではなかったはずでは――とは理事長も言えないだろう。そんなことを言えば、先生は今すぐに護衛を振り切ってまた逃亡してしまうに違いない。

「……わかりました」

結局、理事長は折れた。その程度の条件で先生を引き止められるのなら安いものだと考えたのだろう。

「そうそう、最初からそう言えばいいんだよ」

満足そうに頷く先生を見ながら、ぼくは、もしかして、と思う。

先生がゲームに負けたのは、最初からこのためだったのだろうな。自分の目的を強引な交換条件に持ち込んで成立させるために？　しかし、一体どうして？

「……どうしてこちらの方に」

固執なさるのですか、と理事長。ぼくも同感だった。……一体この人は何を考えているのだろうか。

先生は、にい、と笑って、ドアを閉める寸前にこう答えた。

「それが必然だからさ」

【第二講】魔術師の殺人ゲーム

1.

ぼくがまだ五歳の頃に、ある事件が起きた。

それは物心ついたばかりのぼくの意識に、強烈な衝撃をともなって叩き込まれてきた出来事であり、そして、未だにぼくの中に深く根を張っている出来事でもある。

あの事件を一言で表すなら、すなわち〝崩壊〟だ。

ぼくの故郷の松江市は、島根県の宍道湖沿岸に広がる人口十九万人という小さな街である。豊富な水と深い野山に囲まれ、松江城などの歴史的建築も多く残り、静かな風情が漂っている。

そういった穏やかな土地柄のため、大規模でショッキングな事件は発生そのものがきわめて珍しく、当時は全国区のニュースとして、テレビ、新聞などで大きく報道されたりもした。

その日の夕方、ぼくは母と一緒に近所のスーパーに夕飯の買い物に出かけた。その途中で近くの銀行に立ち寄ったのだ。

ロビーのベンチに並んで腰かけ、順番待ちをしている最中だった。終業間際の忙しそうな構内の空気を、突然、甲高い悲鳴が切り裂いた。

なんだろう、とぼくは顔を上げた。すると、窓口付近に巨大な猟銃を構えた男たちが立っているのが見えた。彼らはその銃口で行員を威嚇するとともに、ロビーの客たちにも鋭い視線を向けていた。

構内の空気が張り詰める。それは一瞬で臨界まで高まり、次の瞬間には人々の不安と緊張が悲鳴となって爆発するはずだった。しかしその寸前、まさに絶妙ともいえるタイミングで、男たちの一人が口を開いた。

——騒ぐな。全員、両手を頭の後ろに組んで床に伏せろ。

冷静な声だった。その乾いた響きに、人々の頭から熱気が消し飛んだ。代わりに、ゆっくりと悪寒が背筋をすべり降りていく……。

人々は淡々と強盗の指示に従った。

ぼくも母に言われて、それに倣った。

ちらりと強盗たちのほうを盗み見る。彼らの手の中の巨大な銃（たぶん散弾銃だったと思う）がやたらと凶暴なものに思えた。

「大丈夫よ」ぼくを抱くようにしながら母が耳元でささやく。背中を通して、母のかすかな震えが伝わってきた。「大丈夫だからね。……この間、絵本で読んだでしょう。こういうときはね、魔法使いが助けてくれるのよ」

「魔法使い？」

今にして思えば、ぼくを不安にさせまいとする子供のための気休めだったのだろう。母もまさか本気で魔法使いの助けを期待していたわけではあるまい。けれど、その言葉の持つ不思議な魔力は、幼いぼくの心を温めるとともに、強い勇気を呼び起こしてくれた。

「本当に？」

「本当よ。魔法で悪い人をやっつけて、周を助けてくれるの。ね、だから大丈夫」

母は言い聞かせるように繰り返す。ぼくと、おそらく自分のために。

ぼくは無言で頷いた。

魔法使い。

助けてくれる。

その言葉を、口の中だけで何度も何度も嚙み締めながら。

——事件が終息したのは、それから六時間後のことだった。

2.

ところで〝事件〟といえば、翌日、大学でちょっとした事件が起こった。

その日は午前九時からゼミの選考結果が発表され、その後、各ゼミ教官の研究室に移動してさっそく第一回目のゼミが行われる——というスケジュールだった。

昨日のようなラッシュに巻き込まれるのは御免だったので、ぼくは午前七時三十分にはすでに大学にやってきていた。早朝のキャンパスは人ひとり見当たらず閑散としており、非常に気持ちがいい。肌寒(はださむ)いくらいの涼気も心地(ここち)いいくらいだ。

しかし。

魔学部棟の玄関にたどり着いた途端、ぼくのささやかな幸福感はすぐに消し飛んだ。なぜなら、そこには昨日と同じく黒服を着たオズのエージェントが待ち構えていたからだ。今日も棟内に出入りする人間をチェックするつもりらしい。

ぼくは不承不承(ふしょうぶしょう)ボディチェックを受け、魔学部棟内に入る。

けれど、これで終わりではなかった。会場の大講義室にもすでに黒服たちが控えていたのである。

「…………」

全身に絡みついてくる視線を気にしないようにしながら、ぼくは適当な席に座った。もちろんホールに学生はまだ一人もいない。どこか別の場所に移動しようかとも思ったが、ひしひしと伝わってくる威圧感にがんじがらめにされて、まったく動けなかった。

結局、他の学生が集まり始めるまでの一時間余り、ぼくはまんじりともしない時間を過ごす羽目になった。

そして。

午前九時前。会場は人で埋め尽くされていた。昨日はまだ緊張が見られた新入生たちも、さすがに雰囲気に慣れたらしく、場内はより一層賑々(にぎにぎ)しい喧騒に包まれている。教壇横にはゼミを担当する教官たちと薬歌理事長がパイプ椅子に並んで座っていた。今日は、ちゃんと最初から佐杏先生の姿もある。

九時になったところで、前方のホワイトボードにゼミの割り振りが書かれた紙が張り出された。

「うわ……」

自分の名前を見つけた途端、思わず声が出た。ぼくは本当に先生のゼミ『西洋魔学史学講座』に割り振られていたからである。

『それでは所属ゼミを確認した学生から、その担当教官の周りに集合してください』

教壇上の理事長がマイクで指示した。すでに教官たちは会場の各所に散らばって、自分のゼミ生がやってくるのを待っている。学生たちも自分の所属ゼミの教官の元へ、ぞろぞろと移動を開始した。ぼくもその流れに乗じる。

「ふふん、だから言っただろう。必然だと」

ぼくを待ち受けていた佐杏先生は開口一番そう言った。にやにやと笑みを浮かべながら席に腰かけ、長い足を机の上に投げ出している。到底大学教授とは思えないバイオレンスなポーズだ。

「……はあ、おかげさまで」そりゃあんな裏工作をすれば必然にもなるだろう。

そのそばには、すでに五人の学生が集まっていた。全員が女の子だ。いきなり妙な会話を交わす先生とぼくの関係を量りかねたのか、やや遠巻きにしながら訝しげな表情をしている。妙な誤解をされても困るので、ぼくは先生から距離を取りつつ他のゼミ生がそろうのを待った。

しかし五分ほど経ってみても、それ以上先生の周りに学生が近づいてくる様子がない。

（……あれ？　もしかして先生のゼミ生ってこれだけなのか？）

にわかに焦った。女の子五人の中に放り込まれる。手鞠坂なら泣いて喜ぶのだろうけど、ぼくは実はそういうシチュエーションが苦手なのだ。張り出された名簿の西洋魔学史学講座の欄には、たしかに大人数の名前が羅列されていたわけではなかった。でも先生のゼミには希望者が殺到するはずだし、いくらなんでもこれだけということは――

「よし、これで俺のゼミ生は六人全員そろったな」

「…………」

「さて、それじゃ研究室のほうに移動するか」

なんだか気分が暗澹と沈んでいくぼくとは対照的に、「ついてこい、我が生徒ども」とやる気満々の様子で先生は席を立った。

そのときだ。

「……？」

ぼくは顔を上げた。場内にいたほとんどが、同じような反応を見せた。

急に、会場全体にサァァァーッという小さな雑音が流れ出したのだ。

ぼくは最初、それは壇上のマイクのスイッチが入ったからだと思った。そのノイズ音が生じたのだと。けれど壇上に目をやると、そのマイクの前にいる理事長も、突然聴こえてきた音の正体を訝るような表情をしていた。実際マイクのパイロットランプは消灯している。つまりスイッチは入っていないのだ。

では、この雑音は一体？

場内に軽いざわめきが生じ始めたときである。

その雑音は唐突に――声に変わった。

『……親愛なる諸君』

一瞬、場内が、不自然なまでにしんと静まった。

『このたびは城翠大学魔学部への入学おめでとう。

我は新入生諸君の入学を心から喜ぶものである。

若き諸君ら一人一人の小さな肩には、大いなる魔学の明日が荷われているのだということを忘れず、日々学業に精進してもらいたい』

変声機かヘリウムガスでも使用しているのか、不自然に甲高く、男なのか女なのか若者なのか老人なのかすらわからない。それでいて機械の合成音のように抑揚のない声が、ホール全体に響き渡っていた。

ぼくはもう一度壇上を確認する。やはりマイクのスイッチは入っていない。

「なんだこれは？」

先生がストレートに言う。ぼくも同じ気持ちだった。

これはもしかして、新入生歓迎のイベントか何かなのだろうか？　しかし、それは理事長をはじめとする教員たちの困惑ぶりからすぐに間違いだと知れる。

では、この放送は一体なんだ？　誰が、どこから流しているというのだ？

場内はある種の悪い冗談のような、現実離れした空気に包まれ始めていた。

そして、謎の怪放送の主は、皆の困惑をよそに次なる言葉を発した。

『……さて。本日は、諸君らに一つ報告したいことがある。

我は諸君の有望なる前途を祝し、またその日々の励みとなるように、あるゲームの開催を決定した。これは魔学を信奉し、魔学のために挺身する諸君にとって、まさにこの上なくふさわしいゲームである』

——ゲーム？

場内にざわめきが広まっていく。教員たちが混乱を静めようと注意を飛ばすが、それすらも騒ぎを助長するだけだった。

——ゲームだって？

疑問の声が新たな声を呼び、新たな声が疑問を呼ぶ。場内が騒然となり始める。ゲームという言葉の響きに、人々は警戒心を抱きつつも、どこか昂揚（こうよう）した心持ちになっていくようだった。

なんだこれは。よくわからない。よくわからないが、何かが始まったみたいだぞ。ゲームだ。ゲームが始まるらしい。一体、ど、い、い、どんなゲームだ？

しかし。

事態だ能天気に騒いでいられるほど安易なものではないことを、会場の誰もがすぐに悟ることとなる。

『……安心したまえ、内容（ルール）は簡単だ。すなわち――』

放送の主の次なる言葉は、完全にこちらの理解を超えていた。

『すなわち、我は、今この会場内に集まった諸君の中から生贄（いけにえ）を選定し、処刑することをここに宣言する。

……繰り返す。

――我は、今この会場内に集まった諸君の中から生贄を選定し、処刑することをここに宣言する』

場が凍りついた。

――なんだって？

――処刑？　誰が、誰を？

――処刑というのはつまり、その、殺すということか？

——殺す？

——誰かが、自分たちを、殺す？

場のざわめきが動揺と困惑に塗り替えられていく中、声に初めて感情の色が見えた。忍び笑いを押し隠しているような、冷たい愉悦の色——。


『……さあ、賢明なる諸君。

生贄として選ばれた憐れな子羊が誰であるのか、推理せよ。

同時に、我が一体誰であるのか、推理せよ。

この二つの謎が解き明かされるまでゲームは続けられる。

我はいつでも諸君のすぐそばにいる。

すべてが白日の下にさらされたときこそ、我は諸君の前にその姿を現すであろう』

機械的で無機質な声に、初めて何者かの悪意を感じた。

我という一人称に、初めて誰かしらの存在の重みを感じた。

……そして怪放送の主は、ついに自らの名を明かしたのである。


『——我は魔術師アレイスター・クロウリー。すべての真相をこの手に握り、密室の扉の奥に

――諸君を待つ。

それではただ今より、ゲームを開始する……』

その言葉を最後に、放送はまた『親愛なる諸君……』という最初の部分に戻り、同じ内容が繰り返され始めた。

動揺と不安のざわめきが大きくなる。それは伝染病のように、人から人へみるみる波及していった。生贄。処刑する。あまりに非現実的な言葉の応酬に、視界がぐにゃりと歪むような錯覚に陥る。

『なんですこれは⁉　何の悪戯ですか⁉　――止めてください！　早く！』

薬歌理事長がマイクのスイッチを入れ、無機質に流れ続ける放送を打ち消すように叫んだ。悲鳴のようなハウリングがホールをつんざく。

ぼくは訳がわからないままに、隣の先生を振り仰いだ。超越者たる魔術師の顔を。すると、

「ふうん、ゲームねえ？」

にぃ、と。

笑っていた。

この異常な状況が楽しくて仕方がないとでもいうように、混乱し、慌てふためいている人間たちを心底嘲（あざわら）っているように――見ているこちらがぞっとするような、そんな超俗的な笑み

を先生は浮かべていたのだった。

「……どうやら日本に来て正解だったな。なかなかおもしろいことを考えるやつがいたもんじゃないか」

「せ、先生……？」

気圧されるぼくに構わず、先生は剣呑に目を細めて呟いた。

「……そうそう、これだよ。こーゆーのを俺は求めていたんだ。別に世の中がどうなろうと知ったこっちゃない。他人が生きようが死のうがどうでもいい。自分自身がおもしろければそれでいいのさ。それが人間の本来あるべき姿だ。俺は、俺自身がおもしろければそれでいいんだ」

3.

怪放送の正体は一本のICレコーダーだった。

教官たちがすぐに原因を調べた結果、大講義室の放送機器本体——教壇の中に内蔵されているらしい——の入力端子に、タイマー付きのレコーダーが接続されているのが発見された。あのサアァァーッという音は、レコーダーの録音ノイズだったのだ。

レコーダーのタイマーは九時十分にセットされており、その時刻になると録音された音声が再生されるようになっていた。つまり、大講義室に新入生と各ゼミの教官が一堂に会したとき、勝手にあの怪放送が流れる仕組みになっていたわけだ。

タネが割れてしまうと実にチープな仕掛けであり、戸惑っていた教官たちも急に強気になって怒りをあらわにし始めた。普段は落ち着いた物腰の薬歌理事長もその憤慨ぶりは凄まじく、即刻警察に通報すると息巻いていた。

悪質な悪戯に違いない。教員側の見解はそう落ち着いた。事態もなんとか収拾に向かい、学生たちも表向きは平静を取り戻していった。けれど皆の記憶から、あの不気味な殺人予告（そう、よりにもよって殺人予告なのだこれは）の声が消え去るとは思えなかった。

そんな〝事件〟のせいで多少スケジュールに遅延はあったものの、その後の第一回ゼミは予定通りに行われることになった。

新入生たちは、各教官と研究室に向かう。ぼくと五人の女の子たちも、先生の先導で講義棟から研究棟へと移動した。その前に、研究室にまでついてこようとした黒服たちを、先生が追い払う一幕もあった。

エレベーターで研究棟を上がり、四階で降りる。

「おう、ここだな」

廊下の両側には整然と研究室のドアが立ち並んでいる。そのうちの一つで、先生は立ち止まった。ドア横のネームプレートには『西洋魔学史学講座研究室・佐杏冴奈』と日本語で書かれ、その下に同じ文意の英語が綴られている。

「……ん？　あれ？」ドアノブを握った先生が声を上げた。ノブはガチャガチャと音を立てるだけで一向に回らない。どうやら鍵がかかっているらしい。

舌打ちして、先生はなぜか一歩後ろに下がる。一体何をするつもりだろうかと思っていると、魔術師はとんでもないことをのたまった。

「こうなったら仕方ない。蹴破ってやる」

「――――」

一同絶句。

なんというか、魔術師がそんな直感暴力に訴えていていいのだろうか。こういうときこそ魔術で解決するとか、それでなくとも、もう少しスマートな方法を選んで欲しい。

ぼくたちが突っ立っていると、

「言っとくが、もちろん冗談だぞ」先生は言った。「今鍵を取ってくるから、お前たちここで待ってろ」

「え？　あの先生、ぼくが行ってきましょうか」

ぼくは慌てて提案した。今ここで先生がいなくなると、ぼくは見知らぬ女の子五人の中に取り残されてしまうことになる。

「なんだ、珍しく愁傷だな」それを言うなら殊勝だが、今はそんなことに構っている場合ではない。しかし先生はぼくの気も知らず、「いいさ、俺が行ってくる。お前も待ってろ」

そう言い残し、さっさとエレベーターで階下に降りていった。

必然的に廊下にはぼくと女の子たちが取り残される。

……気まずい。

案の定、彼女たちはこちらを見ながら、ひそひそとささやき合っていた。ぼくのことを訝っているのは明白だ。

全員新入生でお互い面識はないのに、もう親しく話ができるのか。やっぱり女の子同士は仲良くなるのが早いんだな……などと、ぼくが無理矢理思考に没頭してやり過ごそうとしたときである。思いがけないことが起こった。

「ね、ちょっといいかな？」

なんと、女の子の一人がぼくに話しかけてきたのだ。

ぼくは面食らい、「……なにか？」と、ぎこちなく訊き返す。

ロングヘアに大きなアーモンド型の瞳をした女の子だった。はっと人目を惹く美人というわけではないけれど、いつまで愛でていても飽きないような、とっつきやすい可愛らしさがある。デニムのミニスカート、黒とピンクのモザイク柄のスニーカー、前髪にはヘアピンというカジュアルな装いが似合っていた。

「あの先生と知り合いなの？」

天真爛漫という形容がぴったりの実に朗らかな表情を浮かべて言う。これなら初対面の人間にも警戒心を抱かせずに済むだろう。笑ったりするのが苦手なぼくとしては羨ましい限りだ。

いや、別に羨ましくはないか。

「えーと……」

何と答えたものか、ぼくは思案する。はたから見れば、あれだけ会話を交わしているぼくと先生は、まず間違いなく『知り合い』というカテゴリに分類されることだろう。けれどぼくと先生が知り合ってから実はまだ一日しか経っていないわけで、それを『知り合い』と呼ぶかどうかは正直微妙なラインだ。つまりこれはかなり個人の裁量に左右される問題で、ぼくと先生が知り合いであるか否かを答えるためには、まず『知り合い』とはなんであるかを定義するところから始めなければならなくなり——

「……えっと」突然黙り込んで思索にふけるぼくを不審に思ったのだろう。女の子は笑顔から一転、心配そうな顔つきになった。「あの、どうかした？　もしかしてあたし、悪いこと訊いちゃったのかな」

「え？　あ、いや、ごめん。そんなことないけど」ぼくは我に返る。いかんいかん、頭が現実逃避モードに入っていた。「そうだね。うん、少なくともぼくは知り合いだと思ってるよ」

「そ、そう？　よかった」一瞬怪訝そうな表情を浮かべたが、女の子は笑顔に戻った。「でも、すごいんだね、魔術師の先生と知り合いだなんて。羨ましいな」

「そうかな」

「うん、絶対そうだよ」

朗らかに断言された。なるほど、たしかにそう言われるとそんな気がしてきた。世界に六人しかいないとされる魔術師と知り合いなんて、冷静に考えればすごいことだ。

「そうかもね。でも、羨ましがることなんてないんじゃないかな。君だって、これからすぐ知り合いになるわけだし」

ぼくがそう言うと、女の子はきょとんとしたあと、そうだよね、と嬉しそうに頷いた。

「あたし、三嘉村凜々子。あなたは?」

天乃原周、とぼくは答える。すると彼女はぼくの名前を二、三回繰り返したかと思うと、

「じゃあ『あまね』だから、あっちゃんだね!」

「……あっちゃん」子供の頃にそんなふうに呼ばれていたことがないではないけれど、今更そういうのは勘弁してもらいたい。「えっと、できればもう少し別の呼び方がいいんだけど」

「例えば?」

「そうだねえ、普通に呼び捨てとか。それがだめなら『くん』付けにしてもらえると助かる」

「『くん』付け、……周くん?」

そう、とぼくが頷くと、彼女——三嘉村凜々子ちゃんは笑って手を差し出してきた。「うん、わかった。よろしくね、周くん」

「ああ……うん、よろしく」ぼくはその手を握り返す。

そのときエレベーターが到着し、先生が戻ってきた。右手でホルダーを握り、鍵をくるくると回している。

「お、なんだなんだ。早くも友情が芽生えてるのか？」

青春だねえとかなんとか呟きつつ、先生は鍵穴に鍵を差し込んだ。捻ると開錠音がして、やっとドアが開く。

研究室は十五畳程度の広さだった。

中央に長机が一つ置かれ、その周りを椅子が取り囲んでいる。部屋の奥にはスチールの本棚と、デスクと回転椅子がワンセット。壁にも時計が一つ。どの備品も新品らしく綺麗だったが、そのせいで部屋そのものが殺風景になっている感は否めない。

先生は部屋に入り、ドア横にある照明のスイッチをオンにする。そして奥の窓際に歩み寄ると、紐を引っ張ってブラインドを上げた。日差しが差し込み部屋が明るくなる。

「よし、全員座れ」

コートを脱ぎ、デスクの椅子に引っ掛けながら先生。

ぼくを含めた六人は、長机の左右三人ずつに分かれて着席した。ぼくは向かって左奥、凜々子ちゃんがその隣に座る。先生はキャスター付きの回転椅子に腰かけ、長机の正面に移動した。

「さて、それではゼミを始める」

皆の視線が先生に集まる。その目は隠し切れない興味の光に輝いていた。全人類の遺産とまで謳われる魔術師は、はたしてこれからどんな講義を開いてくれるというのだろうか。

「このゼミは西洋魔学史学講座だ。名前の通り、これから半年間、毎週この時間に西洋魔学の歴史をざっとやっていく。教材、テキストなんかの使用は今のところ考えてない。試験もレポートも未定だ。詳しいことは決まったときに報せるから待ってろ」形式的な説明のあと、先生は付け加えた。「ま、普通の講義をやってもおもしろくないからな。講義内容はいろいろと趣向を凝らすように考えてる。請う御期待ってやつだ」

「はい」凜々子ちゃんが元気よく返事をした。場に親しみのこもった笑いが起こる。

先生も口の端で笑いながら、全員にB5サイズのシートを配布した。

「それじゃまず、このゼミのメンバーの名簿を配る。各自、自分の名前が正しく書かれてるか確認しろ」

言われるままに名簿を受け取り、自分の名前を確認した。大体こういうのはアイウエオ順に並んでいるから、苗字の頭が『ア』のぼくは一番上にあるはず——ん？

ぼくは名簿を見直す。……名前が違っていた。『天乃原周』という字が、名簿の表記では『雨乃原周』になっていた。

するとい
「先生」ぼくの正面に座っていた眼鏡の女の子が、静かに口を開いた。「私の名前、間違っているんですが」

「どこだ?」先生は自分の名簿に目をやる。

「苗字です。『在真』というのが『有実』になっています」

「なんだって? ああ、面倒だな。俺は面倒くさいことが一番嫌いだ。……口で言われてもわからん、ペンでここに――」

先生がぼやいて身を乗り出したときである。ぼくの隣の凜々子ちゃんが手を挙げた。

「はい、先生。あたしのも間違ってます」

「はあ? おいおい勘弁してくれよ」

思わぬ奇襲に嘆く先生。さらに、

「あらら、ウチのも間違うとるわ」

「あ、あたしもー」

「あの、えと、……わたしも、違ってます」

残る三人の女の子たちまで次々に名簿の誤記を訴えた。

先生はげんなりした表情になりながら、じろりとこちらを見やる。

「まさかお前もじゃないだろうな、周」

「えーと、残念ながら」

ぼくがそう答えると、先生はがくりと肩を落とした。「ったく……。どこのどいつだ、こんないい加減な名簿を作ったのは」

ぶつぶつ言いながら、先生は各自の名前を訂正させていく。そうして新しい名簿が出来上がった。

×『雨乃原周』→〇『天乃原周』
×『有実氷魚』→〇『在真氷魚』
×『翁谷いみな』→〇『扇谷いみな』
×『佐光理恵』→〇『酒匂理恵』
×『氷沼千里』→〇『午沼千里』
×『美香村凜々子』→〇『三嘉村凜々子』

「ふう、とんだ手間だったな。……よし、じゃあ次に全員の自己紹介に移るぞ」

先生は名簿を回収し、ゼミを進行させようとする。が、

「先生」またもさっきの眼鏡の女の子に遮られた。

先生はシートと見比べながら、「在真か。今度はなんだ?」

「いえ、先にお伝えしておこうと思いまして」

在真、と呼ばれたところから察するに、落ち着いた雰囲気の彼女が『在真氷魚』だろう。髪をアップにまとめ、きちんと折り目のついた白のシャツ、センスのいい縁なし眼鏡をかけてい

る。

「その自己紹介なんですが、扇谷、酒匂、午沼、三嘉村、それから私の五人は、全員すでに顔見知りなんです。ですから自己紹介の必要はないかと」

彼女の発言にはぼくが面食らった。

「ほほう、そりゃまたどうして？」

おもしろそうに先生が尋ねると、在真氷魚ちゃんは簡潔に答える。

「私たち五人は、城翠大付属校の出身ですから」

城翠大は、付属の幼稚舎から始まって小、中、高という具合に、付属校で一貫教育を行うエスカレーター制度が導入されている。ゆえに城翠大の新入生は、大学から城翠に通う『一般入試組』と、付属校からそのまま大学へと繰り上がる『エスカレーター組』の二組に分けられる。そしてこの西洋魔学史学講座のゼミ生は、ぼくを除いた五人全員がその『エスカレーター組』であるらしい。……なるほど、それでさっきも親しそうに話をしていたわけか。初対面にしてはずいぶん仲がいいと思ったが、元々友人同士だったというわけだ。タネがわかればなんてことのない謎である。

「なるほどな、事情はわかった。だが自己紹介はしてくれ。お前たち同士では必要ないかもしれんが、俺はお前たちと初対面だし、それにもう一人、初対面のゼミ生もいるしな」

いわずもがな、それはぼくだ。

「そうだよ、氷魚ちゃん。ちゃんと局くんにも自己紹介しないとっ　これからあたしたち、末永いお付き合いになるんだから」

先生のフォローに凜々子ちゃんが冗談っぽく同意した。すると、

「そうやでー、ひおっち。自己中(ジコチュー)なこと言うとったらあかんでえ」

ぼくの二つ隣――つまり凜々子ちゃんの隣――の女の子が独特のイントネーションでまぜっ返した。ただし、凜々子ちゃんの冗談が場の雰囲気を和ませようとしたものであるのに対し、彼女のそれは相手をからかってやろうという意図が見え見えのものだった。

「……その呼び方はやめて、といつも言っているでしょう、理恵」

氷魚ちゃんは〝理恵〟と呼んだ彼女を睨(ね)めつける。

理恵と呼ばれた彼女――彼女が『酒匂理恵』のようだ――は、両手を頭の後ろにやり、組んだ足をぶらぶらさせていた。口元には皮肉めいた微笑が浮かんでいる。だぼっとしたパーカー、足元にはバスケットシューズ。目深に帽子を被(かぶ)り、その下から丸い眼鏡が覗(のぞ)いている。

氷魚ちゃんと理恵ちゃん――二人とも眼鏡をかけているが、その印象は完全に正反対だ。氷魚ちゃんがすらりと理知的であるのに対して、理恵ちゃんはどちらかというと野暮ったくルーズな雰囲気である。

氷魚ちゃんの視線もどこ吹く風で、理恵ちゃんは相手を小馬鹿(こばか)にしたように笑いながら顔を逸(そ)らした。二人のムードが険悪さを増していく。

（これはもしかしてぼくのせい、か？）

突き詰めて考えると、この諍（いさか）いは場に混じった異分子たるこのぼくに端（たん）を発している。ということは、ぼくの背にも責任の何分の一かは負わされているということになるだろう（――なるのか？）。

どうしたものかと、ぼくが人知れず悩んでいると、

「ねえ、やめようよ二人とも」慌てて凛々子ちゃんが仲裁に入った。「せっかく新しい友達ができたのに、ケンカなんかしてちゃダメだよ。ね？」

だから仲直りしようよ、と訴える凛々子ちゃん。あまりにまっすぐな言い分に、当の二人は気まずそうに顔を見合わせる。すぐにそれは背けられたものの、彼女たちの態度からは角が取れたようだった。

「……わたしも、その、……そうしたほうが、いいと思う」

「そうねー、ケンカ両成敗ってことで。はい、お互いに謝罪」

残った二人の女の子たちも後押しした。

「いみなに千里。ちぇっ……かなわんなあホンマに」理恵ちゃんはそうぼやくと、素直にごめんと呟いた。

「私も大人気（おとなげ）なかったわ」ごめんなさい、と氷魚ちゃん。

仲直りした二人を見て、凛々子ちゃんは満面の笑みを浮かべる。ぼくもとりあえず胸を撫で

下ろした。

と。

「……先生、なに笑ってるんですか」

ぼくの隣で魔術師は、腕組みしながらにやにやとほくそえんでいた。

「いやあ、青春って、本当にいいものだなあと思って」

4.

ちょっとした諍いが事なきを得たことで、その後、ゼミは当初よりもずっと和やかな雰囲気で進行した。ゼミ生全員の自己紹介が終わったところで時刻はちょうど十時。一時間目は九時開始で講義は九十分間だから、残り時間はあと三十分だ。

「それじゃあ、最後に俺も自己紹介しておこう」

先生は全員をぐるりと見回してから、一言。

「イギリスから来た写楽芳成だ。よろしく」

「――――」全員、石化。

「それがダメなら、森屋貞司(もりやていじ)でもいいぞ」

「――――」まだやるか。

ぼくが白い目をし、凜々子ちゃんが引きつった笑いをこぼしていると、

「……シャーロック・ホームズ、……モリアーティ？」

小首をかしげながら、いみなちゃんが小さな声で呟いた。

幼い顔立ちの彼女——扇谷いみなちゃんは、長い黒髪をツインテールにくくり、フリルの付いた黒いゴシックスカートを着て、厚底のブーツを履いている。ちょこんと椅子に腰かけた小柄な姿は、まるでオーダーメイドの人形のようだった。

「なにー、いみな？　なんて言ったの？」

その呟きを聞きとがめた千里ちゃんが、隣のいみなちゃんをつついた。

「せやからシャーロック・ホームズとモリアーティやろ。イギリスの名探偵と、犯罪王の名前やんか」理恵ちゃんがフォローする。が、

「へえ、イギリスにはすごい人がいんのねー」

「いや、ちゃうて。何言ってんの自分。小説やんか小説、推理小説の登場人物」

「あはは、言ってもわかんないよ理恵ちゃん。千里ちゃんは小説なんか読まないもん」

凜々子ちゃんが笑って言った。氷魚ちゃんは、やれやれ、とこめかみを押さえている。先生は自分のジョークで場が沸いたことに、いたくご満悦の様子だった。

世界に知らない人間はいない、と言われるほどの有名小説『シャーロック・ホームズ』シリーズ——作家コナン・ドイルが、元軍医の助手ワトスン博士を語り手として、鋭い観察力と推

理力で事件を解決する名探偵ホームズの活躍を描いた小説——先生は、その作品の登場人物の名前をパロったのである。それにしても先生、もしかして推理小説(ミステリ)が好きなのだろうか?

「先生、ふざけないでください」

氷魚ちゃんが仕切り直した。先生よりも氷魚ちゃんに司会を任せたほうがゼミがスムーズに進むのでは、と思うのはぼくだけではあるまい。

「わかったよ、……名前は佐杏冴奈。もう知ってると思うが魔術師だ。魔学結社オズ所属。ヘキサエメロン・ザ・シックスス。理事長たっての要望で、今年から城翠大の教授職に就いた。それ以外のプライベートは秘密だ。以上」

「先生」凛々子ちゃんが手を上げる。「〝ヘキサエメロン〟ってなんですか?」

「ああ。ヘキサエメロンってのは、オズでの魔術師の通称だ。〝六番目(シックスス)〟ってのは、まあ自動車のナンバーみたいなもんだな」先生は冗談めかして言った。「オズには今のところ六人の魔術師がいるが、その六人目の魔術師——つまり、俺のことだ——がオズに確認されてから、もうかれこれ十年以上、新しい魔術師は見つかっていない。だから『現在確認されている六人の魔術師が、歴史上、最後の魔術師たちになるんじゃないか』なんてことを言うやつがいるのさ。そんなわけないと俺は思うがな。……まあ、とにかくその『六人』って数字を、聖書に載ってる『六日間伝説(ヘキサエメロン)』に引っかけて、魔術師のことをそんなふうに呼んだりするわけだ。俺は六番目にオズに入ったから、〝六人の魔術師の六番目(ヘキサエメロン・ザ・シックスス)〟ってわけだな」

「へえ、そうなんですか」凜々子ちゃんは感心したように頷いた。

十年以上新しい魔術師が見つかっていないということは、少なくとも先生が魔術師であると認められてからそれだけの年月が経過していることになる。先生、実際の年齢はいくつなのだろうか。少し気になったが、いきなりそんな不躾なことが訊けるはずもない。

「他には？　何か質問があるなら受け付けるぞ」先生が皆を見回した。

「先生、私からいいですか」

「在真か。なんだ、言ってみろ」

「質問というより、お願いなんですが」氷魚ちゃんは眼鏡に手を添えながら言った。「魔術を見せていただけませんか」

室内に、かすかに緊張が生じる。皆の気配が一瞬強張った気がした。

おそらく、その要求は誰もが意識していたのだろう。全員、魔学部入学者であり、本物の魔術師が主催するゼミを希望した人間ばかりだ。魔学への好奇心は人一倍のはずである。魔術師がそこにいるのなら、魔術を見たいと考えるのはそれこそ必然というものだ。

「魔術を見せろ、ね」

「いけませんか」

氷魚ちゃんは冷静に返す。眼鏡の奥の切れ長の瞳が、まるで親の仇であるかのように先生を睨んでいた。

「ふうん？」先生の表情から冗談の笑みが消え——そして、例のにいという底知れない微笑が浮かび上がってきた。まるで悪魔が仮面を剝ぎ、その下の素顔をさらけ出したかのような、見ているだけで底冷えがするような微笑だ。それは先程、例の怪放送が流れたときに先生が見せた微笑と同じものだった。

（なかなかおもしろいことを考えるやつがいたもんじゃないか）

周囲の混乱を嘲笑するような先生の横顔を見ながら、ぼくは思った。

この人にはきっと善悪感情なんてものはないのだ、と。

この魔術師に適用される唯一の真理は、善悪感情ならぬ好悪感情のみ。好きか嫌いか、おもしろいかつまらないか、ただそれだけ。その単純明快な物差しだけで世界を分断してしまう恐るべき存在。それを本当に可能にできるだけの力を持った超越者——。

「……いいだろう」先生は猫のように目を細めて言った。「お望み通り、魔術を見せてやる」

皆から息を呑む気配が伝わってくる。

先生はおもむろに席を立つと、コートのポケットから煙草とライターを取り出した。それに火をつけながら窓際へと歩み寄り、外の景色を眺めるようにこちらに背を向ける。皆、固唾を飲んで、その一挙手一投足に注目していた。

こうして本物の魔術を目の当たりにするとなると、『魔学は音楽である』という言葉の意味が理屈抜きに飲み込める。

魔術を前にしたときの緊張と興奮に支配された空気は、一種、演奏直前のコンサートホールに通じている。津波が来る前の海岸に立っているような静寂。咳払いも、呼吸音すらもためらわれるような静謐――。

そして。

不意に先生は、「……ふうん？」と何かに納得したように頷き、

「在真。お前、なかなか用心深い性格をしてるな」

と言った。

氷魚ちゃんをはじめ、全員が眉根を寄せる。意味がわからなかったからだ。

しかし先生はこちらの困惑にも取り合うことなく、すらすらと言葉を紡いだ。「――お前は物事に対処するとき、努めて冷静であろうと考えている。そして、その物事に対して一つでも多くの情報を集めようとする。そうすることが最善の結果を生むと強く信じているな。ふうん、しかしいざというときの判断力や決断力も備えている、か。……ふむ、頭でっかちの理屈屋は世の中に大勢いるが、お前はそういう連中とは違うようだ」

先生は窓の外を眺めたまま、一人でうんうんと頷いている。

ぼくははっとして、肌が粟立つのを感じた。他の皆も気づいたようだ。特に氷魚ちゃんは慄然とした様子で、ずれた眼鏡の位置を直している。

そう。先生は窓の外を見ているのではない。氷魚ちゃんの心の中を見ているのだ。

「お前は自分の将来というものに不安を感じているな。しかし、こんな目分を決して周囲にに知られたくないと思っている。冷静沈着で用心深い性格はそのためか。常に落ち着き払って振る舞うことで、他人はもとより自分自身をも騙しているわけだな。『在真氷魚はいつでも冷静で、取り乱すようなことは決してしない人間なのだ』と——」

「……っ、いいかげんにしてください」氷魚ちゃんは先生の言葉を苛立たしげに遮った。「こんなものはリーディング——当たり障りのないことを言ってあたかも心を読んだかのように見せる、程度の低いただのペテンです」

「ふふん、そう言うわりには心当たりがありそうだが。……しかしペテンね。ふん、ペテン結構。魔術なんて、要は科学ではよくわからんことをもっともらしくやってのけるだけだ。それとペテンと何の差がある？　魔術と詐術は大差ない。魔術師ってやつは、つまり究極の詐欺師に他ならないのさ」

先生はくっくと肩を揺らして笑った。その軽薄な態度に、からかわれていると思ったのだろう、氷魚ちゃんの目に侮蔑の色が混じる。

「……わかりました。真面目にやっていただけないのであればもう結構です。全人類の遺産なんて呼ばれていても、所詮はその程度なんですね」

失望しました、と氷魚ちゃん。室内が気まずい沈黙に包まれる。

しかし、それを驚愕の暴風で吹き飛ばしたのは、やはり超越者たる魔術師その人だった。

「ふん、不興を買ったなら謝るさ。悪かったな」

あっさりと謝罪を口にし、先生は振り返った。

その瞬間、ぼくは自分の目を疑った。氷魚ちゃんもぎょっとする。凜々子ちゃんなど口があんぐりと開いてしまっていた。他の皆も同様だ。

今の今まで先生が立っていた窓辺。そこにすでに先生はいなかった。

代わりに、在真氷魚が立っていた。

「…………!?」

まるで狐（きつね）につままれたようだった。

皆が絶句し、椅子に座った氷魚ちゃんと窓辺に立った氷魚ちゃんを見くらべる。けれど、どう見ても二人はまったく同一の存在としか思えない。唯一の相違点は服装だけだ。

新しく出現した氷魚ちゃんが、椅子に座った氷魚ちゃんをじっと見つめた。氷魚ちゃんは椅子ごと身を引く。

「ふふん」在真氷魚は、本物が決してしないようなにいという微笑を浮かべると、回転椅子に戻り、深々と腰かけながら本物と同じ声で言った。「――在真氷魚。十二月十五日生まれの十八歳。血液型はA型で、利き腕は左。住所は東京都港区（みなとく）印南（いなみ）二―二―五。家族構成は両親と妹、自分の計四人。四歳のときに城翠大付属幼稚舎に入舎、以後同小、中、高校に進学。今年度当大学に入学、と。……どうする？　まだやるか？」

氷魚ちゃんの姿に変身した先生は、本人しか知らないような彼女のパーソナルデータをすらすらと言ってのけた。その言葉の真偽は、氷魚ちゃんの沈黙が何よりも雄弁に物語っている。

（先生は、本当に彼女の心を読んでいるのか……？）

だんだんひどくなる不協和音のように、二人の氷魚ちゃんのどちらが本物なのかわからなくなっていく。一人は椅子に座り、もう一人も椅子に座っている。片方が本物で、もう片方も本物……。

在真氷魚となった先生が、ぐるりと全員を見渡す。その視線はこちらの内臓までも貫き、細胞の一片まで見透かしているようだった。

不意に悪寒を感じる。氷魚ちゃんも両手で自分を抱いている。ぼくたちは皆、その現実離れした光景と存在感に、完全に打ちのめされていた。

あまりに超越的。

あまりに圧倒的。

――これが、魔術師か……。

畏怖と驚愕の視線を一手に集め、魔術師は満足そうに笑った。おどけるように手を広げると、氷魚ちゃんの口調を真似て言う。

「さて、いかがですか、私のペテンは？　少しは気に入っていただけましたか？」

5.

その衝撃的な幕切れをもって、第一回西洋魔学史学講座、佐杏ゼミは解散となった。

先生を研究室に残し、ぼくたちゼミ生は廊下に出る。

皆、昂揚感に包まれているのが一目でわかった。本物の魔術を見たという実感が、今更のようにあふれて止まらなくなっているのだろう。未だ夢から覚めず、ふわふわと浮き足立つような——まるで月面にでもいるような感覚。

「すごかったね！　もう一人氷魚ちゃんがいるのかと思っちゃった！」

凜々子ちゃんなど、映画館から出てきた直後のようにはしゃいでいる。

「うん、たしかにすごかったわ。全然見分けつかなかったし。……かなりびっくり」

「せやね。ホンマもんやわ、あれは」

皆口々に同意し、先生を褒めた。

しかし、その輪に氷魚ちゃんは加わらなかった。あまり愉快そうな表情ではない。彼女にしてみれば皮肉な形でやり込められたことになるわけだから、いい気分ではないだろう。

「あ、ねえ、お腹(なか)空かない？　これからみんなでご飯食べに行こうよ。ね？」

氷魚ちゃんの様子を見かねたのだろう、凜々子ちゃんが提案した。

その意図をすぐに悟り、いみなちゃんがこくこくと頷く。しかし、

「私はやめとく。先に帰るわ」

それじゃあね、と氷魚ちゃんは廊下を歩いていき、皆が止める間もなく階段へと姿を消してしまった。

「氷魚ちゃん、大丈夫かな」心配そうに凜々子ちゃんが言う。

「拗ねとるだけやん、放っときて。明日になったらけろっとして、またいつものクールなひおっちに戻ってるて」

「そうねー。氷魚の魔術師嫌いは筋金入りだし。今はそっとしとくが吉かしらね」

理恵ちゃんの言葉に千里ちゃんが同意する。……魔術師嫌い？　氷魚ちゃんが？

「それよか」理恵ちゃんがぼくたちのほうを振り返る。「どうすんねん？　ホンマにどっか食べに行こか？　行くんやったらウチ、いっこええ店発掘したんやけど」

「わ、行きたい！　ね、行こうよ、みんな」

凜々子ちゃんがすぐさま話に乗り、皆を促した。いみなちゃんがはにかんで頷く。しかし千里ちゃんは残念そうに顔をしかめると、

「あーごめん、あたしはパス。ちょっと先約あるから」

「まあた彼氏かいな？　何人目やねん、自分」

「大きなお世話ですー」

からかう理恵ちゃんに、千里ちゃんは唇を突き出した。

午沼千里ちゃんは五人の女の子の中でも一番大人っぽい娘だ。くしゃっとした栗色の髪。ナチュラルなメイク。黒のハイネックにブラウン系の柔らかい色使いのスカート。どことなく眠そうな目元がアンニュイな雰囲気を醸し出している。

「そっか、約束があるなら仕方ないよね」

「ごめんね凜々子」

「ううん、いいよ。また明日ね」

「ええ。じゃあねー」

千里ちゃんを見送ると、凜々子ちゃんは今度はぼくに向き直った。「周くんは？　もし予定ないなら一緒に行こうよ」

「ぼくも行っていいの？」

「もちろんだよ。ね？　二人とも」凜々子ちゃんが振り向くと、後ろの二人は頷く。「ほらね？」

こんな活き活きとした笑顔で誘われては、ぼくに断れるはずなどなかった。もとより断る理由も特にないわけだけど。

「わかった、行くよ」ぼくが同行を承諾すると、凜々子ちゃんは嬉しそうに頷いた。

「よし、そうと決まったら早よ行こか」

「場所はどこなの？」

「駅前。かなりいかした趣味のカフェやねんて。名前は、えーと……なんやったっけ」

（……駅前？）

　ぼくはなんだか嫌な予感がした。

　そして、ぼくの場合、嫌な予感ばかりよく当たるのだ。

6.

「いらっしゃい、ませ……」

　相も変わらずいかがわしいベイカーの店内に入ると、ウェイター姿の手鞠坂に出迎えられた。しかし、手鞠坂の声はぼくの後ろに三人の女の子の姿を認めた途端、尻すぼみに勢いを失っていった。

　どうするのかと思っていると、手鞠坂は突然ぼくの手を取って、

「周。俺は今日ほど、お前という友人を誇りに思ったことはないぞ！」

と言った。

「……あそう」

　いささか女好きが過ぎる点が、ぼくの悪友が山のように抱える欠点のうちの一つである。

「お前さてはあれだな。魔学部には美人が大勢いることを見越して、医学部入学を蹴ったんだ

な」

そんなわけがない。頼むからもう少し論理性というものを重んじてほしい。会話しているだけで、先生とはまた別の意味で疲れる。ぼくは悪友の手をほどくと、「それより早く仕事してくれないかな、幸二。ぼくたちはお客なんだから」

「ふん、言われるまでもねーよ。——四名様ですね、こちらへどうぞ」

手鞠坂は上機嫌な様子でぼくを押しのけ、困惑する三人の女の子たちを席へと案内し始めた。突き飛ばされてまたも壁で打った額をさすりながら（もはや何も言うまい）、ぼくもそのあとに続く。

いいところを見せようとした手鞠坂が今日のメニューは全部おごりだと言うので、女の子たちは恐縮しつつも礼を言ってパスタやレモンティーなどを注文した。ぼくもすかさず一番高価（たか）いメニュー（『バスカヴィルパフェ』３，２００円）を注文してやる。手鞠坂は恨みがましい一瞥（いちべつ）をくれつつ、カウンターの奥に引っ込んでいった。

「ずいぶん仲ええやん」隣に座った理恵ちゃんがいやらしく笑う。「彼氏？」

「友達」ぼくは即答する。気持ち悪い冗談はやめてほしい。

「あれ。けど、ここでバイトしとる友達がおるってことは、自分、この店のこと前から知っとったん？」

「まあ、一応ね」

「すごーい、周くんっ。理恵ちゃん情報網を超えるなんてっ。通だね！」

凜々子ちゃんが手を合わせて言った。いみなちゃんまでがぼくに感心したような目を向けてくる。こんな妙な喫茶店に出入りしていることが評価されるべきことなのだろうか。

「そういえばさっき医学部がどうたら言うとったけど、あまねっち、元々は医学部に入るはずやったん？」

さすが理恵ちゃん、よく聞いている。ぼくははぐらかすこともできずに「まあ、一応」と繰り返した。正面に座った凜々子ちゃんが、そうなんだ、と声を出し、テーブルに肘をつく。

「ねえねえ、周くんって一人暮らしの人？」

「うん、まあ」興味津々といった彼女の視線に圧倒されつつぼくは頷く。

「どこに住んでるの？」

「えーと、国分寺。あ、いや、正確には西国分寺」

「西国分寺ぃ？」理恵ちゃんが声を上げた。「また、えらい遠いトコ住んでんねんな。宮古まで電車で一時間ぐらいかかるんちゃうの？」

「うん。……そうなんだよね」

ぼくのアパートが大学から遠いのには理由がある。というのも、医学部への推薦合格が十一月に確定したときに、アパートも医学部キャンパスのある三鷹近辺に借りてしまったからだ。その後、やっぱり医学部はやめて魔学部に入学することになったわけだが、アパートはそのままにしておいてしまったのである。同じ都内なのだからどっちも一緒だろう、とタカをくくっていたのだが——あの早朝ラッシュのすさまじさは予想外だった。今はすぐにでも引っ越したい気持ちでいっぱいである。

「ほんなら東京生まれちゃうんや？　出身はどこなん？」

「わかるかな。島根県の松江市ってところなんだけど」なんだか質問攻めだな、と思いつつぼくは答えた。

「松江？」凜々子ちゃんは知らないらしい。「それってどこ？」

「えーと、東京から千キロぐらい西の山奥だね」

「全然説明になってへんで、それ」理恵ちゃんに突っ込まれた。

そのとき、

「……神在月」

いみなちゃんが呟いたので、ぼくたちは彼女を見た。

『神在月』とは、島根県でのみ使われる、陰暦の十月を指した異称である（正確には出雲地方のみだが）。本来、陰暦十月は『神無月』という。それはこの月になると、日本中からすべての神様がいなくなると言われているからであり、ではその神様たちは一体どこに行くのかというと、それは島根の出雲大社だとされている。だから全国的には『神無月』でも、島根には神様が大集合しているので『神在月』というわけだ。

「でも、よくそんなマニアックなこと知ってるね」

「いみなっちは、そーゆーミステリ系が大好きやからな」

　理恵ちゃんに頭を撫でられ、いみなちゃんはくすぐったそうにする。そういえばさっき『写楽芳成＝シャーロック・ホームズ』『森屋貞司＝モリアーティ』という先生の駄洒落に、真っ先に気づいたのもいみなちゃんだったか。

「あ、そうや」理恵ちゃんが言った。「ミステリで思い出したんやけど。あの放送、結局なんやったんやろな」

「あ、それ、あたしもすごく気になってた」

　凜々子ちゃんが言い、いみなちゃんも頷く。もちろんぼくも興味がないわけではない。

　魔学部新入生と職員の集まった大講義室に突如流れた怪放送——殺人予告。あれは一体何だったのだろうか？

「あの放送、自分のことを〝アレイスター・クロウリー〟って言ってたけど、アレイスター・クロウリーってやっぱりあのアレイスター・クロウリーのことかな？」

「たぶんそうなんちゃう？　クロウリーなんて、他におらへんやろうし」

　——アレイスター・クロウリー。

　魔学界において、その名は偉人を通り越し、もはや〝怪物〟とまで呼ばれている。二十世紀最高位の大魔術師として名を馳せた伝説的人物であり、彼の功績は世界史にも大きく影響を与えたとして、高校の教科書にも太字で名前が載っているほどだ。

一八九八年、イギリス。幼い頃より天才的な魔術の才能に恵まれていたクロウリーは、二十三歳でケンブリッジ大学トリニティーカレッジを中退し、世界中の魔学を直接その眼で見極めんと、単身、十年に及ぶ世界放浪の旅に出た。

世界には、国の数だけ、その土地の風土に根ざした魔学が存在する。魔学振興国イギリスをはじめとする欧州はもとより、紀元前からの宮廷魔学史を持つインド、深山幽谷にて肉体の練成を目的とした仙学を伝える中国や、東西洋の魔学を融合させた風水学を伝える香港、さらには原住民が独自の魔学体系を伝承している北・南米諸国、数多くの魔学的遺跡が出土するアフリカ――。すなわち彼は放浪によって、その世界中の魔学を体現し、究め尽くそうとしたのだ。

はたして、その試みは成功した。

もちろん、世界中の魔学を完全に修めるのに十年という時間――そして人の一生という時間はあまりにも短い。しかし、彼は世界中の神秘に直に触れ、幾億もの叡智と技術を余すことなく享受することで、その身に備わっていた天才的な魔術の才能を極限まで磨き上げることに成功したのである。

一九〇七年。新世紀の幕開けとともに本国に帰還した三十三歳のクロウリーは、ついに魔学結社ＡＡ（Argenteum Astrum ＝『銀の星』）を創設。その総帥の座に就き、実に二十年以上もの時を、大いなる魔学の発展のために費やすことになった。

ＡＡには、クロウリーを師と仰ぐ若き才能たちが世界中から集まった。魔術演術理論研究の権威である魔学者ウィリアム・フォレストをはじめ、アルジェリアの砂漠にて大悪魔召喚実験を成功させたライゾル・トゥルーマン、七十八枚の占術カード『ゼムニ・タロット』を製作した錬金術師レディ・メリゼなど――近代魔学を大きく発展させた傑物たちはほとんどがＡＡの出身である。

一九二九年。クロウリー五十五歳。この年、彼はその魔学人生の集大成とも言える奥義書『魔術理論』を出版するとともに、〝黙示録の獣『６６６』〟を自称する。

〝黙示録の獣『６６６』〟とは、新約聖書ヨハネの黙示録第十三章に登場する獣のことだ。この獣は神をも汚し、世界中の人間の手に『６６６』という数字を刻印して思うままに支配する力を持っていた。『６６６』という数字は、人間一人分の存在を表した超次記号である。クロウリーは自らそれを名乗ることで、比肩する者のない自分の権威を象徴したのだ。彼が怪物などと称される所以である。こうして、アレイスター・クロウリーは名実ともに二十世紀最高位の大魔術師となったのだ。

ただ、その大魔術師も人間である以上、生物としての限界――寿命に逆らうことはできず、一九四七年、今から半世紀以上も前に七三歳でこの世を去っている。

しかし、彼が現代でも有名である理由は、さらに別にある。

実はこの数年後、彼の創設したＡＡはイギリス政府によって解体されてしまう。しかしその人材と設備は事実上政府に取り込まれる形となり、そうして現代の魔学結社オズが誕生したのだ。つまりアレイスター・クロウリーとは、魔学結社オズの礎を築いた人物なのである。

そのクロウリーの名を騙(かた)るとは（しかも日本魔学の金字塔(きんじとう)たる城翠大魔学部で）、まさしく大胆不敵と言わざるを得ない。

「あの放送、なんて言うとったたっけ」

「たしか、集まった人の中から誰かを……処刑するって言ってたけど」

二人がそう言うと、いみなちゃんは鞄からボールペンを取り出し、テーブル脇の紙ナプキンを一枚取って、それにさらさらと何かを書きつけ始めた。やがてペンを置き、ぼくたちにナプキンの文面を見せる。そこには次のように書かれていた。


『親愛なる諸君』

『このたびは城翠大学魔学部への入学おめでとう。

我は新入生諸君の入学を心から喜ぶものである。

若き諸君ら一人一人の小さな肩には、大いなる魔学の明日が荷われているのだということを忘れず、日々学業に精進してもらいたい』

『さて。本日は、諸君に一つ報告したいことがある。

我は諸君の有望なる前途を祝し、またその日々の励みとなるように、あるゲームの開催を決定した。これは魔学を信奉し、魔学のために挺身する諸君にとって、まさにこの上なくふさわしいゲームである』

『安心したまえ、内容（ルール）は簡単だ。すなわち、我は、今この会場内に集まった諸君の中から生贄を選定し、処刑することをここに宣言する。

繰り返す。

我は、今この会場内に集まった諸君の中から生贄を選定し、処刑することをここに宣言する』

『さあ、賢明なる諸君。

生贄として選ばれた憐れな子羊が誰であるのか、推理せよ。

同時に、我が一体誰であるのか、推理せよ。

この二つの謎が解き明かされるまでゲームは続けられる。

我はいつでも諸君のすぐそばにいる。

すべてが白日の下にさらされたときこそ、我は諸君の前にその姿を現すであろう』

『我は魔術師アレイスター・クロウリー。すべての真相をこの手に握り、密室の扉の奥にて諸君を待つ。

それではただ今より、ゲームを開始する』

「……たしかこんな感じだったと思う」

「すごーい！　よく憶えられたね」凛々子ちゃんが素直に感心する。

「しっかしなんちゅーか、ホンマに推理小説しとるなあ……」理恵ちゃんが文面を眺めながら、しみじみと呟いた。

　たしかに。よりにもよって殺人予告——しかも、犯人は誰なのか、推理してみせろなんて——ミステリでは使い古されて、もはや手垢まみれもはなはだしい設定である。もっともその古めかしさが、魔学部という舞台には妙に似つかわしいような気もするけれど。

「でも自分からアレイスター・クロウリーって名乗ってるのに、誰なのか推理しろ、っていうのもなんだかおかしいよね。名前を騙っている自分は誰なのか、って意味かな？」

「たぶんね」

　凛々子ちゃんの疑問にぼくは小さく頷いた。理恵ちゃんが言う。

「案外、犯人はアレイスター・クロウリーの幽霊やったりして。それが魔学部の人間を生贄にして、とんでもない大魔術をやらかそうとしてんねん。どやろこの推理。なあ、あまねっち？」

「でも、それじゃ推理小説じゃなくて恐怖小説だよ」

　ぼくがそう返すと理恵ちゃんは笑った。別に本気で言ったわけではなかったのだろう。

「けど、これがホラーやなくてミステリやとすると、誰が犯人かを突き止めろっていうのはまだわかるねんけど、この被害者を突き止めろいうのはどーゆーことやの？　ちょっとおかしいんとちゃう？」

理恵ちゃんの指摘は正しい。犯人が誰かを推理するのがミステリの主な醍醐味である。しかし、被害者は誰なのか推理してみせろというのはあまり聞いたことがない。

凜々子ちゃんと理恵ちゃんが目顔で水を向けると、いみなちゃんは少し考えてから言った。

「……えと。たぶん、犯人が狙っているのは誰かを当てろ、ってことだと思うけど」

「でもさ、当てろって言われても、何の手がかりもなしで？」と凜々子ちゃん。

たしかに、放送はゲームとやらの趣旨と内容を示しただけで、肝心の謎を解くための手がかりについては触れなかった。犯行が行われていない状態で加害者と被害者の両方を突き止めるなんて、どう考えても不可能だ。事件が発生する前に事件を解決させる——そんな本末転倒ありえない。理恵ちゃんの言う通り、ミステリとしては破綻している。

もしも。

もしも、そんな矛盾を可能にする人間を挙げろと言われれば、それは他人の心が読める魔術師ぐらいだ。そして現在、城翠大には世界に六人しかいない魔術師の一人がいる——。

その瞬間、ぼくはある考えに至った。

まさかそういうことなのだろうか……？　犯人の狙いはそれなのか……？

「周くんはどう思う？」

凜々子ちゃんの言葉でぼくは我に返った。「え？」

「だから、あの放送。誰がやったと思う？」

「……ん。さあ、ただの悪戯じゃないかな」

ぼくがそう答えると、

「つまらへん推理」理恵ちゃんが言った。しかし頭の後ろで手を組み、「でもまあ、そうなんやろなー。それが一番妥当なところやとウチも思うわ。おおかたアレやろ。騒ぎ起こして喜ぶどっかのアホがやったんやろ」

うーん、と凜々子ちゃんは不満そうに唸る。「なんだかつまんない結論だね」

不謹慎な発言だが、その通り。現実なんてつまらないものなのだ。しかしそれが真実でもある。

場が『怪放送＝ただの悪戯』で落ち着こうとしたときだ。

「……でも、外部犯は無理だと思う」

おずおずと水面に一石を投じたのはいみなちゃんだった。

「なんでや？」

「……えと、その、それはオズの護衛の人たちがいたから。あの人たち朝早くからいたみたいだし、不審なことしてる人がいたら、捕まえると思うから」

その推理には一同があっと声を上げた。

発見されたレコーダーのタイマーは、いわゆるアナログ時計の目覚ましアラームと同じようなタイプの粗末なものだった。つまりあのタイマーでは、時刻は指定できても日付までは指定できないのである。だから、何日も以前からレコーダーをあの場に仕掛けておくなんてことは不可能なのだ。そんなことをすれば、まるで見当違いのタイミングで放送が流れてしまうことになる。

「……えと、だから犯人は、放送が流れた今日午前九時十分から以前の十二時間以内に――つまり、昨夜の午後九時十分以降にあのレコーダーをセットしたことになるの」

「でも、たしか学部棟って夜になると鍵が閉まっちゃうんだよね？」凜々子ちゃんが興奮したように手を合わせる。

これは昨日のガイダンスで説明されたことだが、学部棟はいずれも、防犯上、午後六時以降にすべての出入り口が自動で施錠(ロック)されるシステムになっている。それ以降に棟内に用のある人間は、玄関脇の勝手口にあるカードリーダーに学生証もしくは職員証を通し、勝手口を開錠してから中に入ることになるのだ。

セキュリティが解除され、誰でも棟内に入れるようになるのは、たしか翌朝の午前七時からだが――その時間にはいみなちゃんの指摘する通り、オズの護衛たちが配備を完了していただろう。それについては今朝方、ぼくも確認済みである。

だから犯人がレコーダーをセットしたのは、昨夜の午後九時から今朝の午前七時までの間ということになる。つまり……。

「なんや？　つまり犯人がレコーダーをセットした時間に魔学部の中に入れたんは、大学関係者だけっちゅーことかいな？」

　理恵ちゃんの確認に、いみなちゃんは頷いた。凜々子ちゃんが言う。

「じゃあさじゃあさ。それって、あの会場に集まった人たちの中に、犯人がいたかもしれないってことだよね」

　……その通りだ。可能性は充分あり得る。

　突然の怪放送で騒然とするガイダンス会場。外面は周囲と同じく困惑した表情を取り繕いつつも、内心では高らかな哄笑（こうしょう）を上げながら、騒ぎを起こした張本人は平然とそこに混ざっていたのかもしれない。

　何しろ、犯人自身があの怪放送の中で言っていたではないか。

　――我はいつでも諸君のすぐそばにいる、と。

　導き出された推理に全員がなんとなく言葉を失ったが、ややあってからぼくは口を開いた。

「でもさ。内部犯でも外部犯でも、やっぱり悪戯には違いないと思うよ」

　少し強めの口調に、皆驚いたようだった。まずったかなと思い、慌ててフォローを入れる。

「えーと……ほら、本当に人を殺そうって人間が、あんな茶番を仕組むはずないし」

「……うん、そうだよね」頷いたのは凜々子ちゃんだった。ぼくの顔を見てにっこりと笑う。

「本当に人が殺されたりなんかしたら嫌だもん。周くんの言う通りだよ」

「そらそうやな。そういうのは小説とか漫画の中だけでやるからおもろいんであって、現実でやられたら迷惑以外のなんでもないで」

おどけて言う理恵ちゃんに、いみなちゃんも強く頷いて同意を示した。

そのとき手鞠坂が料理を運んできたので、この話題はそこで中断となった。

ぼくたちは食事を取りながら、他愛もない会話で盛り上がった。凜々子ちゃんと氷魚ちゃんが幼稚舎で知り合ったときの話や、小学校でいみなちゃんや千里ちゃんと出会ったり、理恵ちゃんが大阪から転校してきたりしたときの話……。

それらを語るときの三人は実に楽しそうで、彼女たちが本当にかけがえのない友人同士であることが知れた。自分以上に思いやることのできる他人——そういう人間がいることは幸せなことだろう。素直にそう思う。

やがて、そろそろ帰らなきゃ、と凜々子ちゃんが席を立つと、他の二人もそれに続いた。

「周くんはどうするの？」

「ぼくはもう少しここにいるよ」

「そう？　じゃあまた明日ね。あ、今度周くんの家にも遊びに行きたいな」

構わないよ、とぼくが言うと凜々子ちゃんは嬉しそうにはにかんだ。

「うわ、密会やで密会！　りりっち、いつの間にそんなスキャンダラスな女になっててん！　オネーサンは悲しいで」

理恵ちゃんの冗談で再び笑いに包まれ、場は締めくくりとなった。

女の子三人が帰ってしまうと、テーブルは急に静かになった。手鞠坂を呼びつけてコーヒーのおかわりを持ってこさせると、ぼくは思考に集中する。さっきの話題で思いついたこと。それをもう少し一人で考えてみたかったのだ。

しばらくして、扉の蝶番の軋む音が来客を知らせた。けれど、考え事に集中していたぼくは特に気にとめなかった。その来客がぼくのほうへやってくるまでは。

「――あん、いたのか周」

聞き覚えのある声に顔を上げると、先生がこちらにやってくるところだった。

「先生」

「おう」

と手を上げ、先生はぼくの対面に座る。そしてテーブルに残された食器を見て、

「今までお前以外にも誰かいたのか？」

「ええ、凜々子ちゃんたちが」

「で、なんでお前は一人で残ってるんだ？」

「ちょっと考え事があったもので……」

ふうん、と興味なさげに先生。食器を下げにやってきた手鞠坂にキリマンジャロを注文すると、テーブルの隅に置かれたあるものを見つけて笑った。

「なんだ。もしかして、今日の放送の話でもしてたのか？」

先生が手に取ったのは、先程いみなちゃんが怪放送の内容を書き記した紙ナプキンだった。ちょうどよかったので、ぼくは先生に訊いてみる。

「先生」

「うん？」

「あの放送、どう思いますか」

「どうって……感想を求めてんのか？」先生は煙草に火をつけ、「だったら、おもしろいことをするやつがいるな、と思うけどな」

ぼくは先生のあの邪悪な笑み（うん、まさにその表現がぴったりだ）を思い出す。この人にとって善悪感情なんてものは意味がない。唯一適用されるのは好きか嫌いか、おもしろいかつまらないかという好悪感情のみ。

「お前こそどうなんだ？　そっちは何か考えがありそうだな」

先生がぼくの顔を見る。その通りだった。コーヒーを一口すすってから、ぼくは自分の考えを言ってみた。

「――あ、あの放送の、犯人は、先、生に、挑戦して、い、るんだ、と、思い、ま、す」

先生は片眉を持ち上げてみせる。

「どうしてそう思う？」

「あの放送が、謎を解くための手がかりについて一切触れなかったからです」

犯行が行われていない状態で加害者と被害者の両方を突き止めるなんて、どう考えても不可能だ。事件が発生する前に事件を解決させる。そんな芸当が可能なのは、他人の心が読める魔術師しかいない。つまりあれは、わざと常人には無理な難題を提示することで、暗にそれが可能であろう先生に対し、この謎を解いてみせろと挑発していたのではないか。つまりあの放送は、犯人から先生への『挑戦状』だったのではないか。——ぼくはそう考えたのだ。

「ふん、なるほど。言葉の裏を読んだなかなか鋭い考察……と言いたいところだが」先生は煙を吐きながら、あっさりと言った。「そいつは間違ってるな」

ちょっと自信があっただけにぼくは拍子抜けする。

「あの、根拠はなんですか？」

「簡単だ。魔術では人の心を読むなんてできないからさ」

「はい？」ぼくは思わず素っ頓狂（すっとんきょう）な声を上げてしまった。「ち、ちょっと待ってください、よくわからないです。……読めない？　魔術で人の心は読めないって言ったんですか？」

「ああ、読めない」言い分は覆らなかった。きっぱりと断言されてしまう。「『読心』は『不可能命題（ロストタスク）』だ。現代魔学じゃあ実現されていない。仮にも魔術師にケンカを売ろうってやつが、この程度の常識も知らないってのはさすがに考えにくいだろ」

「常識、ですか」

ぼくは呟き、時間をかけて理解に努める。

「あの……じゃあさっきのゼミでのは何だったんです？」

先生は氷魚ちゃんの心を読み、彼女の性格やその他の個人情報まで言い当ててしまった。あの魔術は何だったのか。

「姿を変えたのはたしかに魔術さ。『偽装』っていう魔術で、まあ精巧な特殊メイクみたいなもんだな。結構応用の利く魔術で自分自身の姿はもとより……ほら、そんなふうに」

先生がテーブルに置かれたぼくのカップを指差す。

ぼくは驚きに目を見開いた。たしかに無地の白いカップだったはずが、いつの間にか七色の派手なストライプ柄に変わっていたのである。それも束の間、先生がぱちんと指を鳴らすと、ストライプ柄は煙のように掻き消え、カップは再び元の無地に戻っていた。

「『偽装』は触られても科学的に調べられてもまずバレやしない。その辺りは魔術師の演術力次第だけどな」

ぼくはカップを手に取ってみる。先生はこれに手も触れていなかった。どうやら離れた場所の対象にも、目視で施術することができるらしい。

「とにかく、姿を変えたのはこの『偽装』を使ってのことだ。けど、それ以外は全部ただの詐術さ。在真の言い分にのっとれば、程度の低いただのペテンだな」

「ペテンですか。それじゃ、氷魚ちゃんの性格や本人しか知らないようなことを言い当てたのは？」

「性格は在真の外見や仕草を観察して、適当なことをもっともらしくでっちあげただけだ。あいつも言ってただろう、リーディングって。超能力者のふりをしたペテン師がよく使う手だ。当たり障りないことをそれらしく演出してしゃべるだけで、人は驚くほど簡単に『心が読まれている』なんて信じ込んだりする。ちょっと練習すれば誰にだってできる簡単なトリックだ」

「はあ」

「生年月日、年齢、それに住所や略歴なんかは、あらかじめ入学者のファイルを見て知っていただけだ。そう、城翠は私学だから家族構成なんかも載っていた。血液型は先日行われた新入生健康診断のファイルを見ただけ。利き腕は、あいつが名前を訂正するときに左手でペンを使っているのを確認した」

「…………」

情報を整理してみると、つまり先生が魔術を使用したのは〝姿を変える〟というただその一点だけ。あとはすべて観察力と記憶力と演技力を駆使した詐術に過ぎなかったらしい。それはそれですごい芸当なのだが、

（……この人、本当に魔術師なのだろうか）

なんだか、そう思わずにはいられない。

「タネがわかれば拍子抜けだろう？　ま、トリックなんてどれもこれもそんなものだけどな。魔術では姿を変えることはできても、人の心を読むなんてことはできやしない。お前たちは俺

の見た目が在真に変わってしまっただけで、俺が在真の人格や記憶まで手に入れたと思い込んだ。驚きで冷静さを欠いて真相を見誤ったってわけだ。ま、それが俺の狙いでもあったんだがな。驚愕させて相手が浮き足立ったところに、すかさず虚偽をすべり込ませる。これが詐術(ペテン)の基本だ」

自慢するように語る先生。ぼくは、どうしてそんなややこしいことをしたんですか？　と訊こうとして、やっぱり思いとどまった。答えはわかっていたからだ。

「——そりゃお前、ただ姿を変えるだけよりも、心も読んだと思わせたほうがすごいし、おもしろいからに決まってるだろう」と。

「お前たちも、もう少し冷静に観察してれば、すぐにあんな詐術見破れたはずだぞ」

「そうですかね」

「当たり前だ。トリックを見破るヒントは十分にあったんだからな」

「ヒント？　そんなのありました？」

先生は、ふふふ、と笑った。解答を提示するのがおもしろくてしょうがないらしい。ぼくは事件の真相を名探偵(シャーロック)に教授される哀れな語り手(ワトスン)の気分になってきた。いいかいワトスン君、こんなこともわからないのかいワトスン君。

先生は煙を燻(くゆ)らせながら一言。「——身長さ」

「身長？」言われて、ぼくはやっと気がついた。「……ああ、なるほど」

「わかったか？　そういうことだ。俺の魔術では姿を変えることはできても、身長を変えることはできない。それに気づいてしまえばあとは簡単だろう」

そうだ。

あのとき、顔や声は氷魚ちゃんそのものだった先生も、身長だけは元のままだった。あの場でそれに気づけなかったのは、先生がすぐに椅子に座ってしまったからだ。座ると、先生の長身もそこまでは目立たなくなる。

たしかにあの場でそれに気づいていれば、先生の模写が完全じゃないことは気づけただろうし、先生の『読心』もやっぱりただの詐術なのではないか、と疑うこともできたかもしれない。先生自身言っていたではないか。身長をどうにかするのは難しい、と。ちゃんとヒントはあったのだ。

「誰か指摘するかとも思ったんだがな。ま、今回のゲームは俺の勝ちだ」

「またゲームですか」

「おうよ。魔術師が仕掛けたトリックに学生たちははたして気づくことができるのか、ってな」

どうやら先生は筋金入りのゲーム好きのようだった。本当におもしろいことが好きで仕方ないらしい。

「でも、ちょっと解答側にハンデありすぎませんか。たしかに身長はそのままでしたけど、それにしたってあれだけ完璧に姿を変えられたらさすがに気づけないですよ」

「あの程度の変装で何言ってる」先生は言った。「ヘキサエメロンの中には、性別、年齢、人種を問わず、姿形や声、細かな仕草から所作まで、どんな人間にも完璧になりすませる魔術を使うやつだっているんだ。それにくらべれば、俺の変装なんて粗末なもんさ」

「へえ……」ぼくはちょっと驚く。そんな魔術師がいるということにもちろん驚いたが、何より、先生が他人を褒めるというのが意外だったからだ。もちろん本人を目の前にしてそんな感想を口にはしないけれど。

それにしても。

誰にでも完全になりすませるとは――まさしく完全犯罪すら可能ではないか。事実なら先生が褒めるのも頷ける話だが、本当にそんなとんでもない魔術師が存在するのだろうか。

そのとき、手鞠坂がキリマンジャロを運んできた。先生は灰皿に煙草を押し付けて火を消すと、カップを手に取る。コーヒー独特の香りを優雅に楽しんでから一口。

と。

「――そいつの名前は〝アレイスター・クロウリー〟という」先生が唐突に言った。

「え？」アレイスター・クロウリー？「あの、誰がですか？」

「今言った、誰にでも完璧になりすませる魔術師が、だよ。名前ぐらいは聞いたことがあるだろう？　今日の放送の主もそう名乗ってたしな」

「あ、はい、アレイスター・クロウリーですよね。知ってます。……知ってますけど」ぼくは自分の知識に間違いがないことを確認してから、慎重に尋ねた。「あの、でもアレイスター・クロウリーって、もうずっと昔に死んじゃってますよね？」

　先生は二本目の煙草に火をつける。「それの孫だ」

「孫？」

「〝黙示録の獣『666』〟アレイスター・クロウリー――その実の孫にあたる魔術師がオズにいる。いや、正しくはいたと言うべきか。とにかく、そいつこそが〝六人の魔術師の三番目（ヘキサエメロン・ザ・サード）〟アレイスター・クロウリー三世だ」

「……そんな人がいるんですか？」

　凜々子ちゃんたちがこの場にいたら、興味津々でテーブルに乗り出していたことだろう。

「クロウリー三世は、身長を含めた姿形を魔術で変えることができる。しかしやつの変装が完璧なのはそれが理由じゃあない。クロウリー三世はな、他人の『過去』を見る魔術が使えるんだよ」

「……他人の過去を、見る？」

「そうだ。噂じゃあクロウリー三世は、物心ついたときにはもうこの魔術に目覚めてたってんだからとんでもない話だろう？　〝さすがは大魔術師の血を受け継ぐ生粋の魔術師〟ってなわけで、クロウリーは生まれたときからすでにオズに保護されてたんだそうだ」

　先生は足を組み直して灰皿に灰を落とした。先生がこういう仕草をするときは話に集中したいときだ。ぼくらもカップを置いて先生の講義に備える。

「『過去』を見抜く——ということは、つまりその人間がどういう人間かを見抜くということだ。出生からこれまで、育った環境はどんなものか？　どんな人生を経て今に至っているのか？　どんな家族がいるのか？　友人は多いほうか少ないほうか？　恋人は？　学校や会社ではうまくやれているのか？　生活は安定しているのか？　事故や病気などに遭ったことは？

そういった状況で一体どのように行動してきたのか？　——クロウリー三世は、その人間が、どうしてそのような人間になったのか、その人間を形作ってきた膨大な条件すべてを見ることができる。その人間の土台となっている過去を把握することで、その人間の現在を完璧に我が物としてしまうらしい。ある状況に陥ったとき、その人間がどういう考え方をするのか、どういう行動を取るのか。そういった大局的なことはもとより、さらには話し方や所作、ちょっとした仕草——相手を見るときの視線の角度から、椅子への座り方、ベッドの中での癖とか——そんな些細なことまで全部丸ごと模写できる。クロウリー三世の変装が完全なのは、この他人の過去を見るという『過去視』の魔術のおかげだと言っても過言じゃあない」

「それは『読心』とは違うんですか？　相手のことを何から何まで知ることができるわけでしょう？」

「『読心』はあくまで、相手が今何を考え、どういう心境にあるのか、ということを読む術だ。言い直せば『現在視』ということになる。『過去視』は決して他人の心や記憶を見る魔術じゃない。リアルタイムに変化する他人の現在ではなく、客観的事実として確定した他人の過去を見る魔術、それが『過去視』だ」

「なるほど」ぼくは呟く。「他人の過去を知ることができる魔術……」

と、そこで不意に、ある疑問を思い返した。

「――先生、さっきおっしゃってましたけど、そのクロウリー三世がオズにいたというのはどういう意味なんです？　どうして過去形なんですか？」

「文字通りの意味さ。クロウリー三世は十年以上も前に行方不明になって、今もそのままだからだ」

「行方不明？」

「一応籍はオズに残ってるけどな」

ぼくは無言で話の続きを求めた。先生は肩をすくめ、

「単純明快な話だ。何の捻りもない。――〝六人の魔術師の三番目〟アレイスター・クロウリー三世は、ある日、住居としてオズにあてがわれていたロンドン郊外の屋敷を、護衛に付いていた黒服二十人を巻き添えにして爆破し、そのまま行方をくらました。それだけだ」

「…………」ぼくはしばらく開いた口が塞がらなかった。それではただの逃亡ではないか。

「あの、なんでそんなことをしたんでしょう」

「さあな、俺もやつとは一度しか会ったことがないからよくわからんが」先生はあまり興味が

なさげに煙草の煙を吐き出した。「おもしろいとでも思ったんじゃないのか、そうすることが」

「……はあ」

もしかして魔術師という人種は、全員が先生みたいな快楽至上主義者ばかりなのだろうか。天才の考えることは凡人には理解できないというが、究極の才能を天から授かった――まさに天才中の天才である生粋の魔術師の思考など、想像することもできない。

二十世紀最高位の血統を引く魔術師アレイスター・クロウリー三世。その魔術師はかつて、惨事とともにオズから姿を消した。どこにいるかは誰も知らない。そして、その名を騙った殺人予告が、この城翠大魔学部で起きた。

（まさか――）

自分の至った荒唐無稽（こうとうむけい）な考えに、ぼくは呆れにも似た思いを抱く。けれどそれを一笑に付すことはできなかった。馬鹿馬鹿しいと思えば思うほど、その考えはぼくの中で鎌首（かまくび）をもたげていく。

（まさかそのクロウリー三世が、魔学部内の誰かになりすまして紛れ込んでいる？）

そして誰かを狙っているというのか？　学生か大学職員に変装しながら、ゲームにふさわしい生贄を見つけるべく、その双眸（そうぼう）を昏（くら）い光にギラつかせて？　それでは、あの怪放送の『我が一体誰であるのか、推理せよ』とは、そういう意味だったのか？

（そんな馬鹿な。一体何のために？）

冷静な反論が脳裏をかすめる。

しかし、それが空(むな)しい言い分であることはもうわかっていた。魔術師には常識なんて通じない。一般人の創(つく)り出した道徳や倫理では、超越者たる魔術師を縛ることなどできないのだ。

なぜそうするのか？　——簡単だ。そうすることがおもしろいからだ。愉快痛快で仕方がないからだ。犯人も言っていたではないか、ゲームと。犯人は、この一連の出来事を楽しんでいるのだ。

ぼくは自分の考えを先生に話してみた。

「ふうん、どうだろうな」先生は口の端に笑みを浮かべ、はぐらかすように言った。講義中に質問をしてきた生徒に、あえて正答を教えず、自力で問題を解かせる教師のようだ。「まあ、仮にそうだとしてもだ。やっぱり『被害者を当てろ』というメッセージが謎として残ってしまうんじゃないのか？」

「ああ……そうですよね」

そうだった。先生は『読心』など使えないのだ。ぼくの推理は外れで、結局それが疑問として残ってしまう。

「『読心』の他に、何かあらかじめ犯行を察知できるような魔術はないんですか？」

「魔術はそんな都合のいいもんじゃねーよ。昨日も言っただろ」先生はあっさりとぼくの質問を退け、「大体だな、あの放送の犯人は、被害者が誰なのか『推理しろ』と言っていただろう。

論理的な思考で真相に迫れないような問題は提示しないはずだ」

「はあ、でも……」

「考えろ」

先生は短く言って、手鞠坂を呼ぶとコーヒーのおかわりを注文した。

ぼくは眉をひそめる。さっきから先生は口出しのみに徹し、ぼくに思考を任せ切りだ。そのくせ、結論の矛先をあるほうへ向けさせようとする意図が垣間見える。先生、もしや――

「先生は『被害者を当てろ』っていう犯人のメッセージの意味がわかってるんですか？」

「当たり前だ」先生は鼻を鳴らした。「ちょっと考えればわかることだろう」

手鞠坂が先生の空のカップを下げ、おかわりのコーヒーをトレイに載せて持ってきた。その間ぼくはずっと考えていたが、納得のいく推理は浮かばなかった。

すると、先生はコーヒーを一口飲んで足を組み替え、突然別の話題を振った。

「――周。昨日、お前は俺に『日本人なのか』と尋ねただろう」

「え？　あ、はい」

「お前は俺を日本人だと考えた。それは俺の髪や目の色、顔立ちなんかからそう判断したわけだな」

「そうですけど」

「たしかにそれらの要素は、人種はもとより個人を識別するときにも重要な条件となる。ポピユラーなのは指紋や声紋だが、他にも顔、歯型、目の虹彩模様なんかも挙げられるな」

　急な話題に戸惑いつつも、ぼくは頷く。それらで個人を認証するセキュリティシステムの存在は、もはや一般常識だろう。

「なら、一つ訊くが」先生が言う。「それらの個人を識別する条件が、すべて無効になったとき、お前ならどうやって他人を見分ける」

「え？」

　考えてみると、答えはすぐに出た。特殊な問題ではあるが、昨日のそれにくらべれば迷うほどではない。

「……それは、個人を識別する条件がないわけですから、その人間が誰なのかわからなくなってしまうんじゃ」

　――ないですか。

　と言いかけて。

　ぼくは雷に打たれたように閃いた。

「……まさか」

　人はどうやって他人を識別するのか？

　その条件がすべて無効になったとき、人ははたして他人を識別できるのか？

　なぜ犯人は『被害者を当てろ』と言ったのか？

ぼくは愕然と呟いた。

「まさか、そういう意味なんですか？」

「そう。『被害者を当てろ』ってのは、殺害前に誰が殺されるのかを推理しろということじゃない。殺害後の遺体が一体誰のものなのかを推理しろってことさ」先生はついに解答を述べた。

「あの放送で何の手がかりも示されなかったのは、おそらくそういうことだ。犯人はあの会場にいた中から誰かを選び、そいつを個人識別できないような状態にして殺すつもりなんだろう。個人識別の条件はざっと挙げて、指紋、顔、歯型、目の虹彩模様の四つってところか。このどれか一つでも証明されれば、個人識別は可能になってしまう」

つまり、と先生は続けた。

「これから先、あの会場にいた誰かが、指を一本残らず切り落とされ、顔面を判別不能なまでに潰され、歯もすべて抜き取られ、目も刺し貫かれて殺される、ってことが起こるかもしれないわけだ」

「…………」

先生はコーヒーを飲み干し、「うん、日本語は難しいな」などと笑う。

衝撃のあまりしばらく呆然としていたぼくだったが、とりあえずコーヒーを飲んで自分を落ち着けようとした。しかしカップはすでに空だったため、手鞠坂を呼びつけて三度目のおかわりを注文をする。ウチはファミレスじゃねえんだぞ、と毒づく手鞠坂をぼくは完璧に無視した。

いや、気を回す余裕がなかった。

「……でも、待ってください」ぼくはなんとか言葉を絞り出す。「個人識別を無効にするなんて、口で言うほど簡単じゃないはずです。それに、もし仮にそれらを全部無効にできたとしても、まだ遺伝子での識別があるでしょう？」

「たしかに」ぼくの反論を先生はあっさりと認めた。「遺伝子――DNA鑑定による識別は外的な細工でごまかせるものじゃない。毛髪一本や爪（つめ）の先程度の体組織からでも識別が可能だからな、この条件を無効にするのは不可能と言っていいだろう。ついでに言えば、個人識別条件は掌紋（しょうもん）、骨格、身体のあざ、ほくろ、傷痕（きずあと）――と他にも山ほどある。全部挙げたらきりがないな」

「だったら、やっぱり先生が今言ったような殺害方法なんて、意味がないんじゃ……」

「その通りだ。だが、元々意味なんか求めてねーんだよ、この犯人は」先生は煙草に火をつけ、にいと微笑する。「犯人は、別に本気で誰のものだかわからない死体が作りたいわけじゃない。ただ一見誰のものだかわからない死体を作って、その正体を皆に推理させたいだけだ。ゲームってのはつまりそーゆー意味なんだろうさ」

　絶句してしまう。けれど、たしかにそう考えれば怪放送のメッセージすべてが矛盾なく解釈可能だ。

「……先生、どうするんですか？」ぼくは戦慄とともに訊いた。しかし、

「別にどうもしやしない」先生は肩をすくめるだけだった。「そもそもどうしようもないだろ。

事件にまだ起きてないんだ。いくら俺が魔術師だからって、起こってもいないことを解決できるわけがない」

「それはそうでしょうけど」

先生は鼻を鳴らし、独り言のように呟いた。

「……起こってもいない事件を解決する、か。そうなると『過去視』じゃなくて『未来視』が必要になるな」

「――『未来視』？」突然出てきた単語を聞きとがめ、ぼくは顔をあげた。「そんな魔術を使える魔術師がいるんですか？」

「いや、いない。ただのジョークだ」

きっぱり否定され、ぼくはがくりと肩を落とす。

先生はくっくと笑いながら楽天的に言った。

「……ま、心配しても始まらないさ。明日から講義も始まるんだ。そんなこといちいち気にせずにどーんと構えてろ。だが、そうだな。もしお前の言う通り、犯人が俺に挑戦しているんだとしたらだ。――ふふん、なかなかおもしろそうだ。受けて立ってやるのも悪くないかもな」

【第三講】――休講――（基礎英語と第二外語）

1.

翌日、ぼくは基礎英語の講義を受けるべく大学にやってきた。

時刻は午後一時ジャスト。三時間目が始まる十分前である。本日は余裕をもっての到着、と言いたいところだが、実は午前中の講義二つ――心理学と文化人類学――を寝過ごしてしまった。講義開始初日からいきなり〝自主休講する（サボってしまう）〟という体（てい）たらくに、ぼくは軽い自己嫌悪を覚える。

（せめてもう少し近場に引っ越さないと、本当にまずいかも……）

とにかくあのラッシュだ。あのラッシュが悪いのだ。人ごみに圧迫されるあの苦痛の念が、暗示のようにぼくの無意識に巣食っており、身体が学校に行くのを拒んで目が覚めなかったに違いない。絶対そうだ。そういうことにしておく。

早くも大学生活に忍び寄り始めた影に一抹の不安を抱きながら、ぼくは基礎英語が開講されている総合科学部棟の廊下を歩く。

総合科学部棟はキャンパスの北側——ちょうど魔学部棟とは時計塔を挟んで反対側にある。一年生が履修しなければならない基礎科目と教養科目は、すべて総科棟（総科とは総合科学部の略称だ）で開講されている。だから一年生は、実は自分の学部にはあまり寄りつく機会がないというなんだか矛盾した現象が生じたりする。一年生が自分の学部に行く機会はそれこそゼミくらいなのだ。

「あ、周くん。こっちこっち」

人が集まりつつある教室。その後方の席で凜々子ちゃんが手を振っていた。周りには氷魚ちゃん、いみなちゃん、理恵ちゃんの顔ぶれもそろっている。

「周くんもこの教室だったんだ」ぼくが近づくと凜々子ちゃんが言った。「よかったね、一緒の授業になれて」

「そうだね」

と、頷きはしたものの、ぼくは別に知り合いが同じ講義を取っていることをいいことだとは思わない。かといって悪いと思うわけでもなく、つまりどっちでもいいのだ。けれど凜々子ちゃんがいい気分になれたのなら、それはそれでいいことかもしれない。

ぼくはちらりと氷魚ちゃんのほうを見る。一人だけ前列に座った彼女は、黙々とノートにテキストの英文和訳を書いていた。予習なのだろうが、それはすでに十五ページぐらい先に進んでしまっている。シャープペンを持つ左手と、テキストの英文を追う眼鏡の奥の目だけが素早く動いていた。なんだか話しかけづらい雰囲気ではあるが、ちゃんと皆と一緒に講義に出席しているのだから、昨日のことはもう彼女も気にしていないのだろう。

「どうかした、周くん？」

不思議そうな表情でこちらを見上げてくる凜々子ちゃんに、なんでもない、と答え、ぼくは鞄を下ろして彼女の隣席に腰かけた。

ずり落ちそうなほど深く椅子に座った理恵ちゃんが、だらしなくあくびしながら言う。

「これで、あと来てへんのは千里だけやな……」

「千里ちゃん、午前中の講義にも来てなかったよね。寝坊かなあ」

ぼくも寝坊して午前中は講義をサボったけど――とは、もちろん言わない。進んで恥をさらす趣味はぼくにはない。

どうやら同じ学部の学生がまとめて同一講義に割り振られているらしく、教室内には昨日、大講義室で見かけた魔学部の学生ばかりが集まっていた。多くがぼくたちと同じようにそれぞれのゼミ仲間で固まって座り、親交を深めているようだ。

話題の中心は、やはり昨日の怪放送についてらしかった。……犯人は一体誰なのか？　ただの悪戯か？　それとも本当に殺人事件が起こるのか？　生贄に選ばれるのは誰か？　警察は動くのか？　事件として捜査されるのだろうか？

「うふふ、一体誰が犯人なんだろうね」

かくいうぼくたち佐杏ゼミの面々も、とりあえずの関心はそれに尽きるようだった。

「なんとも言えないね」ぼくは簡潔に答えた。「手がかりがない今の状況じゃ、はっきりしたことは何も言えない」

本当は昨日、先生とベイカーで茶話会をして得た推理があるけれど、内容が内容なので、この場での公開は控えることにした。

「あまねっちの言う通りやで。もっと推理を進めよう思うたら、もうちょい事件の情報集めんと。このままじゃ話にならへんわ」

理恵ちゃんが探偵よろしく気取った仕草で眼鏡を押し上げた。いみなちゃんも無言でこくこくと頷いている。

「というわけで、誰が犯人かという明言は控えておくよ、ぼくは」

「そっかあ」

口調こそ残念そうだが、凜々子ちゃんの表情は満足そうだった。この話題に触れているだけで楽しいらしい。

「ねえ、氷魚ちゃんはどう思う？　誰が犯人かな」凜々子ちゃんは身を乗り出す。

「さあ」氷魚ちゃんは手も休めずに言った。「誰でもいいんじゃないかしら、そんなの」

この反応がおもしろくなかったようで、理恵ちゃんがつまらなそうに鼻を鳴らした。

「なんやねんなひおっち、冷たいなあ。せっかくりりっちが話しかけてんねんから、もう少し愛想ようしたってもええやんか。おんなじメガネキャラとして見過ごせへん。警告やで警告。レッドカード」

後半の冗談が癇に障ったのか、氷魚ちゃんは一瞬手を止めると、前を向いたまま小声で呟いた。

「……勝手にあなたと一緒にしないでほしいものね」

「なんやと？」

辛辣と言えば辛辣なその一言に、理恵ちゃんは表情を眉を寄せて身を起こした。静かな怒りの気配を察したのか、氷魚ちゃんもノートから顔を上げて振り返る。

「今のはどういう意味やねんな、ひおっち」

「言葉通りの意味よ。受け取り方は任せるわ。それと、その呼び方はやめてと何度も言ったんじゃなかったかしら。いい加減に学習してほしいわね」

「なるほどな。つまりこれは、ウチに対してケンカを売ってると解釈してもええねんな」

「どうぞお好きに」

「——や、やめようよ、二人とも」

険悪な雰囲気になり始めた二人に割って入ったのは、やはり凜々子ちゃんだった。

「二人とも友達でしょ？　なのに、どうしてケンカばっかりするの？」

彼女は感極まったのか鼻声だった。あ――いや、本当に涙ぐみ始めた。

これには当人同士はもとより、ぼくやいみなちゃんまでもが総毛立った。騒ぎを聞きつけ、教室内のあちこちからこちらに視線が向けられる。

死にそうに気まずいこの状況を打破したのが、機転が利いて、はしこそうな理恵ちゃんだった。

「――い、嫌やわ、りりっち！　何を誤解してんねんな！」突然笑い出したかと思うと、彼女は凜々子ちゃんの背をぺしぺし叩いて、「冗談やんか、冗談！　ウチがふざけて、それをひおっちが冷たくあしらって。いつも通りお約束の冗談やんか。それを真に受けてしもて。りりっちはホンマに慌てん坊やなあ」

そう言いながら理恵ちゃんは氷魚ちゃんに目配せした。なるほど。全部冗談半分でふざけてやったことにしてしまおうというわけか。

「なあ、ひおっち？　冗談やんな？」

「も、もちろんよ」意を悟り、氷魚ちゃんもぎこちないながら話を合わせる。

「そうなの？」訊き返す凜々子ちゃん。さっきよりも激しく頷いてみせるいみなちゃんが涙ぐましかった。

「そ、そっか、ごめんね、あたしてっきり……」

「ええてええて。ウチらも、ちょい悪ふざけが過ぎたしな」

理恵ちゃんはひらひらと手を振った。内心では土下座でもしていることだろう。

「氷魚ちゃんもごめんね」

「い、いいのよ別に。それと――」氷魚ちゃんはこちらに背を向けて言った。「私も手がかりがない今の状況じゃ、誰が犯人かなんてわからないと思うわ」

「……あ」凛々子ちゃんは満面の笑みに戻ると、大きく頷いた。「うん！」

そのとき、授業の開始を報せるチャイムとともに千里ちゃんが教室に入ってきた。いつにも増して眠たげである。

「おはよー……」

「あ、おはよう千里ちゃん」挨拶を返す凛々子ちゃん。たぶんもう「おはよう」という挨拶の通じる時刻ではないが、まあどっちでもいいか。

千里ちゃんは他の皆にも挨拶しながら、空いていた氷魚ちゃんの隣に座ると、

「あらら、氷魚。ずいぶん先のほうまで予習してるじゃないの。感心ねー」

「言っておくけど、写させてあげないわよ」

「ええ、なんでよー」

「こういうのは自分でやるから意味があるの」

「なによ、ケチ」

膨れる千里ちゃんを見て皆が笑う。

「けど、実はウチも、あとで見せてもらおうとか考えとったんやけどなあ」

「あたしも」

理恵ちゃんが白状すると、凜々子ちゃんも舌を出した。

「……わ、わたしは、わからないところだけ」

いみなちゃんはおずおずと首を縮める。

「なんやねんな。結局、みんな同じ穴のムジナやないの」

理恵ちゃんが肩をすくめると、笑いの輪が広がった。

ぼくは、世界の汚い部分なんか何も知らないかのごとく、幸せそうに笑う彼女たちを見て思った。

——本当にこの五人は仲がいい。

実はずっと不思議に思っていた。これだけばらばらな個性を持った面々が五人も集まって、どうしてこれだけうまく付き合えるのか、と。けれど、その理由が今わかった気がした。

それはきっと、この五人がそれぞれの個性を最大限に発揮しながらも、互いに衝突し合わない絶妙の均衡を保っているからだ。

五人の個性の形状が、まるでパズルのピースのように嵌まり込み、そこに『幸福』という名の肖像を浮かび上がらせている。ときどき、その個性が大きいだけに角が噛み合わず、ピースの片鱗同士が接触してしまうことはある。しかし、それもすぐに他の面々が位置をずらして距離を保ち、補い合うことで、関係は即座に修復される。

ここは彼女たちの世界なのだ。唯一無二(ゆいいつむに)の人間(ピース)だけで構成された究極の好循環。閉じた環(わ)。

だから繰り返される『幸福』の肖像。誰一人代わりにはならない、五人で完結した世界。

では。

もしも、この中の誰かが一人でもいなくなれば——？

「周くんは？　予習とか、ちゃんとやっておくタイプ？」

凛々子ちゃんが朗らかな笑顔を残したまま、ぼくのほうを向く。

「……いや」ぼくは首を左右に振った。「ぼくも予習とかはしないほうかな」

「そう。じゃああたしと一緒だね」

凛々子ちゃんがまぶしい笑顔を見せる。そうだね、とぼくは答え、けれどやっぱり彼女と一緒の笑顔を浮かべることはできなかった。

「………」

そのとき、千里ちゃんが笑うのをやめ、にわかに複雑そうな表情でこちらを見ていたことに、ぼくは気づいていなかった。

2.

まだ初回ということで、聴講確認と授業内容の説明を済ませると、基礎英語の講義は早々に終了した。本格的に講義が行われるのは次回からとのこと。ガイダンスのときもそうだったが、大学側もなかなかにいい加減である。

時間が余ったので、ぼくたちは学内にあるカフェテリアにやってきた。休憩中や昼休みは凄まじい込み具合となるのだろうが、本来まだ講義時間中なのでそこそこ空いている。各自カウンターでドリンク類を買うと、日当たりのいいサンテラスのテーブルに陣取った。

昼下がりの陽気の中、他愛もない会話に花が咲く。咲いては散る。散っては咲く。

やがて、話題は大学でのサークル活動についてへと移った。

「周くんはどうするの？　何か入りたいサークルとかってある？」

「さあ、特に考えてないけど」

ぼくは高校時代も部活には所属していなかった。手鞠坂にも何度か水泳部に誘われたが断っていた。まあ特に深い理由はない。ただ興味が持てなかっただけだ。

「あたしはね、テニスやるんだ」

ふうん、と相槌を打ちながら、ぼくはテニスウェアを着て右へ左へコートを駆け、捉えた白球をラケットで鋭く打ち返す凜々子ちゃんを想像した。潑剌とした彼女には似合っていると思う。

「周くんも一緒にテニスやらない？　あたしは高校のときもやってたんだけど、楽しいよ、テニス」

「……うーん」

「城翠大にはテニスサークルが十団体ぐらいあるんだって。あたし、今日の放課後にその中の一つに見学に行こうかなって思ってたんだけど、よかったら周くんも行かない？」

「そんなこと言っちゃって。本当は一人だと心細いだけでしょ」と、千里ちゃん。

「そ、そんなことないよ。あたし、周くんと一緒にテニスやりたいもん」そう言って、凜々子ちゃんはなぜか顔を赤らめてうつむき、「だから、今日一緒に行ってくれると嬉しいんだけど……」

どうかな、と勢い込む。

「……うん、まあ別にいいけど」正直まったく気乗りしなかったが、ぼくは断り切れずに頷いてしまった。

「ホント？　約束だよ」

嬉しそうに笑う凜々子ちゃんに、ぼくは「入るかどうかはわからないよ」などと言い訳がましく呟く。

「ウチは漫研に入るねん」

がつがつとケーキを食べながら言うのは理恵ちゃんである。ぼくはまたも想像する。部屋にこもって一日中漫画を読みふけり、時折一人でぶつぶつ呟きながら笑ったり泣いたりする理恵ちゃん。……偏見かもしれないが、それもそれでなんだか似合いすぎだ。

「古今東西（ここんとうざい）の漫画が読めるねんで。考えただけで夢のようやわ」

どうやら理恵ちゃんは漫画が好きらしい。先生ではないが——なるほど、そんな感じだ。

「むー、そっちもいいかも」凜々子ちゃんが心惹かれたようにもらした。「掛け持ちしようかな」

「主体性がないわねー、凜々子は」千里ちゃんが苦笑する。

「そーゆー千里はどないすんねんな」

「特には考えてないわねー、あたしも」千里ちゃんはなぜかぼくのほうを見ると、にっこり微笑んだ。「同じね、周くん」

いきなり話を振られてどう返答したものかわからず、ぼくは無言で頷くにとどめる。

「じゃあ千里ちゃんもテニスやらない？」

凜々子ちゃんの誘いに、千里ちゃんは、考えとくわ、と返した。

そして、皆の視線は隣の氷魚ちゃんへと移動する。

無言の質問を受け、氷魚ちゃんはなぜか気まずそうに目を逸らした。

「氷魚ちゃんはサークルどうするの？」

凛々子ちゃんが直接訊いても、氷魚ちゃんはしばらく沈黙したままだった。けれど、やがて気恥ずかしそうに蚊の鳴くような声で「写真部」と言った。

「写真部？」四人の女の子たちが全員同時に目を丸くする。

氷魚ちゃんは、皆の反応をうかがいながら訥々と語った。「……以前、たまたま美術館に風景写真の展示を見に行ったことがあって、それでその、素敵だなと思って。そのときに自分でも撮ってみたいと思ったんだけど、でも高校では勉強が忙しかったし、機材の扱い方なんかまるでわからなかったし、とてもじゃないけどできなかったの。でも大学に入ったら時間にも余裕ができるし……だから、やってみようかなと思って――」一息つくと、不安そうに言う。

「お、おかしいかしら」

「そんなことないよ！」凛々子ちゃんが力強く否定した。胸の前で手を合わせて目を輝かせながら、「うん、そんなことない。すごくいいと思うよ」

「そうねー、雰囲気ぴったりだと思うわ。知的な感じで」

「ま、何事もチャレンジやしな。ええんちゃうの」

千里ちゃん、理恵ちゃんが賛成する。いみなちゃんも頷いて同意を示した。

「がんばってね、氷魚ちゃん！」

「あ、ありがとう……」氷魚ちゃんは本気で恥ずかしそうにうつむいた。

そして、当然のごとく話題の矛先は最後の一人へと向けられる。

「んで、いみなっちはどないすんねん？」

「……って訊く必要あるのかしらね、これ」

テーブルの一番端にちょこんと座って、カスタードプリンを食べていたいみなちゃんは、目をぱちぱちさせながら言った。

「……えと、わたしはミステリ研究会に入るつもり」

予想通りの回答に、テーブルには笑顔が広がった。

やがて四時間目の倫理学の講義に出席すると言って、凜々子ちゃん、理恵ちゃん、氷魚ちゃんが席を立った。「じゃあ周くん、またあとでね」と手を振る凜々子ちゃんを見送る。

休憩時間になり、カフェテリアは人気が多くなってきた。周囲でにわかに喧騒があふれ始める。よそに移動したいところだが、成り行きで凜々子ちゃんのサークル見学に付き合わなくてはならなくなったので帰宅はできない。さて、どうやって時間を潰したものだろう。生協で本でも立ち読みしてようか。そう考えたときだ。

「周くんはもう講義ないわけ？」

テーブルに残った千里ちゃんが言った。

「ないけど」

「あ、そう。じゃあもう帰るのね」

「いや、そうしたいところだけど……」

「ん？　ああ、そっか。凜々子のサークル見学に付き合うんだったわね。そう、それならちょうどいいわ」千里ちゃんはじっとぼくを見据えると、「少し話があるんだけど、いいかしら」

「……構わないけど」

厳しい、とは言わないまでも、彼女の雰囲気が普段と異なっていることは明らかだった。いみなちゃんもそれを察したのだろう。

「えと。……わたし、欲しい小説があるから」

それだけ言い残して、そそくさと席を立ち、ぼくたちの前から去って行った。

「よかったの？」ぼくが訊くと、

「まあ悪いことしたけど。……大丈夫、いみなは頭のいい娘だから察してくれてるわ。それより人が多くなってきたわね。どうする？　場所変える？」

「そうだね。うん、ぜひそうしよう」

ぼくたちはカフェテリアを出て、キャンパス中央の時計塔までやってきた。時計塔周辺はクロックガーデンという円形広場になっていて、学生の憩いの場となっている。ぼくたちは自販機でカップの紅茶を買い、広場の植え込み前に並ぶベンチの一つに腰を据えた。わずかに黄金色に染まり始めた陽光の中、目の前には落葉樹の並木が整然とたたずんでいる。秋になれば、黄色く褪せた落ち葉の絨毯が、鮮やかにキャンパスを彩ることだろう。

「もったいぶっても仕方ないから、ずばり訊いちゃうけど——」

目の前を多くの学生がぶらぶらと闊歩している。しかし、そのうちの誰一人としてぼくたちの会話に耳を傾ける者はいない。千里ちゃんも、それを見越してこの場所を選んだのだろう。

「周くん。あなた、凜々子のことをどう思ってる？」

千里ちゃんはぼくのほうを見ていない。湯気を立てるカップを両手で持ち、肘は膝の上――少し前のめりな姿勢になって、ただ前方を見ている。その視線の先――反対側のベンチでは、一組の男女が並んで腰かけ、何事かをしゃべっては互いに笑い合っていた。何を話しているのかは聞こえないが、その仲睦まじい様子から、彼らは間違いなく恋人同士であるとわかる。

「どう思う、と言われてもね」ぼくは返答に窮する。答えが見つからないのではなく、見つかりすぎて何を言えばいいのかわからなかった。「それは、いろいろと思うことはあるよ」

「例えば？」

「そうだねえ。まず髪が長いよね。染めた髪って傷みやすいのに、彼女の場合はきちんと手入れされてて綺麗で、ぼくとしては好ましいと思う。次に服装だけど、手足が伸びやかに見える健康的なものが多いね。自分の魅せ方を知っているという感じだけど、決して嫌味じゃなくてこれも好感が持てる。それから彼女、よく笑うよね。笑顔は人付き合いを円滑にすると言うし、あれはポイント高いと思うよ。そうだね、それから――」

「……わかった、もういいわ」

手を上げて、千里ちゃんはぼくの言葉を遮った。やりにくそうにため息をついたあと、紅茶

を一口飲む。そして、

「あたしの口からこんなことを言うのも、すごくおかしな話なんだけど」そんな前置きのあと、彼女は断言した。「あの娘はね、今、間違いなくあなたのことが気になってる」

「……はあ」

「あたしの言ってる意味は、わかるわよね」

「……それは、まあ一応」

千里ちゃんにふざけている様子はなかった。いつもの気だるい雰囲気すらも今はなりをひそめている。本当に凜々子ちゃんの心の機微を感じ取り、それをぼくに告げているという感じしかなかった。

「あたし、あの娘とは付き合い長いから、そういうのってなんとなくわかっちゃうのよね。本人が気づいてなくても、あたしの方が先にピンと来るってこともよくあるわけ」

「ふうん」ぼくは曖昧に頷きつつ、「……あのさ。事情がよく呑み込めないんだけど、なんでそんなことになってるわけ？」

「それはあたしが訊きたいわ」千里ちゃんは嘆息した。「けど、そうね。強いて言うなら、今まであの娘の周りにはあなたみたいな人はいなかったから、かしらね」

「はあ」

訳がわからない。ぼくみたいって……どんな人間だそれは？

亘ちゃんは、うーん、と唸りながらぼくのほうを見ると、「なんて言うのかしらねー。よく言えば達観してる、悪く言えば何考えてるのかわからない、みたいな。なんかこう、いつも超然としてて、俗世間とは一線引いているっていうか。みんなが興味津々の話題があってもさ、ふうん、おもしろいねそれ、まあ僕にはあんまり関係ないことだけどさ——みたいな雰囲気持ってる人、いるじゃない？」

「それがぼくだと？」

「そう。恰好（かっこ）つけてそういうふりしてる人はよくいるけど、周くんはマジの素（す）のままがそうでしょ？　そういうところが、何かしらぐっと来るものがあったんじゃないかしらね、あの娘的に」

「…………」

はっきり言って千里ちゃんの論理展開はさっぱり理解できなかったが——それでも、彼女の言い分が明らかに間違っていることはわかった。

そう、間違っている。

真に達観した人間——確固とした己の哲学を持ち、それに従って道を歩いていく人間——とは、たぶん佐杏先生みたいな人のことを言うのだろう。自分の好悪感情のみに従って世界を分断し、超然と己が道を突き進む魔術師。誰しもその背中を追いかけることしかできない超越者。『達観』とはそういう人間にこそふさわしい言葉だ。ぼくなどくらべるべくもない。

……そう。ぼくは決して『達観』などしていない。ただ『諦観（ていかん）』しているだけだ。自分が住むこの世界と、自分の人生という道程に。それが彼女の目には間違って映っている。

「凛々子ってさー」紅茶をすすりながら、千里ちゃん。「いっつも元気よくってはきはきしてるけど、どこかぽーっとしてて抜けてるようなトコあるの、わかる？」

「そうかもね」

その表現は、実に的確に彼女の人物像を言い表していると思った。ぼくも肩をすくめつつ紅茶をすする。ストレートの紅茶は少しだけ苦かった。

「だから、自分の気持ちを確かめずに勢いだけで突っ走って、それでミスっちゃうってことがよくあるわけ。……まあ、身も蓋もなく言っちゃえば『惚れっぽい』ってことなんだけど」

「なかなか客観的な考察だね」

それを本人に言ってあげるといいと思った。少なくとも、こうしてぼくに言うよりは何かしらの効果があるだろう。

千里ちゃんはぼくの軽口にも取り合わず、

「あの娘はね、前の彼氏のときもそうやって失敗してんの」

「…………」

「すごかったわよー。凛々子、別れた夜にわんわん泣いちゃって。あたしたちがどれだけ宥めても慰めても全然泣き止まないわけ。んで、もう最後の手段、眠らせるしかないってんでアルコール飲ませてみたんだけど、これがまた逆効果。あの娘めちゃくちゃに酔っ払って、本とか

ＣＤとか、部屋にあるもの手当たり次第に投げつけてくるの。窓ガラスは割れるし、そのせいで全員パニックになるし。……死人が出るかと思ったわ」

「……それはまた、すごいね」とりあえず、絶対に立ち入りたくないシチュエーションだ。

少し遠くを見るような目つきをしていた千里ちゃんだったが、すぐに現実に立ち戻るかのように目の焦点を合わせた。

「でも、もうあれから一年ちょっと経つ。あの娘、そろそろ一人が寂しくなってきた頃だろうし、ちょうど今が、誰にでも簡単になびいちゃうような時期なのよ」

千里ちゃんはこちらに向き直った。まっすぐにぼくを見据えて言う。

「こういうのは当人同士の問題だし、あたしがこうやって横からしゃしゃり出るのは筋違いだってわかってる。だから、あなたがどういう気持ちで凜々子と接していたってとやかくは言わないわ。——けど、あの娘を傷つけるようなことだけは絶対にしないで。お願い」

その真摯な態度にぼくは怯み、しばらく二の句が継げなかった。次なる言葉を探すように紅茶をすすると、

「……ずいぶん大事にしてるんだね、彼女のこと」

「まあ、ね。あの娘とは小学校からの仲なわけだし」

「それでも、なかなかできることじゃないと思うけど」

「そうかもね」千里ちゃんは照れ臭そうにさっぱりと笑って紅茶を飲み干した。紙コップを手

の中で弄びながら、「あたしさ、ときどき思うのよ。あたしが男に生まれればよかったのにな ー……とか。そうすれば凜々子を幸せにしてあげられたのに。あたしだったらあの娘と別れるなんてきっと考えない。ううん、考えられないわ」

決然と言い切られ、ぼくは返事に詰まった。

「あ」苦笑する千里ちゃん。「ごめんごめん。変なこと言っちゃってさ」

「いや、うん」口ごもったあと、ぼくは頷き、「――わかったよ」

「え?」

「凜々子ちゃんを傷つけるようなことはしない。約束する」

千里ちゃんはぼくを見つめた「ホントね?」

「うん、本当」

ぼくが答えると、彼女は心底嬉しそうに笑った。友達のことで――他人のことで、ここまで純粋に笑えるその心根が少しだけ羨ましかった。

3.

『人の噂も七十五日』という諺もある通り、どんなに人々が興味関心を抱くようなセンセーショナルな話題でも、いつかは必ず廃れて忘却の波にさらわれてしまうことになる。

まってその話題が、どれだけ待ってみても一向に変化の兆しを見せないときなど、この傾向はより顕著となるだろう。

国内魔学の金字塔たる城翠大学魔学部で起こった殺人予告を旨とする怪放送事件は、その発生当初こそ実に多くの人間の興味関心を惹いた。警察が捜査に乗り出し、新聞や雑誌、ニュースやワイドショーなどの取材陣までもが訪れて、特異な環境での常軌を逸した殺人予告を『魔学部怪放送事件』と銘打ち、盛大に報じた。

全国でそんな調子なのだから、同じ学内で噂にならないはずがない。

『魔学部怪放送事件』発生から数日。学内では魔学部のみならず、全学部の学生たちがこの話題を持ち出すようになっていた。講義であちこちの教室に顔を出したけれど、どこに行っても皆が話のついでに事件のことをささやき合っている。

主な話のネタはやはり犯人の推理だった。有力な説（といってもあくまで噂だが）は大学関係者犯人説——つまり内部犯だとする説——だが、では学内の一体誰が犯人なのか。

——大学職員か？

——学生か？

——犯人は一人なのか？

——それとも複数犯か？

学生たちの旺盛（おうせい）な想像力は、数日のうちに実に多くの人間を犯人に仕立て上げた。

しかし、すぐにその犯人推理談義も下火となった。理由は簡単で、どんな推理をしてみても証拠がないため、結局いつも『誰が犯人か、現状では導き出せない』という結論に至ってしまうからだ。そのせいで、学生たちの関心は次第に犯人そのものからは逸れていき、やがては、やれ俺は昨日雑誌記事のインタビューを受けただの、やれわたしはテレビのレポーターに話を訊かれただのという、事件の本質からずれた話題ばかりが蔓延していくようになった。

それと時同じくして、マスコミの事件に対する取材姿勢からも、だんだんと熱が引いていった。こちらの理由も簡単で——すなわち、殺人事件が起きないからだ。

犯人が大見得を切って（?）実行を予告した殺人事件はいつまで待っても実現される気配がない。たしかにあの怪放送には『いつ』起こるのか、という予告がなかった。……では、その実行ははたしていつなのか？　明日か？　一週間後か？　一ヶ月後か？　一年後か？　誰にもそれを知るすべはない。警察の捜査も犯人に迫る糸口が見つからず、完全に行き詰まっているという。

どんなにすべり出しがよくとも、その後が続かない話題に消費者はついてこない。

しばらくは国内に一つしかない魔学部を特集したり、今年そこにやってきた魔術師（言うまでもなく先生のことだ）を取材したりして間を保たせていたマスコミも、事件から一週間が経つ頃には、ほぼ全社が『魔学部怪放送事件』から手を引いていた。その頃には学生たちの間でも、事件が話題に上がることはなくなっていた。学生には学生の毎日があり、それなりに忙しくもある。特に新入生は何もかもが初めてだらけだ。講義、サークル、アルバイト、歓迎コンパ——交友の輪が広がるとともに学生生活は楽しく華やかになる。そうして誰もが、いつ起こるとも知れない事件に構っている余裕をなくしていったのである。

——〝刺身〟と同じだ。どっちも鮮度が命で、放っておいたら腐ってしまう。

（もっとも、刺身は七十五日も保たないけれど）

ふと思いついたジョークの出来にそれなりに満足しつつ、ぼくは魔学部棟のエレベーター内で、カウントされていく階数表示を見上げていた。

四月第二週の水曜日。時刻は午後一時ジャスト。

本日の三時間目は第二回目のゼミだった。開始時刻まであと十分もある。今回こそ文句なしに余裕をもっての到着と言いたいところだが——実は、またも二時間目の第二外国語の講義を寝過ごしてしまった。

おまけに朝食時、寝過ごしたことに慌てすぎてコーヒーのカップを引っ繰り返し、右手首を火傷してしまった。……本当、自分の愚かさが恨めしい。急いだってどうせ間に合わなかったのだから、もう少し落ち着いて支度すればよかった。

エレベーターから出て、右手首に巻いた白い包帯をさする。まだひりひりと痛い。これだけの犠牲を払ったのだから、せめてゼミには余裕をもって到着したいところだ。

佐杏先生の研究室のドアをノックすると、失礼します、と声をかけてドアを開けた。

室内には先生、氷魚ちゃん、いみなちゃんがいた。長机に着席した氷魚ちゃんといみなちゃんの前には、B4サイズのプリント用紙が置かれている。

研究室はこの前よりもずっと生活感が増していた。キャスター付きのホワイトボードやコートかけなど、以前はなかった備品が持ち込まれている。空だった本棚も今は上から下までぎっしりと厚い書籍類で埋め尽くされていた。それでも収まり切らない量の書籍が、床にうずたかく積み上げられている。デスクには銀の灰皿が置かれ、すでに吸殻(すいがら)が山盛りだった。室内にも、早くも煙草の臭(にお)いが染み付き始めている。

「ほれ、お前にも」

先生がぼくにプリントを差し出した。受け取ってみると、どうやら氷魚ちゃんといみなちゃんの前にあるプリントと同じものらしい。三十×三十のマス目が敷かれ、そのマスの所々に小さな数字と文字が書かれている。その下に『縦のカギ』『横のカギ』という欄があり、一問目、二問目という、クイズめいた問題が並んでいた。これは——

「クロスワードパズルですか？」

「ああ」先生は頷いた。「西洋魔学史に関するクイズのな。ふっふっふ、名付けて西洋魔学史パズル」

「…………」そのまんまのネーミングだった。

「全員で相談しても資料を調べてもいい。とにかく講義時間中にそのパズルを完成させろ。それが今日のゼミの内容だ」

ネーミングはともかくとして、先生の自作パズルを解く講義とは、前回のゼミでの言葉通り趣向が凝らされていておもしろそうだ。さすがは先生、面倒なことが嫌いと言うわりには、こういった遊びに関してはまったく労を惜しまないらしい。

「ところで」先生がぼくの右手首の包帯を見て言った。「また、えらくヘタクソな巻き方だな。どうしたんだ、怪我か」

「えーと、まあちょっと」ぼくは口ごもる。あまりにも理由が恥ずかしかったからだ。すると、「ためらい傷？」いみなちゃんが小首をかしげて黒いことを言った。……黒は服装だけにしてほしい。

「……違うよ」大体、ためらい傷なら右手首じゃなくて左手首にできるはずだろうに。

余計な誤解を招くと困るので、渋々ながら今朝の一部始終を自白する。おかげで先生には爆笑され、いみなちゃんには苦笑され、氷魚ちゃんには失笑された。踏んだり蹴ったりである。

氷魚ちゃんといみなちゃんは、各自すでにパズルに取りかかっているようだった。講義開始時刻まではまだ数分あったけれど、特にすることもないので、ぼくもペンを取り出してパズルに向かう。

（『縦のカギ』第一問、『一一四三年。ボヘミア王ウェセランス四世の寵愛を受けて、国内で大きな権力をふるい、死者蘇生魔術の実験を行った宮廷魔術師の名前は何か』——これはたし

か世界史の教科書に載ってたな）

中世では、現代とはくらべ物にならないほど魔術師の数が多く、中には国家の中枢に絡んで、政治や軍事に積極的に介入した者も存在したという。魔学研究も各国で盛んに行われ、多くの成果を上げていた。まさしく魔学史上の黄金期とも呼べる時代なのだそうだ。

（『一一四三がえらせる魔術師ツィートー』だから、答えは『ツィートー』。……うん、マス目の空白とも字数が一致する）

パズルに答えを書き込み、続いて二問目に取りかかろうとしたときだ。研究室のドアが開いて理恵ちゃんと千里ちゃんが入ってきた。

「ちゃお。爽やかな昼下がりやねえ」

ぼくたちに片手を上げ、理恵ちゃんはおどけて挨拶した。その隣で千里ちゃんは口に手を当てて小さくあくびしている。相変わらず眠そうだ。

「あら、凜々子は？　あなたたち、一緒じゃなかったの？」

挨拶を返したあと、氷魚ちゃんが訊いた。

理恵ちゃんと千里ちゃんは顔を見合わせる。

「なに？　あの子来てないの？」千里ちゃんが目をしばたたいた。

壁の時計はちょうど一時十分を示していた。三時間目の講義開始時刻である。

「なんや。あのりりっちが遅刻とは、こりゃまたえらい珍しいやん」理恵ちゃんがひゅうと口笛を吹いた。「ああ、晴天の霹靂」

「凜々子は中国語選択のはずよ。理恵と千里、あなたたち、二時間目はあの子と一緒に講義を受けたんじゃないの？」氷魚ちゃんが指摘する。

先日、皆で第二外国語の講義は何を選択するかという話をしたが、そのときに凜々子ちゃん、理恵ちゃん、千里ちゃんが中国語、氷魚ちゃんといみなちゃんがフランス語を履修すると言っていた。ちなみにぼくはドイツ語である。

「いや、一緒は一緒やっててんけどな」

理恵ちゃんは席に着きながら、千里ちゃんを見る。

「……途中でいなくなっちゃったのよねー、あの娘」

「いなくなった？」

千里ちゃんは頷き、

「二時間目の講義が終わったときにね。教室を出てお昼食べに行こうって言ったら、あの娘、なんだか急にそわそわし出してね。『あたし、今日はお腹空いてないから……』とか言って、一人でどこかに行っちゃったわけ。もしかしたら氷魚たちのところにでも行ったのかなー、と思ってたんだけど」

「私たちのところには来てないわよ」氷魚ちゃんが否定した。いみなちゃんも頷く。

「けど、ウチらも今日はそれ以来会うてへんしな」

心当たりを求めるように、皆の視線がぼくへと集まる。けれど、ぼくは首を左右に振ってみせた。ぼくは午前中の講義は寝過ごして、さっき大学にやってきたばかりだ。凜々子ちゃんに会える道理がない。

「電話してみる?」

「せやね」

千里ちゃんの提案に理恵ちゃんが頷いた。携帯電話を取り出して操作すると、耳に当てる。が、「……だめやわ。出えへん」

皆、顔を見合わせる。しかし携帯がだめとなると連絡の取りようがない。

「……まあ、待ってたらそのうち来るんとちゃう?」

「そうね。ここで私たちがじたばたしてもどうしようもないし」

結局、凜々子ちゃんの到着を待ちながら、課題であるクロスワードパズルに専念することとなった。

「ところで」理恵ちゃんが訊いてきた。「あまねっち。その手ぇ、どないしてん?」

……そして。

ぼくたちは全員で意見を出し合いながら一つ一つパズルを進めていった。しかし、いかに魔学部生といえど、ぼくたちの魔学に関する知識などたかが知れている。だからわからない問題は手分けして先生の書籍を調べ、解答を参照した。

パズルを解き進めていくにつれて、ぼくはパズルに施されたある仕掛けに気づいた。他の皆も気づいただろう。

（このパズル、頭から順番に問題を解いていけば、基本的な魔学史の流れが自然と頭に入ってくる……）

ぼくたちはパズルを解くことを通して、まず魔学に関する歴史的事柄――文化、人物、戦争、政治などをおさらいする。そして難解な問題を解くために資料を参照することで、もう一歩踏み込んだ深い知識――なぜそれらの事柄が起こったのかという当時の歴史的背景、人物関係など――を知ることとなった。

パズルを解き進めることが、各時代の要点を押さえ、魔学の歴史を過去から現代へとたどる道筋になっている。そのように問題が作られ、配置されているのだ。恐ろしいぐらいによくできたパズルだった。

それを製作した先生はというと、決して助言などせず、クッションのきいた回転椅子に腰かけ、すぱすぱ煙草を吹かしていた。

なるほど。ぼくたちに自主的に勉強させるだけでなく、自分もゆっくり喫煙にふけることができるわけか。はたしてどっちがパズルという講義形式の真の目的なのだろうか。

しばらくパズル解きに専念していたぼくたちだったが、全六十問中の二十問目ぐらいまで解き進めたところで、氷魚ちゃんが不意に顔を上げた。

「……ねえ。凜々子だけど、さすがに遅すぎないかしら」

時刻は一時四十分。講義開始からすでに三十分が経過している。

「講義をサボるような子じゃないのに。……具合でも悪くなって帰ったのかしら」

「けどさあ、それならそれで連絡の一つもよこすんじゃない？」

「ちょおもう一回電話してみるわ」

しかし、やはり通話先に凜々子ちゃんが出ることはなかった。誰が試しても結果は同じで、コール音だけが空しく繰り返されるだけだった。

皆の表情がなんとなく曇る。別に取り立てて心配するようなことではないはずだ。今日は春らしい、いい天気である。ぽかぽかした陽気に誘われて、つい講義をエスケープして街を散策しているのかもしれない。もしくはキャンパス内のベンチに座って居眠りでもしているのかも。携帯は屋外で着信音が聞こえづらいか、マナーモードになっているかで、本人が気づいていないだけ。彼女ならどれも充分あり得そうなことに思えた。

しかし、

「先生」氷魚ちゃんが先生に声をかけた。

「ん」先生は椅子でうつらうつらとしていたが、ぐっと腕を突き出して伸びをすると、「ふあ……なんだ。ずいぶん早いな。もう解き終わったのか」

「いえ、違います。凜々子が……三嘉村がまだゼミに来ないんです」

「ふうん。ルポルタージュというやつだな」

それを言うならサボタージュだ。

「そんなことをするやつには見えないけどな、三嘉村は」

「ええ。携帯も繋がらないんです。だから私たちも、ちょっと心配で……」

氷魚ちゃん自身も今の状況が――大学生の女の子が講義にちょっと遅れていて、携帯が繋がらないという程度の状況が、その身を危惧するのに値しない些末なことだとはもちろん承知しているのだろう。

「ふうん……？」先生は氷魚ちゃんを見て、それからこちらを向いた。いみなちゃん、理恵ちゃん、千里ちゃん、そしてぼくの顔を順に見ると、あっさり「なら、俺が捜してやろうか」と言った。

「捜す……そんなことできはるんですか」訊いたのは理恵ちゃんだ。

「まあな」

「どうやってです？」

先生はあごに手をやり、「ふふん、俺は魔術師だぞ。ものを調べるのだって人を捜すのだって、魔術でやるに決まってる」

とてもドアを蹴破ろうとした人の発言とは思えなかった。

先生は振り返ってデスクに手を伸ばすと、本の山の中から一冊の新品書籍を取り出した。大判の都内地図帳だ。それをぱらぱらとめくり、あるページで手を止めると、本が閉じてしまわないようしっかり押さえつけながら長机の上に置いた。覗き込むと、それは『宮古』のページだった。大学をはじめ、詳細な宮古の地理が見開きいっぱいに載っている。

「誰か、三嘉村に関係のあるものを持ってないか」と先生。「三嘉村の髪や爪……はないか。三嘉村の使ったペンとか、三嘉村が写った写真とか、何でもいいんだが」

「凜々子と撮ったプリクラならありますけど」

千里ちゃんが鞄から手帳を取り出すと、シールがぎっしりと張られたページから一つを剝がした。凜々子ちゃんを真ん中に、他の四人がフレーム狭しと笑っている。

「それでいい。よこせ」先生はシールを受け取る。

地図帳とプリクラ。一体これらをどうするのだろうか。皆が成り行きを見守る中、先生は、今度は自分の左耳元に手を伸ばした。まるで髪を払うような気軽い仕草でチェーンピアスを外す。どうやらネックレスと同じような構造になっていて、簡単に着脱できるようだ。

銀のチェーンピアスの先には、六角柱型の水晶の飾りが付いている。先生はそのチェーンの一端を右手の指にからめて持ち、もう一端を地図の上すれすれに垂らした。宮古の街の上を水晶柱が円を描いて揺れる。

「さて」先生はぼくたちを見回し、解説を始めた。「俺が今からやろうとしているのは『探査』という魔術だ。魔学は簡単に言って、隠秘学、神智学、錬金学の三つの系統に分けることができる。この三つは魔学部の学科名にもなってるからすぐにわかるだろう」

皆、頷く。それもそのはず、すでにそれはクロスワードで予習済みだからだ。

――魔方陣や魔器などの正しい用い方、儀式や典礼の正しい進め方など、魔術の演術作法を研究する隠秘学。

――精神、心霊、魂といった実体のない超自然的根源に干渉し、その仕組みを研究する神智学。

――森羅万象を形作る物質の変化と反応を制御、研究する錬金学。

魔学はこの三本柱で成り立っている。魔学研究はすべてこの三系統のいずれかに属し、それは魔術も例外ではない。ゆえに魔術師も、自然と三系統の魔術のいずれかを得意とするようになるらしい。先生が姿を変えられても身長まで変えられないのは、そういった得手不得手があるからなのかもしれない。

皆の反応を確かめつつ先生は続けた。

「『探査』は隠秘学に属する隠秘系魔術だ。目標の〝媒介〟を使って、目標本体の居場所を突き止めるという仕組みになっている。そうだな、ダウジングって言えばわかりやすいだろ。〝媒介〟は目標の体組織の一部、目標が写った写真、縁の深い持ち物、直筆した文書、とにかく目標と関係のあるものならなんでもいい。――同一振動数の音叉を二つ使った共振現象は知ってるな。片方の音叉を鳴らすと、離れたところのもう片方の音叉も勝手に鳴るってアレだ。

考え方はそれと同じさ。髪や爪はもとより、署名(サイン)や写真ってのは、いわばその人間を形容した同位の分身だ。その分身のことを〝媒介〟と呼ぶわけだな」

先生は空いたほうの左手で、凜々子ちゃんの写ったシールを握った。

「この魔術の発祥については諸説様々だが、今のところ、紀元前五世紀頃、バビロニアの隠秘学者メルヴィル・ヒューゴーが基礎理論を確立して、以後世界中に広まったという説が有力だ。この魔術理論を応用して、遠隔地の相手に病気や怪我といった不幸をもたらす魔術『呪詛(じゅそ)』が山ほど組まれたりもした。だから魔術師は指紋や直筆文書なんかを残すことを極端に嫌う。魔術媒介にされることを恐れてな。もちろん『呪詛』を『結界』で弾くことは可能だが、魔術の恐ろしさを一番よくわかっているのは他ならぬ魔術師だ。不安要素は取り除いておきたいと思うのが人情だろう。後世に魔術師の直筆文書や写真が驚くほど残っていないのには、そんな理由があるわけだ」

先生は、すう、と息を吸って目を細めた。

ゆっくりと室内に張り詰めていく厳粛な雰囲気に、誰かがごくりと喉(のど)を鳴らす。

演術が始まる。

先生の表情からみるみる雑念が消え失(う)せ、透き通っていく。その身の気配が神々(こうごう)しいまでに一変し、同時に唇がゆるやかに旋律を紡ぎ始めた。独特の音程と緩急がつけられ、耳に心地よく、いつまで聴いていても飽きないような、そんな不思議な旋律だ。

「…………」

皆、魂を抜かれたように、その光景に見惚れていた。

魔学を音楽に譬えてみたとき、魔術師とは演奏者であると同時に、自身が〝音〟を発する楽器でもあるという。そのため魔術師は、魔術を演術するときだけ、自分の身体を一から造り変えるのだそうだ。人としての機能を切り捨て、完全な演術装置へと――人間であることをやめて、自ら音色を奏でる一個の楽器へと、自己を完成させるのだという。

今の先生はまさにそれだった。

強力な暗示でもかかったかのように集中し切った表情。〝音〟を奏でるための機能に特化し、ゆえに一切の無駄がなく美しい、魔術を演術するだけの身体。まるで神にでもなろうとするかのように容赦なく己を造り変えてしまった姿。人を捨てた魔術師の真の姿。

今この瞬間にも先生は、普通の人間には感知できない〝振動〟を放っている。そしてそれが世界に作用し、既存の物理法則を超越した現象が実現されるのだ。

やがて。

先生の口から最後の一音が放たれたと同時に、その瞬間は訪れた。

揺れていたチェーンが突然、磁石で引っ張られたように停止したのである。覗き込んで見ると、先端の水晶柱は、地図上のある一点を指していた。

「――ん？」すっと演術の集中を解き、先生が眉を寄せた。「なんだ。三嘉村のやつ、ちゃんと大学にいるじゃないか」

そう。

水晶柱が示した地図上の一点。それは他ならぬ、ここ城翠大宮古キャンパスなのだった。

皆困惑しつつも不安という憑き物が落ちたようだった。大学にいるということは、少なくとも具合が悪くなって先に帰ったとか、そういうことではないのだろう。案外、本当に陽気にあてられて、どこかで居眠りでもしているのかもしれない。

「大学のどこにいるかはわからないんですか？」氷魚ちゃんが訊いた。

「待ってろ」

先生は身を翻すと再びデスクの上をあさり、今度は大学構内の案内図を取り出した。長机の上に広げ、もう一度、魔術探査を演術する。揺れるチェーンの先がぴたと一点で止まると、今度は別の意味で皆が困惑した。

「……魔学部？」呟いたのはいみなちゃんだ。

彼女の言う通り、水晶柱が指し示したのは、ぼくたちがいる魔学部棟なのだった。

「どういうことですか？」

「わからん」

氷魚ちゃんの問いに、先生は腕を組んだ。「けど、三嘉村は絶対に魔学部のどこかにいるぞ。それは間違いないはずだ」

「もっと正確な居場所はわからないんですか？」そう訊いたのはぼくである。

「建物の見取り図でもあればわかるが、そんなもの持ってないからな」

「そうですか……」

では凜々子ちゃんは一体、魔学部棟のどこにいるというのだろう。

「教室や研究室には用事なんかあらへんやろうしなあ」

「あー、もしかしてトイレかしらね？」

「でもこんなに時間がかかるなんて、いくらなんでも考えにくいわ」

相談する女の子たち。

そのとき、いみなちゃんが小声で呟いた。

「……屋上」

三人の女の子たちが彼女を振り返る。

「いみな、今なんて？」

「え、あ、あの……」突然注目を浴びて、いみなちゃんはしどろもどろになる。両手をもじもじさせながら、「その、屋上なら、日当たりもいいだろうし、お昼寝するにはちょうどいいんじゃないかなと思って……」

その推測には皆が手を打った。たしかにそれはあり得る。教室や研究室、トイレという可能性を排除すれば、残るはそこしかない。

「なーる、きっとそうやわ」

「凜々子ならやりそうよねー、そのくらい」

皆、安堵に後押しされてか口々に言った。

「先生。三嘉村を連れてきたいのですけど、よろしいですか」

「いいぞ別に」氷魚ちゃんの申し出を、先生はひらひらと手を振って許可した。椅子から立ち上がって、ぐっと伸びをする。「俺も散歩がてら、付き合うとするか」

一人研究室に残るのもなんなので、ぼくもついていくことにした。

廊下に出てエレベーターに乗る。ぎゅうぎゅう詰めのケージ内はなんだか嫌なことを思い出させてくれた。七階で降りる。屋上へ行くには、ここから階段を上らなければならないらしい。

「りりっちのやつ、もし気持ちよう寝てたりなんかしたら思い切り驚かしたろうや」

「あー、いいわねそれ。遅刻した罰ね」

先生を先頭に狭い階段を上りながら理恵ちゃんと千里ちゃんが冗談を交わし、いみなちゃんが、くす、と微笑んだ。氷魚ちゃんも、しょうがないわね、と口だけで言う。

先生が踊り場にたどり着き、屋上へのドアのノブに手をかけた。鍵はかかっておらず、ぎし、と重い音を立ててドアが開く。薄暗い踊り場に光が差し込んでくる。

「こら、りりっち。こんなトコで寝とったら——」

最初に屋上に足を踏み入れた理恵ちゃんが言った。しかし、その陽気な声はすぐに聞こえなくなった。そのあとに二里ちゃん、いみなちゃん、氷魚ちゃんが続いたが、彼女たちも皆一様に静まってしまった。ぼくも同じだった。

誰もが息を呑んだ。

いや、呼吸を忘れた。

目の前に広がった光景が、ぼくたちのすべての余裕を奪い去っていた。

屋上は空に近く、白いタイルが整然と敷き詰められている。普段なら、その青と白の爽やかなコントラストが、訪れた者に開放的な気分を提供してくれるのだろう。しかし、今は違った。違いすぎた。青と白の間に楔（くさび）のように打ち込まれた、あまりに鮮烈で陰惨な『赤』が、すべての調和を完膚（かんぷ）なきまでに狂わせていた。

失敗した油絵みたいだ、と思った。丁寧な色使いを何度も重ねてようやく完成したキャンバス。そこに赤い絵の具を加えただけ。けれど赤は凶暴な色だから、ほんのちょっとのつもりでも、すぐに広がって世界全体を食い尽くしてしまう。

屋上の一角に広がった赤。それがぼくの意識を侵食する。激しくなる自分の呼吸がうるさい。目を背けることもできない。だから見た。見てしまった。赤い海に沈み、まるで打ち捨てられたマネキンのように転がっているそれを。

人間だった。

ゆるやかな曲線形に広がる血だまりに、手足をてんでばらばらの方向に投げ出し、空を見上げるように倒れているそれは、間違いなく人間だった。

「……り、凜々子?」

誰かがうめくように言った。誰が言ったのかなどわからなかったし、どうでもよかった。

——凜々子ちゃん? あれが凜々子ちゃんだって?

ぼくは哄笑したい気分になった。冗談も休み休みにしてほしい。あんなガラクタみたいなものが凜々子ちゃんであるはずがない。凜々子ちゃんは太い茎に分厚い葉を惜しげもなく広げて咲く向日葵(ひまわり)のような、まぶしいほどの生命力にあふれた女の子だ。あんな見る影もない惨めな姿はしていない。だからあれが——あんなものが——凜々子ちゃんであるはずがない。

しかし、現実を無理矢理直視させようとするように、

「……凜々子っ!」

誰かの声が、激しくぼくの耳朶を打った。

4.

細く甲高い悲鳴がほとばしる。

同時にカッと靴音が響いた。誰かが駆け出した。血の海にくずおれた人影へと向かって。

先生だった。

屋上をまっすぐ駆け抜けると、血だまりのハネを飛ばして、倒れている人影のそばにしゃがみ込む。スラックスとコートの裾が血に濡れて真っ赤に染まった。けれど、先生はそんなことに少しも頓着しなかった。

どさり、と誰かが崩れ落ちた。いみなちゃんだった。気を失ったらしい。短く悲鳴を上げつつも千里ちゃんが抱き起こし、彼女の名前を繰り返す。

氷魚ちゃんと理恵ちゃんが先生のあとを追って駆け出した。

どうするべきか一瞬迷ったが、ぼくもすぐに先生を追って走り出した。しかし実際、ぼくの足取りはよろよろとして頼りなく、歩いているのとなんら変わらなかった。身体が前に倒れそうになるのを、足を踏み出して防いでいるだけなのかもしれなかった。ただその結果、ぼくは一歩一歩血だまりへと近づいていく。

――死んで、いる……？

その人物の顔は真っ赤に染まっていた。傍らにナイフが落ちている。鋭利な刃にも、べったりと血が付着していた。

切り裂かれている。

顔が、潰されている。

先生の言葉が去来した。

（つまり、顔面を判別不能なまでに潰され、指を一本残らず切り落とされ、歯もすべて抜き取

られ、目も刺し貫かれた死体が見つかることになるな)

——死体?

——死んで?

——死んでいるのか?

理恵ちゃんが口を押さえてうめき、視線を逸らした。

氷魚ちゃんも頬を引きつらせながら、ただ立ち尽くしている。

二人とも倒れている人間に近づかない。近づけないのだ。血と死の臭い。一歩先に広がっているあまりに異質な世界。それらが、あたかも結界の魔性のように二人の前進を阻んでいる。

結界に阻まれた禁域に踏み込んでいるのは、超越者たる魔術師ただ一人だった。先生は人影のそばにしゃがみ込んで、その状態を冷静に観察している。

倒れている人物はひどい有様だった。

顔面が——本来、人の顔がある部分が、ずたずたに切り裂かれている。まるで画家が、気に入らない絵をナイフで八つ裂きにしたようだった。

(——顔面を判別不能なまでに潰され)

「……!」

イメージが閃光のように瞬く。——夕暮れ、——絶叫、

大の字に転がったそれは——片方の肘が曲がったり、膝が折れたりしていて、決してきれい

な『大』の字ではないそれは——……長いスカートをはき、青いセーターを着た、買い物帰りのままの恰好で……いや違う。ぼくは頭を振った。地面に倒れた人物は、上は長袖のカットソー、下は細身のジーンズをはいている。どちらも血で濡れていた。

と、その足元で、ぼくの視線が止まる。

イメージが断片的に乱れ飛ぶ。——散弾銃、——血の海、——倒れる母、

靴だった。見覚えのある靴だ。片方が足に収まり、もう一方は血の池で沈没する船のように転がっている。それは少し踵の減ったそろそろ買い替え時というハイヒール……ではなく（違う！）、まだ新しいピンクと黒のモザイク柄のスニーカーだった。

憶えている。これは彼女の靴だ。彼女は毎日この靴を履いていた。この靴を履いて、朗らかに微笑んでいた。

間違いない。凛々子ちゃんの靴だ。凛々子ちゃんがいつも履いていた靴だ。

イメージの奔流は止まらず、過去と未来が交錯する。——高らかに哄笑する犯人、

これは（ぼくの）（母）（違うと言っているだろう！）凛々子ちゃんだ！

快活で、天真爛漫で、いつも花のように笑っていた凛々子ちゃんが、今、あまりに無惨に変わり果てた姿でぼくたちの前に倒れていた。

「——息はある」口早に誰かが言った。先生だった。「ふん、なるほど。これなら大丈夫だ。何も心配要らない。けど……そうだな、一応救急車でも呼んどくか」

その声につられるように、ぼくは顔を上げた。そして見た。息を呑んだ。

先生は笑っていたのだ。にい、というあの笑みだ。悪夢のような現実すらも嘲笑し、足元に睥睨(へいげい)するかのような笑い方だった。

ぼくは後ずさる。理解を超える光景を前にして、何をどうすればいいのかわからなくなっていた。魔術師には善悪感情などない。あるのは好きか嫌いかという好悪感情のみ。それはどんなときでも変わりはしない。どんな、、、、ときでも。

そして。

超越者は、ぼくたちを振り返って言った。「喜べ、助かるぞ」

5.

凜々子ちゃんが救急車で最寄りの救急指定病院――『都立宮古病院』に搬送されたのは、ぼくたちが彼女を発見してから十五分後のことだった。

ぼくを含めた学生五人がタクシーで病院に着いたとき、救急車に同乗して一足先に到着していた先生は、救急外来待合の白いロビーで、一人ベンチに腰かけ煙草を吹かしていた。考え事でもするように腕を組み、目を閉じている。

「……先生」

ぼくが呼びかけると、先生は無言で廊下の突き当たりを指した。銀色の扉の上には「手術中」の赤い表示ランプが煌々と輝いている。その不吉な赤光が、先程目にした血の記憶を呼び起こす。

ひっ、という誰かのうめきが聞こえた。そしてすすり泣く声。いみなちゃんだった。すぐに千里ちゃんが彼女の小さな肩を抱いてベンチに座らせる。他の面々もとりあえずベンチに座った。理恵ちゃんがポケットから煙草を取り出して火をつける。しかし二、三口吸っただけですぐに苛立たしげに灰皿に押し付けてしまった。氷魚ちゃんは祈るように両手を握り締めて額にくっつけていた。

誰もしゃべらず、誰も動かない。ロビーは重苦しい沈黙に包まれた。

「…………」

この沈黙を、ぼくは昔経験したことがある。病院。待合室。ただ待つことしかできない、それしか選択肢の残されていない者の沈黙——。

三十分後、薬歌玲理事長が病院に到着した。

自動ドアをくぐった彼女は、すぐさまベンチに腰かけている先生に駆け寄った。顔からは完全に血の気が引いており、唇も小刻みにわなないている。

「佐杏先生。これは一体、どういうことなのですか」

「…………」

「説明してください、先生」かろうじて正気を保っているといった様子で理事長が詰め寄る。返答如何（いかん）ではそのまま卒倒してしまいそうだった。

対する先生は冷静そのものだ。じっと目を閉じたまま、まるで石にでもなってしまったかのように微動だにしない。その口元の煙草もどんどん灰へと変わっていく。と、

「周」先生はおもむろに口を開き、ぼくを呼んだ。「お前が説明しろ」

「……え？」

「だから、お前が説明しろ」

自分は忙しくてそれどころではない、とでも言わんばかりの態度だった。

訳がわからないながらも、ぼくは言われた通りに、これまでの経緯（いきさつ）を薬歌理事長に説明した。

「……ああ、なんてこと」説明を聞き終えた理事長は、どさりとベンチに座り込んだ。

ぼくは廊下の突き当たりのドアを見る。そして、その奥にストレッチャーに乗せられて運ばれていったであろう凜々子ちゃんの姿を想像する。

彼女は顔面を無惨に切り裂かれていた。

その手口は、以前に先生が推理した殺害方法と同じものだった。いや、正確には、その方法を実行する途中の段階だ。

おそらく間違いない。ついに怪放送の殺人予告が実行に移されたのだ。凜々子ちゃんはその被害者に選ばれたということか……。

いや、あの怪放送は『生贄』と言っていた。『生贄』とは普通、神に奉ずるための供物、またはある目的のための犠牲のことを指す。凛々子ちゃんが『生贄』だというのなら、犯人の目的はなんだ？　何のために彼女を殺そうとした？　どうして彼女が選ばれた？　どうやって彼女を屋上におびき出した？　そして何より、

（……どうして犯人は、彼女を殺してしまわなかったんだ？）

それが一番の疑問だった。

二時間目の終わりまで、凛々子ちゃんは、理恵ちゃん、千里ちゃんと一緒にいた。つまり犯行は昼休みから、ぼくたちが屋上に向かった三時間目の途中までの間に行われたことになる。何か犯人にとって不測の事態が起きたのだろうか。計画を中断、または変更しなければならないような事態が。しかし、それはなんだ？

（だめだ、混乱してる）

疑問点ばかりが次から次へと湧いてきて一つも状況整理ができない。こんな状態で頭を使ったって考えなんかまとまらない。ぼくは頭を振って意識的に思考をストップさせた。

ベンチに身をもたせかけ、ただ時間が過ぎるに任せる。日が少しずつ傾いていき、気がつけば、自動ドアの外には夜の帳が降りていた。待合ロビーの照明がしらじらと発光を開始する。

――「手術中」の赤いランプが消えたのは、その少しあとだった。

ドアが開き、ナースの手でストレッチャーが運び出されてくる。ぼくたちはそちらに駆け寄

った。

ストレッチャーに乗せられた凜々子ちゃんは、白い包帯で顔を包まれて眠っていた。傷は深くなく、出血もそこまでひどくなかったので、命に別状はないだろうと初老の医師は語った。しかし、かなり複雑に切り刻まれているだけに、どうしても傷痕が残ってしまうだろう、と。やりきれない報告に、ある者は目を伏せ、ある者は両手で顔を覆う。医師は慌てたように、もちろん最善は尽くします、と言い添えた。そして凜々子ちゃんを乗せたストレッチャーとともに立ち去ろうとした。が、

「待て」

先生が医師を呼び止めた。

「傷は顔面の切傷だけだったのか？　間違いなく？」先生は廊下の壁によっかかって訊いた。

医師は一瞬怪訝そうな顔をしたが、「ええ、間違いありません」と答え、去っていった。

皆、生気のない顔でロビーに戻る。と、そこに、数人の男性が待ち構えていた。そのうちの一人が、

「――城翠大学の関係者の方々ですね」

ぼくたちに話しかけてくる。

歳はたぶん三十代だと思う。けれど童顔で背があまり高くないので（ぼくと同じくらいだ）、スーツを着込んだその外見は就職活動中の学生のように見えた。声も甘さが抜け切らない感じ

で、堅い言葉使いが正直合っていない。

「私は警視庁捜査一課の須津黎人といいます」

須津と名乗った男性は、警察手帳を取り出して開示した。階級は警部。後ろに控えている面々は彼の部下か。

「本日、城翠大学で発生した傷害事件について事情をお伺いしたいのですが、よろしいですか」

言わずもがな、先程の凜々子ちゃんの事件だろう。皆が顔を見合わせたときである。

「周、お前が説明してやれ」

突然、先生がそう言った。見ると、いつの間にか先生は一人ベンチに座って煙草を吹かしている。

なんでぼくが？　と思ったが、どうせ誰かがやらなければならないことだし、たしかに大勢が口を挟むよりは、とりあえず一人で話したほうが効率がいい。

「失礼だけど、君は？」須津警部はボールペンの頭をノックした。ずっと年下を相手にしているせいか、少し砕けた口調になる。

「天乃原周といいます。城翠大魔学部の一年で、あそこの佐杏先生のゼミ生です」

自己紹介したあと、ぼくは先程理事長にした説明を繰り返した。須津警部たち警視庁捜査一課の人々は、それを手帳に書き込んでいく。

「警察への通報は誰が？　君かい？」

「あ、いえ、違います」

屋上で凜々子ちゃんを見つけたあと、先生に命じられて、ぼくは魔学部棟一階の学生課に駆け込んで救急車を手配するように頼んだ。今思えば、その場で携帯電話を使えばよかったのだけど、あのときは動転していて気づかなかった。

「だから、たぶん学生課の人が警察にも通報してくれたんだと思いますけど」

須津警部は背後の部下に視線を送った。確認しろ、という合図だ。

「しかし」警部は再びこちらに向き直り、わずかに視線を厳しくして、「どうして屋上へ？なぜ被害者の女性が屋上にいるとわかったんですか？」

「えーと、ですからそれは先生の魔術で……」

ぼくは先生を振り返る。須津警部もちらりとそちらを見た。先生は相変わらず煙草を吹かしながら、ベンチでふんぞりかえっている。普段は自己主張の塊のような人なのに、今は完全に眠れる獅子と化していた。

「凜々子ちゃ――いえ、三嘉村さんがゼミに遅刻していたんです。だから先生が魔術を使って……」

ぼくは再度その辺りの説明をしながらも、これはだめだな、と思った。須津警部の表情に一向に理解の灯がともらなかったからだ。日本人のまず半分が「魔術」とか「魔学」という単語を耳にするとこの表情になる。

須津警部は得心と猜疑心がないまぜになったような顔で頷き、

「……ではその魔術で、被害者である三嘉村さんの居場所を突き止めた、と」

「はい」

「なるほど」とりあえず話を先に進めるために認めたという感じである。それはそれで正しい判断と言えよう。

須津警部が次なる質問を繰り出そうと口を開きかけたときだった。

「……アレイスター・クロウリー」

大きな声ではなかった。けれど会話の間隙を突いたその呟きは、水面に一石を投じるように、場に波紋を広げた。

皆が振り向く。先生も片目だけを開いて注意を向けた。

声の主はいみなちゃんだった。隣に座った千里ちゃんに肩を抱かれ、縮こまるように身を震わせながら、じっと病院の冷たい床を見つめ、

「犯人はアレイスター・クロウリー」

小さな口で怨嗟のようにそう吐き出す。

「……いみな」

千里ちゃんも、いみなちゃんの様子に怯んだ様子を見せた。

須津警部は眉をひそめ、訊く。

「その、アレイスター・クロウリーというのは一体なんです？」

　皆が顔を見合わせる。二十世紀最高位の魔術師アレイスター・クロウリーの名前は、今の魔学部では、もはや明らかに別の意味を持っている。むしろその別意こそが、この場においては重要だ。

「……あの、先日の件については、警察にはご報告したはずなのですけど」

「あなたは？」

「失礼しました。わたくし、城翠大学理事長の薬歌玲と申します」歩み出た理事長は頭を下げる。

「その、先日の件というのは何ですか？」

「──警部」重ねて訊く須津警部に耳打ちするように答えたのは、彼の背後の部下だった。

「おそらくアレのことです。例の『魔学部怪放送事件』とかいう……」

「ああ……」理事長を見ながら警部は頷き、「なるほど、了解しました。では、その過去の偉大な魔術師──ええと、アレイスター・クロウリーですか──の名前を騙る人物が、今回の事件を企てたと」

「いえ、それは……」

　薬歌理事長は言い淀んだ。横目で先生を見る。本当はもう一歩踏み込んだ事情があるのだが、確信もない状態でそれを口に出していいものかどうか迷っている、といった様子だ。

魔学の名家であるロア家出身の薬歌理事長は知っているのだろう。アレイスター・クロウリーは、決して過去の人物ではないということを。

「——クロウリーはちゃんと現代にもいるぞ」

ついに先生が口を開いた。皆が注目する中、輪型の煙を吐き出しながら言う。

「クロウリーの孫。アレイスター・クロウリー三世がオズにいる。いや、今はもういないけどな」

「……クロウリー三世？　あの、もう少し詳しく説明してくれませんか」須津警部が説明を要求する。

それ以上何も言う気配のない先生に代わって、理事長が事情を説明した。現代にはクロウリーの孫、アレイスター・クロウリー三世がいること。そのクロウリー三世は十年以上前に魔学結社オズから姿を消し、現在も失踪中であること。そしてその魔術師は、どんな人物にもなりすませる究極の魔術変装を修めていることも。

知られざる新事実に、佐杏ゼミの女の子たちは驚愕をあらわにした。しかし、魔学にほとんど理解のない須津警部や、その他の刑事たちは大した感慨も湧かない様子で、

「では、その魔術師が今回の事件を仕組んだ可能性もあるわけですね」

「それは……」

反論しかけた理事長だったが、結局は何も言わずうなだれてしまった。魔術師を、未遂とは

いえ殺人犯として疑うのは、彼女にとって耐え切れない行為なのだろう。

「なるほど。大体の事情はわかりました」須津警部は手帳を閉じた。一同の沈んだ空気を吹き飛ばすように言う。「どうかご安心ください。犯人はすぐに逮捕してみせますよ」

ぼくは眉根を寄せる。まだ歳若い警部の、その妙に自信満々な態度を訝ったのだ。関係者を励ますための方便か。それとも——何か犯人の手がかりでもつかんでいるのか。

ぼくの考えが表情に出ていたのか、須津警部は口元に笑みを浮かべて言った。

「大丈夫。犯人はもう逮捕したも同然です。なにせ犯行現場である屋上へ向かうための階段には、防犯カメラが設置してありますからね」

理事長が顔を上げて須津警部を見た。警部も頷き返す。なるほど、妙な自信の根拠はそれか。

「屋上へと向かう経路は階段だけのはず。そうですね？」

「え、ええ、そうです」理事長は頷いた。

「では、あのカメラの映像記録を調べれば、そこに必ず屋上へと向かう犯人の姿が映っているはずです」

皆の顔に少しだけ明るさが戻る。事件の犯人はすぐに捕まる。その確信のもたらす安堵が、皆の体内に生気を吹き込んだようだ。

が、

「——はたして、そうかな」

せっかく生気で膨らんだ風船を突く針のような声。先生だった。

須津警部が先生に向き直る。

「……どういう意味です？」

「別に。ただ、殺人予告なんて大見得をかました犯人がそんな間抜けをやるかね、と思っただけさ」先生は煙の輪っかを二つ作って、「もっとも、俺はその程度で捕まるようなつまらんやつに興味はない。もしカメラに犯人が映っていたら、とっととそいつを逮捕すればいいさ」

須津警部は明らかにむっとしたようだった。

「言われるまでもなくそうしますよ。そろそろ、映像をチェックしている同僚から連絡が入るはずです。そうすればすぐにでも――」

突如鳴り出した軽快なメロディに遮られ、警部は口を閉じた。携帯電話の着信音である。失礼、と断って彼は携帯を取り出し、耳に当てた。

「もしもし須津です。……久遠さんですか。ええ、一応聴取は終わりました。カメラの映像記録のほうはどうでしたか」

ちらり、と警部がぼくたちに視線をよこす。

「ええ、ええ、そうです。現場に向かうための階段の……はい。……それで。……え？　あの――なんですって……」

警部の顔が徐々に強張っていく。皆の不安そうな視線を感じたのか、ぼくたちに背を向け、声をひそめた。しかしどうしたって会話は聞こえてしまう。「あの、それは本当ですか？　屋上に通じる経路はあの階段しかないんですよ。それなのに、どうして……」

　その後、何かを確認し合っていた須津警部は、五分ほどで通話を終えた。こちらを振り返った彼は白い顔でただ一言、あり得ない、とそう呟いた。

「で？」先生が追い討ちをかけるように言う。……今思えば、先生はこの結果を予期していたのだろう。カメラの存在には初めから気づいていて、そこにどういう結果が残っているか、ずっと考えていたのだ。「結果はどうだったんだ？　カメラの映像に犯人はちゃんと映ってたのか？　それとも」

「……映っていなかったそうです」須津警部はくっと唇を噛んだ。「くそ、そんな馬鹿な。じゃあ犯人は一体どこから現場に侵入して、どこから去っていったというんだ？」

「……本物の密室殺人だなんて」蒼白(そうはく)な顔でいみなちゃんが呟き、すぐに首を振って言い直した。「密室殺人未遂」

「もし犯人が魔術師なら、密室を作ることくらい簡単なことかもしれへんな……」ぽつりと言ったのは理恵ちゃんだ。

「じゃあまさか、やっぱり犯人は――」千里ちゃんがあとを継ぐ。それ以上は言葉にしなくともわかった。

　先日の想像が脳裏に蘇る。まさか本当にクロウリー三世が、誰かになりすまして魔学部に紛れ込み、ゲームのような殺戮(さつりく)を楽しんでいるというのか？　その双眸を禍々(まがまが)しい殺意でぎらつかせながら？

心に冷たい風が吹くような気分だった。

――『殺人予告』の次は『密室』。犯人はどこまでミステリの王道を行けば気が済むのか。

出し抜けに笑い声がロビーに響いた。先生だった。

高らかに笑う魔術師を皆が呆然と見つめる。

「くくく、いやいや」先生は煙草をもみ消して立ち上がり、にい、と笑った。「どうやら、本当におもしろくなってきたみたいだな」

【第四講】 魔学的観点からの密室殺人アプローチ

1.

事件翌日、木曜日の三時間目。

「ちゅーす、あまねっち」

基礎英語の教室に入った途端、ぼくに向かって大きく手を振ったのは理恵ちゃんだった。その一つ前の席には氷魚ちゃんが座っている。——いみなちゃん、千里ちゃん、そして凜々子ちゃんの姿はない。

全員がそろっていない教室の一角は、ひどく閑散として見えた。

「なんやなんや、ずいぶんと元気ないやんか。あかんでえ、ええ若い者(モン)が暗い顔ばっかしとったら。あ、あまねっち、もしかしてあの日かいな。せやったらまあしょうがあらへんけどな」

鞄を置いて着席するぼくの背中を、どーん、とばかりにどやしつける理恵ちゃん。……だからそういう冗談を大声で言うのはやめてほしい。さすがに今日のは品がなさすぎるし。ぼくにだって人並みに羞恥心というものがあるのだ。

「今日は朝からひおっちが全然構ってくれへんねんよ。せやからオネーサンは寂しくて死にそうなんやわ。あまねっち、慰めてえな」

「……まあ別にいいけど」

ぼくは冗談っぽくしなだれかかってきた理恵ちゃんを適当に相手しながら、ちらりと氷魚ちゃんの背中を見た。こちらからは、いつにも増して刺々しい雰囲気が滲み出ている。ハリネズミの背中みたいだ。

それにひきかえ、理恵ちゃんはいつも以上によくしゃべった。まるで少しでも沈黙が生まれれば、それに飲み込まれてしまうと怖れているかのようだ。

躁状態の理恵ちゃんと、鬱状態の氷魚ちゃん。対照的な二人に挟まれ、ぼくはため息をつく。けれどそれも仕方ない。悲しみをやり過ごす手段は人それぞれだ。それを阻む権利も資格もぼくにはない。

結局、凜々子ちゃんが昨日のうちに目を覚ますことはなく、ぼくたちは各自帰宅した。口をきく者は一人もいなかった。

昨日、救急車が到着し、ぼくたちが病院へ向かったあと、魔学部には警察車両が続々と乗りつけ、現場である屋上を封鎖して入念な捜査を行ったらしい。それを多くの学生が目撃しており、キャンパスは今朝から『ついに怪放送の殺人予告が実行された』という噂で持ち切りだった。もっとも噂なんて無責任なもので、人から人へ伝播する過程で尾ひれはもとより、背びれ、腹びれ、胸びれまでくっついていく。ぼくが小耳に挟んだのは『魔学部の新入生が五体をバラバラに切断されて殺された』という荒唐無稽なものだった。

「ウチが聞いたやつは『〝これは連続殺人の一人目に過ぎない〟という犯人のメッセージが、被害者の血を使って壁に大きく書かれていた』っちゅーのがくっついとったで」理恵ちゃんは笑った。「噂なんてホンマええかげんなもんやなー。みんなして適当なことばっか言いよる。大体、五体バラバラってなんやねん、五体バラバラて。アホらし、そんなん確実に死んどるがな。りりっちは死んでへんっちゅーねんな」

「理恵」

彼女の軽口を氷魚ちゃんが鋭く遮った。「やめなさい、癇に障る」

理恵ちゃんは笑いを口の端に引っかけたまま、「やめろて、何やめんねんな。人間やめろ言うんか」

「そういうくだらない無駄口を叩くな、と言ったのよ」

氷魚ちゃんが振り返った。明らかに苛々している。眉間に皺が刻まれていた。

理恵ちゃんは人の神経を逆撫でするような仕草で自分の身体を抱くと、

「おお怖っ。ひおっちにはかなわへんわホンマ。助けてえな、あまねっち」

またもぼくにしなだれかかってきた。いきなり二人のやりとりに巻き込まれたぼくは、両者を交互に見くらべる。まずい。この場には二人を仲裁する人間が誰もいない。

またも修羅場になると思われたが、ぼくの予想は裏切られた。氷魚ちゃんが顔を背けたのである。


「もういいわ」

冷淡に言い捨てると、彼女は机に広げたテキストやノートを持って、教室の一番前の席へと一人で移動してしまった。付き合っていられない、とでも言わんばかりに。

理恵ちゃんは一瞬呆気に取られたような顔になったが、すぐに、

「……なんやねんな。やっとらしくなってきた思うたのに。ひおっちのアホ」

鼻を鳴らして——そして少しだけ寂しそうにして——鞄を肩にかけると教室を飛び出していった。

「……あ」

ぼくは立ち上がりかけたが、そのとき前方のドアから教官が入室してきたので機を逸してしまった。そのまま出欠を取られて講義が始まってしまう。

（氷魚ちゃん、どうしたんだろう）

彼女の後ろ姿を見つめて考える。いや、もちろん凛々子ちゃんがあんなことになったのだから、落ち込んでいるというのはわかる。だから理恵ちゃんの悪ふざけがいつも以上に癇に障ったのだろう。それはわかっている。

ぼくが疑問に思ったのは、彼女がなんだか猛烈に腹を立てているように見えたからだ。そもそも本当に落ち込んでいるだけなら、彼女も、いみなちゃんや千里ちゃんと同じように、わざわざ学校に来る気力なんか湧いてこないはずだ。彼女を突き動かし、家を出させ、電車に乗せ、はるばるキャンパスまでやってこさせたのは、何かしらに対する怒りのエネルギーのせいだ。その怒りに振り回されているせいで、今は他人に構っている余裕がない。ぼくにはそんなふうに思えた。

九十分間の講義が終わり、教室が解放感のざわめきに包まれる中、氷魚ちゃんは立ち上がって振り向いた。ぼくと目が合う。彼女は一瞬気まずそうに視線を逸らしたが、やがてこちらに近づいてきた。

「……理恵は？」

「講義が始まる前に出ていったけど」

「そう」と氷魚ちゃん。「少し——辛(つら)く当たり過ぎたかしら」

そんなことはないと思ったし、そうかもしれないとも思ったが、どっちも口には出せなかった。

ぼくはかなり迷ったものの、思い切って「何をそんなに怒ってるの？」と訊いてみた。すると氷魚ちゃんは少し驚いたような顔をしたが、すぐにまた苛々した気持ちを思い出したのか、こぶしをぎゅっと握り締めて言った。

「あなたも見たでしょう。昨日の病院での先生の態度」

「……ああ」ぼくは内心で頷く。なるほど、謎が解けた。

「あの人は手術が終わったとき、凜々子の容態を少しも気にかけなかった。いいえ、それだけじゃない。あまつさえ、凜々子が犠牲になった事件の内容を聞いて『おもしろい』なんて口走ったのよ」

「…………」

「どうしてあんな人間が人に物を教える立場にいられるのか理解できない……！　魔術師なんて、自分の欲求を満たすためなら何だってする最低の人種よ……！」

氷魚ちゃんは感情的に吐き捨てた。しかし、ふっと我に返ってため息をつくと、「ごめんなさい。こんなこと、あなたに言ったって仕方ないわね」

そう言って教室を出ていく。ぼくも、なんとなくそのあとに続いた。

総科棟をあとにし、キャンパス内を歩く彼女の後ろ姿を見ながら——どこに行くのだろう——そういえば、とぼくは思い出す。

以前、理恵ちゃんと千里ちゃんがちらっと話していた。いわく、『氷魚ちゃんは筋金入りの魔術師嫌いだ』と。その理由が、今わかった気がした。

少し歴史を紐解いてみてもそうだが、実は魔術師という存在は、私利私欲の赴くままに好き放題をやり尽くした人間がほとんどだ。その結果がたまたまいい方向に向かうこともあったが、その逆もまた然りで、とんでもない災厄を引き起こして、時には何千何万もの人間を絶望に陥れた事件も記録には残っている。

魔術師に限らず、世の『天才』と呼ばれる人種は、大抵がその才能だけを頼りに、自分の歩む道が破滅的な結末を迎えるとわかっていても、多くの他者を巻き込むとわかっていても、それでも前しか見ないで突っ走るような人間だ。そして世界の根っこというのは、やっぱりそういう〝選ばれた人間〟の手で回っているものなのである。そんな破壊的な潜在情動を持った人間が『天才』なのだと言ってしまえばそれまでだ。その情動がなければ、文字通り天才的能力を持つに至れなかったかもしれないのだから。

しかし。

氷魚ちゃんにはそれが許せないのだろう。世界を動かすに足る力を持っていながら、私利私欲のためにのみそれを使い、時に消えない汚点を歴史に残すような連中が。その存在そのものが。そして、魔術師はその代表格だ。

たしかに先生は善人じゃない。むしろ悪人と言って差し支えないかもしれない。でも——

「私はね」氷魚ちゃんはぼくに背を向けたまま言った。「魔術師の存在価値の低さを証明するために魔学部に来たの」

「魔術師の？」

「ええ。魔学は人類にとって間違いなく有益な学問よ。だからこそ私は、魔術師に魔学のすべてを独占させておくなんて我慢できない。それを許して、魔術師に好き勝手やらせていたから、十七世紀に魔学は滅んでしまったのよ……！」

「………」

氷魚ちゃんの言葉は事実だ。世界史の教科書にも載っている。

十六世紀ドイツ。腐敗し切った旧来のカトリック制度を脱しようという宗教改革運動がルターの手によって興される。ヨーロッパ中に広がったこの運動によって、国家と結びついて私服を肥やし、信仰の形骸化を招いていたキリスト教会は、その体質を改善され新生していくことになる。

だが。

その新生が完遂されるには、一つだけ障害となる存在があった。

それが魔術師だ。

魔術師たちはその知力と魔術をもって中世初期からすでに政治に関与し、国家中枢に深く食い込んでいた。当時は国家が教会と強い繋がりを持っていたため、その流れで教会の洗礼儀式にも多く魔学的要素を持ち込むなどしており、信仰の腐敗の一因とされたのだ。

そんな魔術師たちを一掃するべく、新教会はある狂気の策を講じた。

……それが〝魔女狩り〟である。

新教会は『私利私欲に走り、悪行の限りを尽くしてきた魔術師たちすべてを異端と見なし、主(しゅ)の御名(みな)において断罪する』として、魔術師の存在そのものを徹底否定し、次々に捕縛、処刑していったのである。〝魔女狩り〟は信教者を介して世界中に広がり、百年以上かけて魔術師を根絶やしにしていった。それだけでなく魔学と名の付くすべて――文献や資料、文化財から遺跡まで何もかも――を徹底的に闇に葬っていったのである。魔学暗黒期の始まりであった。

そして一六四三年（一六(いろ)は褪せて四三(ゆめ)と散る年）、当時最後の一人と言われたドイツの召喚魔術師ノエミ・ジュミエリアが暗殺されたその年に、事実上、魔学は一度滅びたとされている。

しかし。

それでも魔術師たちは生き残っていた。全盛期の数千分の一にまで減少しつつも、暗黒の時代をやり過ごし、再び自分たちが歴史の表舞台に上る日をじっと待っていたのだ。

そして嵐(あらし)のほとぼりも冷めた十九世紀、エリファス・レヴィという一人の魔術師が、ついに魔学復興を掲げて運動を開始した。復興運動は彼の母国であるイギリス全土に広がり、様々な研究がなされるようになった。イギリスが現代でも魔学振興国としてイニシアチヴを取っているのはそのためだ。レヴィは十九世紀最高位の大魔術師として歴史に名を残した。そして二十世紀最高位の大魔術師アレイスター・クロウリーが、その功績を引き継いだのである。

魔学が滅んだ背景には政治的な色が濃い。必ずしも魔術師だけのせいとは言い切れない。しかし一部の魔術師たちの横暴の積み重ねがその理由の一端であることは、否定し切れないのも事実だ。

『不可能命題(ロストタスク)』という言葉を知ってるかしら、と氷魚ちゃんが言った。ぼくは頷く。

「現代魔学では実現不可能とされている魔術を指し示す専門用語『不可能命題(ロストタスク)』。それに〝喪われた(ロスト)〟という言い回しが使われているのはそのためよ。〝昔は実現可能だった〟という意味ね」

氷魚ちゃんは続けた。

「私は一つでも多く、この『不可能命題(ロストタスク)』を消してみせる。そして魔術師なしで魔術を実現する方法を見つけてみせる。そうして、魔学に魔術師は必要ないことを証明してみせるわ」

夢物語みたいなことを決然と宣言する彼女の背中は、しかし堂々としていた。自分の言い分が夢想であることは、きっと彼女自身が一番よくわかっているのだろう。それでもこうして言い切ることができるのは、魔学への熱い思いがあればこそだ。

「…………」

彼女は歩みを止めない。総科棟周辺を出ると、クロックガーデンを抜け、キャンパスをまっすぐ南下していく。ぼくはようやく彼女がどこに向かっているのか気づいた。

彼女は、魔術師と対決するつもりなのだ。

2.

研究室のドアを開けた途端、むわっというアンモニアのような異臭に襲われて、氷魚ちゃんとぼくは思わず後ずさった。

「よお、どうした二人して」

「うぐ、あの……何やってるんですか、先生」

気さくに声をかけてくる先生だったが、ぼくたちはそれどころではない。

室内はひどい有様だった。

いつの間に持ち込んだのか、長机の上にはビーカーやフラスコといった実験用具がずらりと並べられ、紫や群青色(ぐんじょういろ)の液体がぼこぼこと泡を吹いている。床には正体不明の機械類が転がり、それらは壁際のコンセントに繋がれてヴゥーン……と不気味な稼動音を奏でていた。デスクには何冊もの書籍が開かれて山積みにされている。先生自身は白衣にマスクというスタイルだ。

「ちょっとした錬金系魔術の実験だ。増幅器(アンプ)を造ろうと思ってな」

「はあ」

質問しておいてなんだが、それよりこの臭いはなんとかならないものか。

先生は床の機械類のスイッチを切ると、窓を全開にして、換気扇を回した。

ぼくたちが部屋に入れるようになったのは十五分後のことだった。

一歩一歩、足の踏み場を見つけながら進み、長机の椅子に腰かける。

先生は回転椅子に腰かけ、マスクを外した。煙草に火をつけて一服しながらビーカーの蓋を取り、淀んだ液体の底から、ピンポン球ぐらいの大きさの青く透明な鉱物をピンセットでつまみ出す。カット前のサファイアの原石のようだ。

「これが増幅器(アンプ)の原材料だ。お前たち、増幅器(アンプ)が何かはわかってるな?」

「ええまあ、一応」

ぼくが答えると、隣の氷魚ちゃんも無言で頷いた。それもクロスワードで予習済みだ。

魔術演術に用いられる専用の道具のことをインストルメント——略して〝魔器(インスト)〟という。杖(つえ)、剣、鏡、宝石、水晶玉、カード、黒髑髏(どくろ)などと魔器(インスト)には実に様々なものがある。音楽でも演奏の内容で楽器が変わるように、魔学でも演術の内容で魔器が変わるということだ。

そして〝増幅器(アンプ)〟とはアンプリファイアの略称であり、英和辞書に載っている意味通り増幅器——すなわち補助装置のことである。音楽では音量を増幅する機材のことをそう呼ぶが、魔学での増幅器(アンプ)は演術によって得られる魔術効果を増幅する。ちなみに魔器(インスト)と増幅器(アンプ)のどちらも、その製造(クラフト)は錬金学の分野だった。

「こいつを、あとは形を整えて、増幅回路の魔方陣を彫り込めば一応完成だ。ま、この研究室で精製できる程度のものじゃあ増幅率も大したことはないけどな」

「結構小さいんですね」ぼくは率直な感想を口にする。音響機材の増幅器は、それこそ冷蔵庫のように巨大な機械のはずだけれど。

「これは個人の単独演術で使うタイプだからな。実験で使うようなやつはもっとでかいぞ。けど、そんなもの持ち運ぶわけにはいかないだろ？」

「はあ。だったら増幅器を使わなければいいんじゃないですか？」

「まあそうなんだが」先生は足を組む。「魔術師といっても、結局は外部の出力増幅に頼らないと大したことができないからな」

「え、そういうものなんですか？」

「ああ。増幅器なしで演術してみろ。やれることなんて本当たかが知れてるぞ」

「じゃあもしかして」ぼくは訊いた。「大増幅の増幅器さえあれば、どんな魔術でも演術できる、と？」

「理論上はな」

「理論上？」

「増幅率が高ければ高いほど、魔術師に演術力が要求されるからさ。楽器演奏と同じだな。ギターを増幅器に接続して演奏すると、音量が増幅されてくらべものにならないぐらいの迫力が出る。けど些細なノイズやちょっとした音ズレも増幅されてしまうから、ミスをするとあっという間に曲の調和をブチ壊しにするだろう。魔術も同じで、増幅器の増幅率を上げれば上げるほど、演術者はより繊細で正確な演術力が必要になるのさ」

「なるほど」まさしくハイリスク・ハイリターンというわけか。うまくできている。

ところで、魔学誤解の最たるものに『魔力』という概念がある。魔学を知らない人はなぜか、魔術には魔力が――常人にはない、何かしら特別なエネルギーが――必要だと思い込んでいるが、実は、魔学には『魔力』という用語は存在しない。

魔術の演術に必要なのは力(エネルギー)ではなく才(タレント)だ。人より多く持っているかどうかではない。

"音"を感知する機能が備わっているかどうか――単純にあるかないか、それだけだ。よって増幅器(アンプ)が増幅するのも魔力ではなく、魔術効果そのものなのである。

「オズでこういう実験をやるときは、いちいち申請手続きをしなけりゃならなかったんだ。おまけにその審査期間が長いし、評議会のジジイどもが危険だと判断したら中止になることもあってな。面倒でたまんなかったんだが、その点ここはいいな」

なるほど。それで思う存分実験をしていたわけか。……けれど、こういう実験はちゃんと錬金学科の実験室でやるべきだと思う。毎週ここでゼミに参加する身にもなってほしい。

先生は、シャーレの上に出来上がったばかりの増幅器(アンプ)原材料を置いた。

「で？　どうしたんだ今日は。何か用か」

「えーと、それは……」

「昨日の先生の態度について、謝罪をしていただこうと思ってお伺いしたんです。もちろん謝っていただく相手は凛々子ですけど」

いきなりの氷魚ちゃんの切り口上に、ぼくはぎくりとした。直球ですか。

はて、と先生は首をかしげた。

「俺が何かしたか？」

「笑いました」

氷魚ちゃんはあくまで落ち着いた口調で続けた。しかし、それが演技であることはわかっていた。彼女の薄い表情の殻の下では、厚い岩盤も突き破らんばかりの激情が、ぐつぐつと煮えたぎっている。

「凛々子があんな目に遭ったというのに、先生は事件にばかり目を向けて……それどころか、おもしろい事件だなどと大笑いしました。不謹慎です。いえ、人として恥ずべき行為です」

「ははあ、なるほど。そういうことか」先生は腕組みして——そして、笑った。「在真は友達思いなんだな」

まずい、と思った。

次の瞬間。

案の定、氷魚ちゃんが爆発した。椅子を蹴立てて立ち上がると、

「私は」震える声で言う。「あなたを軽蔑します。先生」

先生は何も言わない。言いたいことは最後まで言わせてやる、とばかりに見返すだけだ。

「どうしてです？　どうして笑えるんです？　どうして『おもしろい』なんてことが言えるんです？　凜々子が、あんなひどい目に遭わされたというのに……。私たちが傷つくのが楽しいんですか？　魔術師には、他人の痛みを汲み取ろうというまともな心もないんですか……!?」

先生を見下ろしながら、氷魚ちゃんは肩を震わせて一息に言った。内臓からしぼり出すような悲痛なその声は、しばし部屋に反響して消える。

「別にそんなつもりはないけどな」先生はくわえ煙草で肩をすくめ、「俺が『おもしろい』と言ったのは事件の謎のほうであって、三嘉村が被害に遭ったことじゃない」

「……っ、同じです。あの場にいながらへらへら笑っていられるというだけで、その無神経さを疑わずにはいられません」

「けど、三嘉村は殺されたってわけじゃない。ただ怪我しただけだ。医者も命に別状はないと言っていた。お前のほうこそ少し神経質になりすぎじゃないのか？」

「ただ怪我しただけですって？　あなたは何を聞いていたんですか？　凜々子はあんなに惨たらしく顔を切り裂かれて、もう完全には治らないと言われたんですよ？　これがどれだけ残酷なことか、あなたにはわからないんですか……？」

言い募るうちに、氷魚ちゃんの目元には光るものが浮かんできた。彼女はそれを拭う。しかし拭っても拭ってもそれはあふれ出てきて、ついに彼女は唇を嚙み締め、ぐったりと椅子に座り込んでしまった。

「ふうん」ややあって先生が言った。「在真は本当に友達思いなんだな」

言葉は先程と変わらない。けれど、それはどこかやわらかい響きを帯びている気がした。氷魚ちゃんもそれを感じ取ったのか、顔を——厳しい表情は崩さなかったけれど——上げた。

「屋上で倒れている三嘉村を見つけたときに、俺はちゃんと言ったはずだけどな。『これなら大丈夫だ、何も心配要らない』と」

先生は氷魚ちゃんの視線を受け止めてから、椅子を回転させて背を向けると、デスク上の灰皿で煙草を消した。ぼくは屋上で凜々子ちゃんを見つけたときのことを思い出す。……たしかに、先生はそう言っていたけれど。

「どういう、意味ですか」氷魚ちゃんが訊いた。

「だから」先生は振り返り、「言葉通りの意味さ。三嘉村の傷は大丈夫だ、何も心配要らない。あの傷は完全に治るからな」

氷魚ちゃんは、実に彼女らしくないぽかんとした表情になった。まるでビルから突き落とされて、ぐんぐん近づいてくる地面を前に、もうだめだ、自分は死ぬんだと目をつぶった瞬間、目覚まし時計のアラームとともに母親に揺すられて夢から覚めた子供のような顔だった。戸惑いで、感情のメーターが振幅の限界を振り切ってしまったのだろう。

(でも、一体どうやって?)

医師は、凜々子ちゃんの傷の完治は無理だと言っていた。文字通り、医者も匙(さじ)を投げたほどの状態だ。そんな傷をどうやって？

　けれど、この問いはもはや自明だろう。

「――魔術で、ですか」ぼくは訊いた。

「当たり前だ。俺は魔術師だぞ」予想通り、先生はきっぱりと断言する。

「で、でも」唐突にもたらされた救済に、やはり氷魚ちゃんは戸惑いを隠せないようだった。

「……そんなはずありません。不可能です。物質反応を制御する錬金系魔術の中でも、特に生体制御――病気や怪我の治癒（ちゆ）は最高難度の魔術。現代魔学ではほとんどが『不可能命題（ロストタスク）』のはずです」

「まあ信じる信じないは勝手だけどな」先生は言った。「だが、三嘉村の怪我は完治する。これは絶対だ。俺の魔術師生命を懸けてもいい」

「…………」

　こうまで言われては氷魚ちゃんも反論できないようだった。そもそも、凜々子ちゃんの怪我は治ると言われているのだ。その肯定を望む気持ちこそあれ、進んで否定するようなつもりは毛頭ないだろう。

　ふと思う。もしかして先生は、だから平気な顔をして笑っていられたのだろうか。凜々子ちゃんの怪我は命に別状なく、必ず治るものだと屋上の時点ですでに看破していた。だからこそ、その後は何の心配もせずに事件の謎にのみ没頭していたのか。……こんなのは都合のいい想像かもしれないけれど。

氷魚ちゃんはほんの少しだけ——先生が不謹慎な態度を取ったことには違いないわけだから、やっぱり〝ほんの少しだけ〟なのだ——厳しい顔つきをゆるめた。

「本当に、凜々子の怪我は治るんですね。治していただけるんですね」

「ああ。なんなら誓約書でも書くか？」

「……いいえ、結構です」

氷魚ちゃんはやっといつもの冷静さを取り戻した。頭が冷え、先程の発言を省みたらしく、素直に頭を下げる。

「先生。私、少し言いすぎました。……すみませんでした」

「は、別に気にしちゃいない。失礼はお互い様だからな」

さっぱりとした先生の態度に、さらにもう少しだけ、氷魚ちゃんから険が取れたようだった。

「さてと」先生は立ち上がった。「俺はちょっと行くところがあるが、どうする？　もし興味があるなら、お前たちも付き合うか」

氷魚ちゃんとぼくは顔を見合わせる。

「行くところってどこです？」

「屋上だ」ぼくが訊くと、先生はにやりと笑って、まさに名探偵よろしく言ってのけた。「ちょいと現場検証にでも繰り出そうかと思ってな」

3.

屋上に向かう七階の階段前には『立入禁止』と書かれた黄色いテープが張られていた。警察が一般人の立ち入りを禁止しているのだろう。

「よっと」

しかし、先生はそれをあっさりとくぐってしまった。

氷魚ちゃんとぼくは再度顔を見合わせる。

「どうした、早く来い」

「先生。警察から、現場への立ち入り許可は得ているんですか？」

氷魚ちゃんの質問に、先生は当然だろうとばかりに首を振った。もちろん横にだ。

「そんなもんどうでもいいだろ。ほら行くぞ」

ぼくたちの非難の視線をにべもなくはねつけ、先生は階段を上がっていった。

呆れたような表情の氷魚ちゃんだったが、やがてあきらめのため息をつく。そして彼女もテープをくぐった。ぼくもそのあとに続――こうとして、ふと何かが視界をかすめた。

それは天井に設置された防犯カメラだった。丸いレンズが階段前の廊下一帯をじっと睨んでいる。カメラの位置から考えて、これに映らずに屋上に上がるのは不可能だろう。しかし凛々子ちゃんを襲った犯人はこのカメラに映っていなかったという……。

ぼくは一通りカメラを眺めてから、先生と氷魚ちゃんのあとを追った。

屋上には三人の先客がいた。男性が二人、女性が一人。そのうちの男性一人は、昨日、病院でぼくたちの事情聴取を担当した須津黎人警部だった。ということは、他の二人も刑事なのだろう。彼らは思案顔で何事かを話し合っていた。

「……じゃあ、やっぱり防犯カメラには、犯人の姿は映ってなかったわけね」

「ええ、久遠さん。僕も二回チェックしましたから見逃したということはないと思います。部下たちも合わせれば、もうテープが擦り切れるぐらい確認していますし」

「ふん、実際には記録媒体はテープではなくムービーファイルだから、何回見ても擦り切れることはないんだがね。須津君」

「……これはすみませんね、暮具さん。なにぶん前時代的人間なもので」

「よしなさいよ二人とも。同じ殺人課三羽烏(さんばがらす)同士、仲良くやりましょう」

「あの、久遠さん。前から気になってたんですけど、そのおかしな呼称やめませんか」

「たしかに。須津君に同調するわけではないが、それについてだけは僕も彼と意見を同じくするところですね」

「あらどうして？　恰好よくていいじゃないの」

「……恰好いいですかね？」

「……さてね」

　須津警部は苦笑し、もう一人の男性は肩をすくめた。

　先生は、その三人のほうにすたすたと近づいていく。それに気づいた須津警部が目を丸くした。他の二人もこちらを振り返る。

「な、何をしているんです！　ここは部外者は立ち入り禁止ですよ」

「なあに、ちょっとした現場検証だ。ああ、俺は勝手にやるから、そっちも気にせずに話を続けるといい」

　先生はコートのポケットに手を突っ込んで言った。

「いや、気にするなと言われても……」

　あまりに先生が平然としていたからか、須津警部は呆気に取られて口をぱくぱくさせた。隣にいた女性が訊く。

「……須津くん。こちらは？」

「あ、ああ。えっと、被害者が所属しているゼミの教官をされている先生で――」

「佐杏冴奈という。よろしく頼む」

「……佐杏？」先生の名前を聞くと、女性は怪訝そうな顔になったが、すぐにぴんと来る素振りを見せた。「あの、もしかしてオズから来られたという……？」

「そうだが」先生が肯定すると、

「やっぱり！　では、本物の魔術師の方なんですね？」女性は表情を明るくした。警察手帳を取り出し、「――申し遅れました。警視庁捜査一課警部の久遠成美といいます。日本へようこそ。本物の魔術師にお会いできるなんて光栄です」

握手していただいてよろしいですか、と久遠成美警部は恥ずかしそうに言った。

見たところ須津警部と同年代だろう。まだ若い。化粧気はほとんどないが、溌剌とした生気が身体中からあふれ出ている、健康的な美人だ。ショートカットがよく似合っている。

先生が握手に応じると、久遠警部は大喜びした。すかさず先生が言う。

「ところで、俺も現場を見たいんだが構わないか？」

「ええ、構いません。存分に検証なさってください」

「ち、ちょっと久遠さん！」須津警部が久遠警部を引っ張った。「だめですよ、部外者を現場に立ち入らせるなんて。ましてや現段階ではこの人も被疑者の一人で――」

言いかけて慌てて口ごもる須津警部。……たしかに先生には犯行時刻前半のアリバイがない。それはぼくも同じだけど。

はあっと大きくため息をつくと、久遠警部は人差し指を立て、

「いい、須津くん。この方はね、世界に六人しかいらっしゃらない魔術師の一人――『全人類の遺産』とまで言われている方なのよ。そんな方がせっかく事件に居合わせたんだから、捜査に協力していただかない手はないでしょう」

「で、ですだ、警察にもメンツというものがありますしですね……。それに今回の捜査は一応ぼくが指揮を――」

「メンツ？　メンツってなによ」久遠警部は怒ったような声を出した。「犯人逮捕のためだけにあらゆる努力を惜しまない。それが私達の仕事であり、誇りでしょう。最終的に事件を解決するのが誰であろうと関係ないはずよ。メンツで事件は解決しないわ。違う？」

久遠警部に詰め寄られ、須津警部はたじろいだ。さらにそこに追い討ちをかけるように、別の男性が援護射撃をする。

「久遠さんの言う通りだよ、須津くん。それにイギリスのロンドン警視庁（スコットランドヤード）では正式にオズの魔術師に捜査協力を依頼し、結果、いくつもの事件を解決しているという例もあるしね」

う、と須津警部はさらにもう一歩退（ひ）く。

（へえ……）

そんな善意的な魔術師もいるのか。少し驚いた。先生の近くにいると、なんだか知らず知らずのうちに『魔術師＝傍若無人（ぼうじゃくぶじん）』という公式が脳にインプットされてしまうのだが、さすがにそれは誤解だったらしい。

須津警部を尻目に、男性は先生に向き直って自己紹介した。「――申し遅れました。警視庁捜査一課警部、暮具総です。以後、お見知りおきを」

彼も二人と同年代だろう。ハンサムな顔立ちをしていつつもラフな感じに仕上げ、縁なしの眼鏡とスーツを上品に着こなしていた。須津警部には失礼だが、彼の隣だと、そのよさが格段に引き立って見える。

しかし。

須津警部を除いた二人の魔学知識はなかなかのものだ。日本人でこれだけ魔学に詳しい人も珍しい。やはり若いからだろうか。

メディアが行った統計調査で見ると、国内での魔学に対する理解度は、若者のほうが圧倒的に高いらしい。ネットや携帯電話の普及現象と同じだろう。要は新しいものを取り入れる柔軟な姿勢があるかどうかだ。そして、得てして若者のほうが、新しいものには柔軟なものである。いつか魔学冷遇国日本にも——ネットや携帯電話がそうであったように——魔学が浸透し、誰もが気軽に話題にしたり、利用したりする時代が来るのだろうか。

二人にやり込められた須津警部は、結局それ以上反論できずに小さくなった。なんとなくこの三警部の関係が見えたような気がする。

晴れて現場検証を許された先生は、ぐるりと屋上を一周しながら現場の観察を始めた。

屋上は、棟内との出入り口であるペントハウス以外は何もない吹きさらしの空間だ。周囲には転落を防ぐためコンクリートの手すり(パラペット)が築かれている。といっても、その高さはぼくの膝ぐらいまでしかない。覗き込めば簡単に、はるか彼方(かなた)の地上を拝めてしまう。

先生は屋上の四隅を渡り歩き、そこにしゃがみ込んでは何やら熱心に調べている様子だった。

かと思うと、突然ひょいとパラペットに飛び乗り、下界を見下ろした。これにはぼくのほうが肝を潰した。

「ふーむ……」

先生は腕組みして唸りながら、こちら側に戻ってきた。久遠警部に向かって訊く。

「科学捜査で何か手がかりは出てきたか？」

「いえ」久遠警部は首を振った。「現場からは犯人のものとおぼしき指紋、毛髪などは一切見つかっていません」

「凶器は？」

「被害者のそばに落ちていたという刃渡り十五センチほどのナイフで間違いないようです。刃と傷の形が一致しました。これからも犯人の指紋は検出できませんでした。ただナイフの柄の部分に、なぜか被害者の右手人差し指の指紋が付着していまして――」

「ふうん？」

「もっとも、これはたまたま被害者が触れて付いただけであって、問題にはならないだろうと捜査本部では考えていますが」

ぼくは、凜々子ちゃんの傍らに落ちていたべったりと血糊（ちのり）の付いたナイフを思い出す。あれが凶器。しかし、だとすると――

「おい、周」先生がいきなりぼくを呼んだ。

「なんでしょう」

「現状を整理して、事件の問題点を列挙しろ」

唐突に問題を出された。けれど、ぼくもそこまでは驚かない。先生の特別講義もこれで通算三度目である。さすがに慣れるというものだ。

「えーと、そうですね」

曖昧に前置きして時間を稼ぎながら思考する。はたして無事に助手役(ワトスン)を務めることができるだろうか。

「――昨日の午後、この場所で、ぼくたちの同級生である三嘉村凜々子ちゃんが、何者かによって顔面を切り裂かれる事件が発生しました。同じゼミの酒匂理恵ちゃん、午沼千里ちゃんの証言と、迎えに行ったぼくたちの行動を総合して、犯行時刻は二時間目の講義が終わったあとから三時間目の途中――つまり、およそ午後十二時二十分から午後一時四十分の間だと考えられます」

ゆっくりと自分に言い聞かせるように続ける。

「屋上に通じる唯一の階段には、防犯カメラが設置してあります。ぼくはその映像記録を見ていないのでなんとも言えませんが、警察の方々いわく、それには犯人の姿が映っていないとのことでした」

「……それは間違いない。カメラに映っていたのは屋上に向かう被害者だけだ。その前後――

少なくとも犯行時刻内には、他に誰も屋上には出入りしていないと」

　須津警部が言った。ぼくは頷き、

「えーと、では映像記録に犯人は映っていなかったと断言してしまいます。ということは、昨日いみなちゃんも言っていましたけど、犯行時、この屋上は密室状況だったということになります。これが問題点その一です」

　先生を見る。続けろ、と促されたので、一息ついてからまたしゃべり出す。

「ここで少し話が前後しますけど。……一週間ほど前、魔学部では、すでにある事件が起こっていました。それは殺人を予告する放送が流れるという事件で、その放送の中には、何の手がかりも提示していないくせに『被害者を当てろ』という無理難題を要求する部分がありました。ぼくはその意味がわからなかったんですけど——先生がおっしゃるには、この言葉の真意は『殺害前に被害者を当てろ』という意味ではなく、『殺害後の遺体が誰なのかを当てろ』というメッセージなんだそうです。殺害後の遺体が誰のものかわからなくするには、指紋、顔、歯型、目の虹彩模様——この四つの個人識別条件を無効にしてしまう必要があり、昨日の凜々子ちゃんの容体は、その四つのうちの一つを実行した状態に当てはまります。つまり、凜々子ちゃんは殺人予告を実行するべく、怪放送の主に襲われたということになりますが……」

　ぼくは二本目の指を立てて言う。

「ここで問題点その二。幸いなことに、凜々子ちゃんは殺害されることなく、今は病院で療養中です。しかし、どうして犯人はわざわざ密室を作ってまで状況を整えたのに、彼女を殺害しなかったのか？　そして――」

　続けざま、三本目の指を立てた。

「問題点その三。どうして犯人は、手がかりとなる凶器を現場に残していったのか？」

　ぼくは手を下ろして話を締めくくる。

「他にも細かい疑問は山ほどありますけど、大きな問題点はその三つだと思います。……以上です」

「――うん」先生は頷き、「まあ六十点ってところか。話が前後したり、一部省略しすぎたりでわかりにくい箇所があったしな」

　なかなかに厳しかった。それでもぎりぎり及第点なのは恩情というやつだろう。

「密室の謎ですが……」須津警部が口を開いた。「私は寡聞にして存じ上げないのですが、その、魔術を使えば、階段を使わない何らかの方法で屋上に侵入できるのではないですか？」

「須津くん！」久遠警部が肩をつかんだが、須津警部は止まらなかった。

「お話によると、その怪放送の主はクロウリーとか名乗ったそうですね。そのクロウリーというのは実在する魔術師であり、現在は失踪中だとか。本当にクロウリー本人が犯人だった場合、魔術を使用して、この屋上に侵入した可能性もあるのでは？」

　違う、とぼくは思った。この場の全員がそう思ったことだろう。

須津警部はククコウノーの存在なんか少しも疑ってはいない。そんなどこにいるとも知れない、怪談話に出てくる幽霊のようにあやふやな存在など、彼はこれっぽちも信じてない。

彼が疑っているのは先生だ。目の前にいる魔術師こそが、魔術を使用して密室を作り上げた犯人だ、とそう踏んでいるのだ。

先生を見たぼくはぞっとした。先生が、にい、というあの表情を浮かべていたからだ。

「……何を笑っているんです」須津警部も気味悪そうに言う。

先生は答えず、

「在真」

「はい」

今度は氷魚ちゃんに講義の矛先を向けた。

「階段の防犯カメラに映らずにこの屋上にいる人間を殺傷する魔術が存在するかどうか、答えろ」

氷魚ちゃんは少しだけ考えてから、

「あ、り、ま、せん」きっぱりと言った。

「……ま、残念ながらそういうことだ」先生は肩をすくめる。

須津警部は納得いかないといった表情だ。視線を氷魚ちゃんへと向け、詳しい解説を求める。

氷魚ちゃんは相変わらずの冷静さで理路整然と答えた。

「魔学は決して万能ではありません。魔学をよく知らない人は、『魔学』という言葉の持つ語感だけで『魔学は何でもできてしまう』と誤解しがちですけど、そんなことはありません。そういうところは科学と同じで、現実的（リアル）かつ論理的（ロジカル）なんです。例えば空を飛ぶことができれば、この屋上に侵入することは容易です。でも『飛行』は隠秘系魔術のなかでも最高難度の魔術で、未だに『不可能命題（ロストタスク）』――現代魔学での成功例は一つもありません。凶器となったナイフを遠隔操作する『念動』は隠秘系と神智系の二系統複合魔術で、これは『飛行』以上の難度を誇ると言われていて、同じく『不可能命題（ロストタスク）』。『催眠』または『暗示』で、他者を眠らせたり自分の姿を見えなくして、存在を気づかれないようにすることは可能ですが、両方とも機械（カメラ）に映らないようにすることはできません。遠隔地の目標を殺傷する『呪詛』の類ならある程度可能ですが、今回のように、顔などの特定の部位だけを正確に傷つけるのは不可能ですし、それも死に至らしめるほどの殺傷能力はありません。――よって結論を述べると、階段の防犯カメラに映らずにこの屋上にいる人間を殺傷する魔術はあり得ません」

「うん、九十点だな」

先生が評価を下した。ぼくよりもかなり高評価だ。

須津警部は言葉に詰まった。暮具警部が眼鏡を押し上げ、呟く。

「ではやはり、犯人は魔術師ではなく、なんらかの物理トリックを用いた一般人である可能性が高い、か……」

「で、ではですね」須津警部が屋上の端に近寄って言った。「例えば、あそこの教育学部棟の屋上からこちらにロープを橋渡して、それを伝って魔学部の屋上に侵入した、というのはどうでしょう」

魔学部棟の西隣には教育学部棟が建っている。教育学部の方が学生数も多く棟の規模も大きいだけに、建物の高さもあちらのほうが三階分ほど高い。たしかに、どこかからこの屋上に乗り移ってこようとすれば、それは教育学部棟しかないだろう。

しかし、

「ふん。それで、どうやってこちらにロープを橋渡すんだい」

「それは、例えばこう、矢の端にくくりつけて、ボウガンか何かで発射して――」

「無理だよ」暮具警部は即座に否定した。「あちらとこちらの距離はざっと見ても五十メートルはある。その距離を、屋上のコンクリートに突き刺さるほどの威力を保持したまま矢が飛ぶと思うかい？　まして君の推理では、矢の端にはロープがくくりつけられているんだろう。それだけでも矢の推力は激減してしまう。物理的に不可能だよ」

「……う」

そう。隣、といっても、魔学部棟と教育学部棟ではかなりの距離がある。気軽に乗り移ってこられるようなものではないのだ。

「そうね。そもそもそのトリックだと、矢が突き刺さった痕跡(こんせき)が現場のどこかに残っているはずよ。仮に、矢はコンクリに刺さらずに屋上内部に滑り込むように射込まれたとしましょう。矢にも直接ロープを結ばずにもっと軽いもの——例えばテグスを、矢に付けた輪にでも通しておいて、それをロープに結んでおく。テグスが屋上に届いたら、その後、テグスとロープを入れ替えるようにしてロープを渡す。そしてロープに付属していたフックをパラペットに引っ掛けて……ああ、でもだめね。人一人を支えるわけだからフックの跡が残るはずだし。それに教育学部から魔学部に来るのは〝下り〟だからいいとしても、帰りは〝上り〟になるわ。そんなシビアな条件でこの高さを渡ろうとは、ちょっと考えられないんじゃないかしら。そもそも教育学部の防犯カメラを調べれば不審者はすぐにチェックできるんだし、どう考えても意味がないわ」

「で、では、そうですね。ヘリコプターで直接屋上に乗りつけた、とか」

「それはどうでしょうか。この屋上はそこまで広くありません。着陸のときにはパラペットとペントハウスが邪魔になると思います。複数犯であったとすれば、一人がヘリを屋上付近に滞空させておいて、もう一人が屋上に侵入するということも可能ですけど……魔学部屋上にそんなヘリが飛んでいれば誰かが目撃しているはず。少なくとも、私たちもローターの轟音（ごうおん）ぐらいは耳にできたはずです」

女性陣にも反論されて黙る須津警部。

ぼくは屋上を歩いてみた。ざっと見渡しても、何か込み入った仕掛けが施されたような痕跡は発見できない。本当、犯人はどうやって屋上に侵入して、どうやって去っていったのだろう。

——これはまさしく『魔学部屋上密室事件』である。

「周」

呼ばれて振り返ると、先生は屋上の反対側に立っていた。ぼくはそちらに近寄る。

「なんでしょう」

「お前ならここ、よじ登ってこられるか？」

先生が指差した先を覗き込むと、それは棟の外壁に引っ付いたパイプだった。たしかに屋上から地上まで一直線に繋がれてはいるが……。

ぼくは頬を掻く。「さすがにちょっと難しいと思いますけど……」

「そうか？　俺なら余裕だけどな」

「…………」

この人、本当に魔術師なのだろうか？

「もう少し常識的に考えた方がいいんじゃないですかね」

「常識的、ね」

そのとき携帯の着信メロディが流れ出した。須津警部の携帯だ。

「もしもし須津ですが。……ええ、そうです。はい……そうですか。わかりました、ではこれからそちらに向かいますので。はい、それでは」

須津警部は短く通話を終えて言った。

「病院からでした。被害者の意識が戻ったそうです」

4.

先生、氷魚ちゃん、ぼくの三人は、警部たちの車に同乗させてもらい、都立宮古病院の外科病棟にやってきた。

殺人未遂事件の被害者というデリケートな立場上、凛々子ちゃんには六階に個室が用意されているらしい。

先頭に立って廊下を歩く須津警部は、ドアの前で立ち止まってノックした。しかしすぐに何かを思い出したような素振りをすると、失礼します、と声をかけ、室内からの返事を待たずにドアをスライドさせた。

広々とした白い病室に置かれたベッド。そこに彼女はいた。

水色の患者着の上からカーディガンを羽織り、白い腕からは点滴のチューブが伸びている。顔はまだ包帯に覆われており、その表情はうかがえない。けれど、こちらに気づいて手を振ったその仕草は、やっぱり彼女に間違いなかった。

「凛々子!」須津警部の脇を氷魚ちゃんがすり抜け、ベッド上で半身を起こした凛々子ちゃんに駆け寄った。「もう……心配したんだから……！」

手を取り、ベッドの脇に崩れ落ちる氷魚ちゃん。いつもみたく冷静に振る舞う彼女はなく、そこには感情を剝き出しにした、親友の無事を心から喜ぶ一人の女の子がいた。凜々子ちゃんは感謝と親愛の意を込めるように、そんな彼女の背中をぎゅっと抱き締めた。

「気分はどうだ、三嘉村」

先生が近寄って声をかける。

凜々子ちゃんは大丈夫だと示すように頷いてみせた。それからぼくのほうを見る。

や、とぼくは手を上げた。凜々子ちゃんも応えるように手を上げる。——そこでぼくはようやく気づいた。そうか。凜々子ちゃん、顔を怪我しているからしゃべれないのか。

彼女はベッド脇のサイドボードに置かれていたスケッチブックとサインペンを手に取り、さらさらと何事かを書きつけた。それをぼくたちに見せる。

『ごめんね。心配かけて』

なるほど、筆談か。

ぼくはかぶりを振った。「とりあえず、本当に無事で何よりだよ」

大きく頷き、凜々子ちゃんはまたペンを取った。『ありがとう』

「ええ……」須津警部が遠慮がちに咳払いをした。手帳を取り出して自己紹介を済ませると、

「さっそくで申し訳ないのですが、事件のことをお訊きしてもよろしいでしょうか」

凜々子ちゃんは頷き、ペンを取る。

『でもあたし、何も見てないんです』

「加害者の顔も、ですか?」

『屋上で人を待ってたら』『突然目の前が真っ暗になって』『気がついたらもう病院でした』

「……そうですか」須津警部は手帳にメモを取りながら、「その、〝人を待っていた〟というのは一体どなたを?」

ペンを持つ手が止まる。凜々子ちゃんは質問に答える代わりに、ちら、とぼくのほうを見た。その視線を追い、次々にぼくへと視線が集中する。

「え?」ぼくは虚を突かれて、間の抜けた声を出してしまった。

『家に手紙が届いたんです』凜々子ちゃんはためらいがちに筆を進めた。『お昼休みに屋上に来てほしい、って』

「……ぼくから?」

「なるほど」先生が腕組みして言う。「犯人はお前か、周」

「……そういう不用意な冗談はやめてください」いや、全然冗談になってない。ぼくは須津警部のほうを向くと、「あの、ぼくは知りませんよ、そんな手紙。そもそもぼくは彼女の自宅の住所も知りませんし」

ぼくの言い分を須津警部は手帳に書き込む。ふむふむ、などと頷いているが、信じられているかどうかは五分五分だろう。住所なんて調べようと思えばどうとでもなるわけだし。

「待っていたとおっしゃいましたが、どのくらいです？」

『一時間くらいです』『時計塔で確認しましたから』凜々子ちゃんは先生を見て、付け足した。

『ごめんなさい先生』『ゼミ、サボっちゃいました』

「ふふん、別に構いやしないさ。大学は義務教育じゃないんだ。講義を受ける受けないは学生の自由さ。それに――」先生はぼくのほうを見てにやにやしながら、「お前にとって、こいつからの呼び出しは俺の講義よりも大事な用だった、ってだけのことだろう？」

なんだか含みのある言い回しだった。

ただ。

須津警部はさらに細かな質問をいくつも彼女に投げかけたが、芳しい返事は得られなかった。

「その他に何か気づいたことはありませんか。どんな些細なことでも構わないんですが」

凜々子ちゃんは最後にこう証言した。

『あたしが屋上に入ったときには』『屋上には誰もいませんでした』

「それは確かですか？」

須津警部が確認すると、凜々子ちゃんは少し自信が揺らいだように『たぶん』と付け加えた。

けれど屋上はあの通り、吹きさらしの何もない空間だ。ぐるりと見渡すだけで人がいるかいないかぐらいはすぐわかる。まして彼女は一時間も屋上にいたのだ。この証言に疑いの余地はないだろう。

　だが、これで屋上密室の件はますます謎が深まってしまった。一体、犯人はどうやって屋上に侵入し、どうやって消えたのか？　そして、手紙で呼び出しておいて（しかも、ぼくの名前を使って）なぜ凜々子ちゃんを殺害しなかったのか？

　皆が押し黙ったときである。

「ふむ、とすると、やはりそうとしか考えられないか……」ぼくの後ろにいた暮具警部が呟いた。

「なに？　何か密室についての考えでも？」

「いえ、久遠さん、そうではないんですが」暮具警部は声をひそめた。凜々子ちゃんに配慮したのだろう。「ただ犯人が被害者を殺害せず、しかも凶器を現場に残していったのは、あえてそうしたわけではなく、ただそうせざるを得なかったからではないかと」

「……あなたもそう思う？」

「ええ。そう考えないと辻褄（つじつま）が合いませんからね」

「なんです？　何のことですか？」二人の会話に、須津警部が割り込む。

「つまりね」久遠警部は指を立て、「犯人は被害者を殺害するつもりだったし、凶器だってちゃんと持ち去るつもりだった。でも、その最中に何か邪魔が入ってしまい、屋上から出ていかざるを得なくなった。だから被害者も殺せず、凶器も現場に残してしまったのよ」

「なるほど。それで屋上を密室に仕立て上げたけれど、殺人そのものは未遂に終わったわけですね。でも、その邪魔って一体？」

「確証はないが……それはおそらく発見者たちだろうね」暮具警部が言う。「佐杏先生の魔術がなければ、被害者発見はもっとずっと遅れていたはずだ。犯人にとっては誰かが屋上にやってくることなど計算外だったはずだよ」

「……ということは」須津警部が息を呑む。「発見者たちが屋上で被害者を発見する直前まで、犯人は屋上にいたということですか？」

「そういうことになるね」

警部たちの会話に戦慄する。ぼくたちが屋上に入る直前まで、犯人があそこにいた？　では、もう少しぼくたちの到着が遅れていれば、凜々子ちゃんは――

そのとき、病室のドアが勢いよく開かれた。

目を向けると、そこにはいみなちゃん、理恵ちゃん、千里ちゃんが立っていた。三人とも息を切らせている。凜々子ちゃんが意識を取り戻したという報せを受けて――さっき氷魚ちゃんが車中で電話したのだ――大急ぎで駆けつけてきたのだろう。

彼女たちはベッドに駆け寄り、目の端に涙を滲ませながら、凜々子ちゃんの無事を喜んだ。顔の怪我も先生の魔術で完全に治るとわかると、歓喜はさらに高まった。彼女たち一人一人にいつもの笑顔が戻っていた。ぼくはほっとする。やはり彼女たちは五人そろっていてこそだ。

警部たちも今はそっとしてあげようと思ったのか、また後日伺います、と言って病室をあとにした。先生も、実験の続きがある、と研究室に戻っていった。

彼女たちは面会終了時刻の午後七時まで病室に残り、事件の傷を癒やすように、いろいろなことを語り合っていた。楽しそうに。幸せそうに。

やがてぼくたちが病院の外に出たときには、空には星が瞬いていた。

「けど、ホンマよかったわ」

「そうね、顔の怪我も治るっていうし。やっぱり魔術師は偉大よねえ」

地下鉄の駅を目指して歩きながら、理恵ちゃんと千里ちゃんが言い合う。かなり浮かれている様子だ。無理もない。唯一無二の親友の無事が確認できたのだから。

と、ぼくは、その輪にいみなちゃんが参加していないことに気づいた。厳しい顔つきで、うつむきがちに歩いている。病室では皆と一緒にはしゃいでいたというのに、一体どうしたのだろうか。

「いみな、どうかしたの？」

その様子に気づいた氷魚ちゃんが声をかけた。理恵ちゃん、千里ちゃんも振り向く。いみなちゃんは立ち止まり、それに合わせて皆も歩みを止める。

「なんや。どないしてん、いみなっち」

「気分でも悪いの？」

「——……よう」いみなちゃんが小声で何事かを呟いた。

皆が首をかしげたとき、

「……犯人を捕まえよう」いみなちゃんははっきりとした声で言った。顔を上げて、皆の顔を見て繰り返す。「犯人を捕まえよう、わたしたちで」

普段の大人しい彼女からは想像もできない、力強い宣言だった。

理恵ちゃんと千里ちゃんは顔を見合わせ、

「そんなこと言うたかて……なあ？」

「うーん。それはちょっと、ね……」

「ねえ、いみな」氷魚ちゃんは、いみなちゃんに視線の高さを合わせて言った。「そういうことは警察の仕事よ。それをちゃんとわかっていて、それでも言っているの？」

いみなちゃんは頷く。その目の光にはいささかの揺らぎもない。

しばしの間のあと、

「わかった」氷魚ちゃんは頷いた。「私は協力するわ」

「ち、ちょっと氷魚」

千里ちゃんが慌てた。無理もない。普段の氷魚ちゃんからは想像しにくい行動だろう。

けれど。

先生の不謹慎な言動を咎め、凛々子ちゃんに謝れ、と魔術師に向かって啖呵（たんか）を切った彼女の姿を見ているぼくとしては、その行動が納得できる気がした。

「本気かいな、ひおっち」

「ええ」

即答する氷魚ちゃんに触発されたのか、ふふん、と理恵ちゃんが鼻を鳴らした。「……わかった。ええで。ウチもやったろうやんか。他ならぬりりっちのためやしな」

「理恵まで……。もう――」千里ちゃんは腰に手をやり、「わかった、あたしも参加する。このままじっと解決を待ってるってのも居心地悪いしね」

氷魚ちゃんがぼくを見た。

「あなたはどうするの」

ぼくは肩をすくめる。参加するというサインだった。この状況で参加しないと言えるほど、ぼくは豪気ではない。

「よっしゃ、よろしく頼むであまねっち」

ばしん、と理恵ちゃんに背中を叩かれて、ぼくはちょっとむせた。

――かくして、魔学部を巡る殺人ゲームの犯人を捕らえるべく、ぼくたち佐杏ゼミの捜査と推理が始まった。

【第五講】課外授業・佐杏ゼミの捜査と推理

1.

　翌日の金曜日。

　ぼくたち佐杏ゼミの面々は、午後三時ちょうどに大学本部ビルに集合していた。

　大学本部は、総科棟とクロックガーデンの中間地点に建つビルだ。文字通り、城翠大における事務の中枢である。

　昨日、病院から帰る途中、地下鉄の車両内で、事件の犯人を捕まえるためにぼくたちはまず何をすればいいのか、何ができるのかを話し合った。

「――んで、こーゆーときはとりあえずどうするもんなん、いみなっち?」

　理恵ちゃんがいみなちゃんに訊いた。ミステリに精通している彼女の意見は参考にすべきだろう。

「えっと……まずは本当に防犯カメラに犯人は映ってなかったのか、それをきちんと確かめたほうがいいと思う」いみなちゃんは少し考えてから答えた。

「そうね、それが先決でしょう」氷魚ちゃんが賛成する。「実際の映像記録を見ることで、何か気づくことがあるかもしれないし」

「けど、そんなん勝手にホイホイ見られるもんとちゃうやろ。どこに言えば見してくれるもんなん？」

「それはやっぱり」千里ちゃんがあっけらかんと言った。「一番エライ人に訊いちゃうのが手っ取り早いでしょ」

事件現場となった魔学部で一番偉い人といえば、それは言わずもがな、

「——薬歌理事長？」

というわけで。

ぼくたちは魔学部をはじめ、残りの全学部を統括する城翠大の首領、薬歌玲理事長の元を訪問することになったのである。

理事長の在所が大学本部であることは、大学のホームページを見てすぐにわかった。ちなみに、理事長は魔学部神智学科の占星研究室にも籍を置いていて、理事長としての仕事がないときはそちらで研究活動をしているらしい。ぼくたちにしてみれば、ずいぶんと身近な人だったのだ。

ぼくたちは本部の受付窓口で理事長への面会を申請した。交渉役に立ったのは氷魚ちゃんで

ある。彼女はいつもの落ち着いた物腰で、自分たちが魔学部の学生であること、理事長との面会を希望する理由を話した。そして最後に自分たちが、魔術師が主宰を務めるゼミに所属していることをさりげなく付け加えた。

さすがに大学職員だけあって魔術師のネームバリューは有効だったらしく、受付のおばさんはすぐに奥のほうに引っ込んで電話を取り次いでくれた。

それから、待つこと十五分。

エレベーターからエントランスに現れた人物を見て、皆、今更ながら緊張で身を硬くした。

「こんにちは、皆さん」

薬歌理事長は丁寧に言って微笑んだ。

「お忙しいところ、お呼び立てして申し訳ありません。私たちは——」

代表して、氷魚ちゃんが改めて説明しようとしたが、理事長はそれを上品に手で制した。

「いえ、お話は伺いました。ご友人に怪我を負わせた犯人を捕まえたい。だから防犯カメラの映像記録を見せてほしい。そういうことですね」

「はい。……どうかお願いします」

氷魚ちゃんは頭を下げ、他の皆もそれに倣う。しかし、

「皆さんは学生です」理事長の反応は丁寧ながらも厳しいものだった。「ご友人のことを大切に思う気持ち、そして犯人を憎む気持ちはお察しします。それはわたくしも同じですから。で

すが、犯人を捕まえるのは警察の方々のお仕事でしょう。皆さんの本分は学業のはず。違いますか？」

「いえ、違いません。おっしゃる通りだと私も思います。けれど」氷魚ちゃんは決して挑発するでも卑屈になるでもなく、ただただ理事長を見返したまま言った。「友達をあんなひどい目に遭わされても、黙って学業に精を出していられるほど、私たちは日和見主義ではありません」

「…………」

理事長は沈黙し、しばし氷魚ちゃんの視線を受け止めていたが、やがて他の面々の顔を見た。そこに氷魚ちゃんの言葉の真偽が示されていて、それを確かめようとするかのように。

やがて理事長は、ふと表情をやわらかくして頷いた。

「……いいでしょう。それで皆さんの気持ちが少しでも収まるというのなら、ご協力いたします」皆が顔を見合わせて喜ぶ中、理事長は続ける。「ですが、わたくしにできるのは防犯カメラの映像記録をお見せすることだけです。それ以上のご協力はいたしかねることを、先にはっきり申し上げておきます。よろしいですね」

「はい、充分です。本当にありがとうございます」

氷魚ちゃんが再び頭を下げる。他の皆もまたそれに倣った。

薬歌理事長を先頭に、ぼくたちは魔学部棟へと向かう。

一階の事務課で、理事長が職員に話を通し、ぼくたちは室内に置かれた一台のデスクトップパソコンの前に案内された。職員の説明によると、防犯カメラの映像はすべて、このパソコンに保存されているらしい。

「それでは、わたくしはこれで。お好きなだけご覧になれるよう、職員に話しておきましたからね」

そう言って薬歌理事長は事務室を出ていった。

ぼくたちは理事長に礼を述べたあと、さっそくパソコンの前に陣取り、検証を開始した。

「犯行時刻は、一昨日(おととい)の午後十二時二十分から午後一時四十分の間だから――」

氷魚ちゃんがマウスでカーソルを動かす。フォルダの中から該当するファイルをまとめて選択、実行。専用のプレーヤーが立ち上がり、モニターに映像が再生され始めた。

――画面に映ったのは無人の廊下だ。階段を斜め上から見下ろすアングルになっている。今のところは誰一人映っていない。

氷魚ちゃんはプレーヤーのタイムバーを、午後十二時二十分に合わせた。予想される犯行時刻の頭である。しばらくして皆が声を上げた。

「凜々子！」

凜々子ちゃんが画面に現れた。エレベーターで七階までやってきたのだろう彼女は、カメラに気づく様子もなく、一度辺りを見回してから屋上へと上がっていった。――その先に待ち受けている己の悲運を知る由もなく。

「…………」

　さて、問題はここからだ。

　このあと、凜々子ちゃんは何者かに屋上で襲われて怪我をする。しかし、ぼくたちが屋上に駆けつけたとき犯人はそこにいなかった。だから、このときすでに犯人が屋上にいたとしても、このカメラには屋上から下りてくる犯人の姿が必ず映っているはずなのだが……。

　それからぼくたちはどんな些事も見落とすまいと、しばらく画面を見つめ続けた。

　が、

「うわ……ウチらやんか、これ」

　タイムバーが午後一時四十分を示した頃、画面に、屋上へと向かうぼくたちの姿が映し出された。それまでに屋上から下りてきた人影は一切なかった。

　氷魚ちゃんはプレーヤーを停止させた。全員がため息をつく。一時間以上も画面に集中していたのだから無理もない。

「……本当に、本物の密室殺人だなんて」驚愕を隠せない様子でいみなちゃんが呟く。そしてすぐに付け加えた。「えと、密室殺人じゃなくて、密室殺人未遂」

「映ってなかったわねー、犯人。ねえ、これどういうことなの、氷魚？」

「わからないわ。見落としがあったとも思えないし」

「……なあ」不意に理恵ちゃんが言った。「もしかしてウチらが屋上に行ったとき、犯人はまだあそこにおったんとちゃう？」

すっと背筋に冷たいものが走る。ぼくたちが屋上に上がったとき、まだ犯人はそこにいた？

「どういうこと？」氷魚ちゃんが先を促す。

「例えば、屋上の出入り口の建物の上におったら、発見者のウチらをやり過ごせるんとちゃうの？」

理恵ちゃんが指摘しているのはペントハウスのことだ。

「あの上に、こう、べたーっと伏せとったら、ウチらからは見つからへんと思うねんけど」

「……そうかもしれないけど、でもやっぱりそれは無理よ」氷魚ちゃんはゆるゆると首を振った。「あのあと、すぐに警察が現場に踏み込んでいるもの。いつまでも犯人がそんな所に隠れていられるはずないわ。もし私たちが屋上を出て、警察がやってくるまでのわずかな時間に屋上を脱出したんだとしても、やっぱりそれがカメラに映っているはずでしょう？」

「ははあ、なるほど」

理恵ちゃんは腕組みして唸った。

八方塞がり。そんな言葉が頭に浮かんだときである。

「……警察？」

ぽつりと一言、いみなちゃんが呟いた。かと思うと、彼女は顔を上げて突然マウスを手に取った。

「ど、どしたの、いみな？」

千里ちゃんが声をかけたが彼女は答えず、タイムバーを犯行時刻よりもずっとあとに進めて映像を再生する。と、そこに映ったのは、せわしなく階段と廊下を行き来する警察関係者の姿だった。階段前には『立入禁止』の黄色いテープが張られ、スーツ姿の刑事や制服の警官がそれをくぐったりしている。

「……もしも」いみなちゃんがささやくように言った。「もし、も、犯人が、警察官の恰好をして、い、い、いたんだとしたら？」

「ん？　犯人が警察て……あ、……ああ！」手を打ったのは理恵ちゃんだ。「そうか、なーるほど！　さすがはいみなっち！」

「え、なに？　どゆこと？」

「せやから、もし犯人が警察の恰好しとったら、少なくとも屋上から出るんはできるっちゅーことやんか。せやろ？」

いみなちゃんはこくりと頷く。「……犯人はペントハウスの上に隠れて、発見者のわたしたちがいなくなるのを待つ。そしてわたしたちがいなくなったあと、現場にやってきた警察の人たちの中に隙を見て紛れ込むの」

「ああ、そっかそっか！　そうすればカメラの前を通っても、誰にも怪しまれないってわけね」千里ちゃんは胸の前で手を叩く。

しかし、氷魚ちゃんはこの推理に懐疑的なようだった。

「……そんな単純なトリックを本当に使うかしら。映像記録をチェックすれば、屋上に誰が上がって下りてきたか、すぐにわかってしまうわよ」

「せやから今チェックしてみればええやろ。それで上がった警察官と下りてきた警察官の数が合わへんかったら、このトリックが実証されたっちゅーことやんか」

そう言いながら理恵ちゃんはマウスを操作した。

皆で再びディスプレイに視線を戻す。再生される映像から、屋上に上がった人数と下りてきた人数を数える。同じ人物が何度も上がったり下がったりするのでなかなか骨が折れたが、その結果は――

「屋上に上がった人数が十二人で、下りてきた人数が十二人。……同数ね」

――いみなちゃんの推理は否定されてしまった。彼女は残念そうに肩を落とす。

「うーん、けどそうすると、ホント、犯人はどうやって屋上から出ていったわけ？」

その千里ちゃんの問いに答えられる者はいなかった。

昨日、須津警部は『犯人はカメラに映っていない』と断言していた。すでに警察も、ここ数日分の映像記録を検証したのだろう。警察が断言する以上、やはりこの映像記録はどれだけ洗っても無駄なのかもしれない。

けれど、

「一応、犯行時刻よりも前の映像もチェックしてみちゃったりする？」

「そうね。期待はできそうにないけど」

彼女たちはあきらめることなく、新しいファイルを再生し始めた。

「……ごめん、少し休憩してきていいかな」

いささか疲れたぼくは、皆の許可を得て廊下に出た。

すると、そこでばったり階段から下りてきた薬歌理事長と出会った。あら、と声を出す理事長に、ぼくは軽く会釈する。

「どうです？　何か手がかりは得られましたか？」

「いえ、今のところは残念ながら」

「……そうですか」理事長は沈痛な面持ちになった。「本当に痛ましい事件です。警察の方々には一刻も早く解決していただきたいのですが」

「……はい」ぼくはふと思いついて訊いた。「ところで、まだ魔学部棟にいらっしゃったんですね」

「ええ、少し研究室のほうに立ち寄っていたものですから」

相変わらず上品で礼儀正しい。手鞠坂に見習わせたいところだ。

「あの」理事長は表情を曇らせて訊いてきた。「今回の事件について、佐杏先生はなんとおっしゃっていますか？　何かその、悪い印象を覚えてはおられなかったでしょうか」

「悪い印象ですか？」

たぶん理事長は、せっかくイギリスから招聘した魔術師が、今回の事件で気分を害して帰ってしまうのではないかと心配なのだろう。しかし、それは取り越し苦労である。気分を害するどころか、先生は事件の謎に大笑し、あまつさえ『おもしろい』とまで発言したのだから。そのせいで氷魚ちゃんと先生の小競り合いに巻き込まれたぼくとしては、先生には少しぐらい事件に対してマイナスのイメージを覚えてもらいたいものだった。

ぼくがそう言うと、

「……おもしろい、ですか」理事長は複雑そうな表情で呟き、ロビーのソファに腰かけた。

「あなたも座りませんか？」

ぼくも勧められるままに彼女の隣に座った。

「あの方——佐杏先生は、決して悪い人ではないのですけどね」

「はあ」

「ただ、少々自分の欲望に正直すぎるところがあるだけで」

「……あの、そういうのを『悪い人』って言うんじゃないですか？」

「そう、かもしれませんね」苦笑する理事長。「けれど、どうかあの方を責めないでください。わかりにくいかもしれませんが、あの方はとてもすばらしい方なのですから」

「はあ」

……薬歌理事長は、どうしてここまで先生に固執するのだろう。いや、先生は魔術師なのだから当然といえば当然かもしれないが。

ぼくの疑問が伝わったのか、理事長は微笑んで、

「あの方が魔術師として認定される前――正式にオズに加入される以前に、何をなさっていたのか、ご存知？」

「あ、いえ、まったく」

「――泥棒です」

「は？」

「いえ、〝怪盗〟といったほうがよろしいのかしら。でも、意味は一緒ですわよね」

二の句の継げないぼくに、理事長は微笑を悪戯っぽくして、

「ふふ、驚かれたでしょう？　ええ、わたくしも初めて聞いたときは驚きました。世界各国の博物館を股にかけ、〝ルクソールの聖櫃〟〝ロセッティの写本〟〝アドパギアの神獣鏡〟など――文化財としても名高い魔器の数々を盗み出した泥棒の正体が魔術師だ、と聞いたときはもちろん、懲役三百年以上という刑罰をすべて免除するという恩赦を交換条件に、その泥棒を正式な魔術師としてオズが迎え入れたと聞いたときも」

（……泥棒）

顔が引きつってしまった。けれど、ガイダンス初日でのこととか、思い当たる節はある。

先生、実は名探偵(シャーロック)じゃなくて大怪盗(ルパン)だったのか。また氷魚ちゃんが憤慨しそうなネタが増えてしまった。

「初めてあの方とお会いしたのは、もう十年以上も前、わたくしがケンブリッジ大学院に入学してすぐの頃、場所はあの方の魔術師認定式典のパーティー会場でした。わたくしはロアという、オズと関わりの深い家柄の人間です。ですからその伝手(つて)でパーティーにも出席していたのですけれど……事前に『今度の魔術師は元泥棒だ』と耳に入れていたせいで、わたくし、最初はあの方にあまりいい印象を抱いていませんでした」

けれど、と理事長は懐かしさに思いを馳せるように続けた。

「その会場で、ちょっとした諍いが起こりました。ワインのグラスを運んでいた若いボーイが、パーティーに出席していたある魔術師とぶつかってしまい、その方の衣服にワインをこぼしてしまったのです。その魔術師というのが――あなたもご存知でしょう――〝六人の魔術師の三番目(ヘキサエメロン・ザ・サード)〟アレイスター・クロウリー三世様でした」

「……クロウリー三世」

「ええ。クロウリー様は大変ご立腹になられて……その若いボーイの命を絶ってしまおうとされたのです」

「え？」ぼくは目を丸くした。「あの、命を絶つって、殺すってことですよね？　たったそれだけのことで？」

いくらなんでもそれは了見が狭すぎやしないだろうか。

　理事長は残念そうに目を伏せた。

「……魔術師の方は誰しもが、多かれ少なかれそういった部分を持っています。他者にはない特異な才能を持って生まれたことの代償なのでしょうか」

「………」

「とにかく、他の出席者の制止にも耳を傾けず、クロウリー様はそのボーイを手にかけようとなさいました。唯一対等に渡り合えるはずの他の魔術師の方々も、折悪しくパーティーには出席なさっていません。このままではあまりに理不尽に一人の若者の命が奪われてしまう。誰もが己の無力を噛み締め、目を閉じた、そのときでした。……クロウリー様の凶行は思いもよらない形で止められたのです」

　理事長はうやうやしいほどの敬意で、目を少女のように輝かせた。

「床で腰を抜かしたボーイに伸ばされたクロウリー様の手が、まばゆい光を放つ結界に弾かれたのです。ボーイの周囲だけに展開された極小規模の結界。明らかに魔術です。そして魔術を演術できる人間は、あの場にはクロウリー様を除いてたった一人しかおられませんでした。わたくしたちが振り向くと、そこにはあの方――佐杏先生が腕組みをして立っておられました。そして先生はただ一言こうおっしゃったのです。『やめろ』と」

「………」

「そのとき、わたくしの先生に対する気持ちは百八十度変化しました。そして、誓ったのです。いつか必ずこの方とともに、魔学の発展に貢献すると」

なるほど。そのパーティー会場で、うら若き理事長の胸に芽生えた情熱こそが、この城翠大学魔学部の始まり——〝原点〟というわけか。そう考えると、先生はこの魔学部に来るべくして来たのかもしれない。

——必然。

先生の言葉が去来する。

「それで、そのあとパーティーはどうなったんですか？」

「ええ。それが……クロウリー様はただ一言『すばらしい』とだけ言い残して、会場をあとにされました。そして、そのままオズから姿を消されてしまったのです」

……は？

「姿を消した？　あの、それってもしかして」先生から聞いた話を思い出す。「護衛を巻き添えに屋敷を爆破して行方不明っていう？」

頷く理事長。ぼくは頭がくらくらしてきた。どうやら先生は、ものすごく重要な説明を端折っていたらしい。

クロウリー三世は先生に殺人を阻止されて、そのままオズから姿を消した？　それはどういうことだ？　それではまさか今回の事件は——

「ええ。わたくしも最初は——あの怪放送の段階では、そう考えていました」理事長がぼくの意を察して頷いた。「今回の事件は、クロウリー三世様が、佐杏先生に復讐するために仕組んだのでは、と」

「………」

復讐。

自分の行動を阻害されたから、気に食わない人間を始末するのを邪魔されたから、その腹いせに。殺人の動機としてはあまりに非常識だ。しかし、同時に実に魔術師らしい動機でもある。

「ですが」理事長は言う。「あなたのご友人が屋上で怪我をさせられた事件で、その疑惑は解消されました」

「それは魔術を使っても、階段の防犯カメラに映らずに屋上にいる人物を殺傷することはできないからですか？」

「ええ、その通りです」

魔術で犯行が実行不可能な以上、魔術師の犯行ではない。たしかにそう考えるのは自然だ。

「でも、そうすると犯人は、一体どうやって屋上に出入りしたんでしょうね」

「佐杏先生はなんとおっしゃっておいでですか？　あの方でしたら、何か推理の一つもお持ちでしょう？」

「えーと、先生は外壁のパイプをよじ登って来たんじゃないかって言ってましたね」

「まあ、それは……この万らしい大胆な発想ですね」理事長は口元を押さえて苦笑した。「大胆というか何というかですけど。……でも、もし本当にそうなら、アレイスター・クロウリーはとんだお転婆(てんば)ですよね」

「あら。ではあなたは、やはりクロウリー様が犯人だとお考えなのですか？」

「いえ、そういうわけではないですけど。でも、何か物理的なトリックを駆使するよりは、素直に魔術で屋上への経路を突破したと考えたほうが自然かな、と」

「けれど、魔学はきわめて現実的な学問ですよ。論理的に考えて魔術を用いた可能性が消去されたのでしたら、先生がおっしゃる推理のほうがよほど検討する価値があると思います」

諭すように言われた。魔学は現実的(リアル)かつ論理的(ロジカル)な学問であり、できることとできないことがはっきりしている。それはガイダンス当日にも理事長から言われたことだ。魔術では、階段の防犯カメラに映らずに屋上にいる人物を殺傷することはできない――そう結論づけられた以上、文字通り、それは絶対の不可能命題なのかもしれない。

でも、だからこそ、その盲点を突くような何かがあるのではないだろうか。ぼくはそう考えてしまうのだった。

理事長が立ち上がった。

「すっかり話し込んでしまいました。そろそろ本部に戻らなくては。それでは、有意義な時間をどうもありがとう」

「いえ、こちらこそ」ぼくは頭を下げる。

「あら、そういえば」理事長は口に手を当てた。「失礼しました。まだお名前を伺っていませんでしたね」

「あ」本当だ。こちらこそ失礼しました、と謝り、ぼくは自己紹介した。「天乃原です。天乃原周」

「天乃原さん」理事長は微笑んだ。「いいお名前ですね」

2.

結局、防犯カメラの映像記録からは何の手がかりも得られなかった。

二時間近くもの作業が徒労に終わったとなると、その精神的疲労もなかなかに大きく、皆、いささかの失意を覚えながら事務室をあとにした。

「——んで、どうする、これから？」理恵ちゃんが振り向いて言う。意気消沈した雰囲気を払拭しようとするような大きな声だった。

「じゃあ屋上に行かない？　ほら、犯人は現場に戻るって言うし」

千里ちゃんが提案した。屋上もすでに警察が徹底的に捜査済みだろう。けれど、ぼくたちにできることといえばたしかにそれぐらいだ。ここで腐っても始まらないだろう。

「いみな、それでいいかしら」

「……え？」

氷魚ちゃんがいみなちゃんに確認した。

「な、なに？」

「だから屋上に行くということでいいかしら」

「あ……うん。いいと思う」

いみなちゃんは何度も頷いた。氷魚ちゃんは怪訝な顔になり、

「どうしたの。何か気になることでも？」

「う、ううん。何でもない」

いみなちゃんは慌てた様子で手を振った。

ぼくたちはエレベーターで七階へ、そこから屋上への階段を上がった。もちろん階段前には『立入禁止』のテープが張ってあったわけだが、気づかないふりをした。そもそも氷魚ちゃんとぼくはすでに一度無視しているし、そのときに警部たちの許可は取ったわけだし（どちらも先生が一緒にいたからだろうけど）。

屋上に入ると、各自思い思いに調査を始めた。といっても大したことができるわけではなく、ただうろうろしながら現場を観察するだけである。犯人がどうやって屋上に侵入したのか、その推理もいくつか話題には出たが、内容は昨日検証されて否定されたものばかりだった。

警部たちが病室でしていた話を思い出す。犯人は、ぼくたちがやってくる直前までここにいたという。では、犯人はぼくたちの存在に気づいてから一瞬で、まるで煙のようにここからいなくなったということになる。……一体どうやって？　そんな芸当が本当に可能なのか？

「うーん、屋上の出入り口ってさー、ホントにあの階段しかないのかしらね」

「何か別の経路があるということ？」

千里ちゃんの発言に、氷魚ちゃんは少し興味を持ったようだ。

「だって、もうそれ以外考えられないでしょ。ハシゴとか、何かそーゆー感じの隠し通路があるのよ、きっと」

「でも薬歌理事長はそんなこと一言も言ってなかったし、ざっと屋上を調べてみても、それらしいものは見つからなかったわよ？」

「理事長が知らないってこともあるでしょ。何か絶対にバレないような仕掛けがされてるのかもしれないし」

「……そう、ね。たしかにこれだけ完璧な密室状況ですもの。そういう可能性も頭に入れておいたほうがいいかもしれないわね」

「ふーむ、隠し通路か」あごに手をやり、理恵ちゃん。「ミステリでは禁じ手であると同時に王道でもあるんやけど——とすると、あれやね。とりあえずは、この棟の壁に引っ付いたパイプをよじ登ってくるっちゅーのが一番妥当な隠し通路なんちゃう？」

（……先生と同じこと言ってる）

　ぼくはパラペットの向こうを覗き込み、改めて問題のパイプを観察してみた。

　魔学部棟の壁面は完全なまっ平らではない。各研究室の窓の前には、コンクリート製の小さな雨樋が設けられている。パイプはそれらを上から下まで一直線に貫くようにして、棟の周囲に何本か取り付けられている。ちょうど両手で握り込めるぐらいの太さのものもあり、強度も申し分ないようだ。つまり、本当にパイプをよじ登ってこようと思えば、決して不可能ではないわけだ。途中で雨樋に足をかけて休むこともできる。

　しかし。

　それでも常識的に考えれば、かなり無理のある推理には違いない。

　理恵ちゃんの言い分に、うーん、と千里ちゃんは唸り、氷魚ちゃんも嘆息した。

「あのさ」ぼくも三人の推理談義に参加する。「本当に魔術じゃ無理なのかな」

「その可能性は昨日否定されたはずよ。魔術では、階段の防犯カメラに映らずにここにいる人間を殺傷することはできない。いえ、殺傷するだけならまだしも、あんなやり方では絶対に不可能だわ」

「…………」

「なに？　周くんは、犯人が魔術を使ったって考える理由でもあるの？」千里ちゃんが助け舟を出してくれた。

「いや、理由っていうか」けれど、ぼくは口ごもる。「勘、かな」

「勘？」氷魚ちゃんが呆れたと言わんばかりに視線を厳しくした。

「えーと……うん、ごめん」

「……もう少し真面目にやって欲しいわね」

苛々したように言う。ぼくはもう一度、ごめん、と繰り返した。

「まあまあ、ひおっち。そんなに言わんかてええやろ」見兼ねたように理恵ちゃんが、氷魚ちゃんとぼくの間に割って入った。「大体ひおっちかて人のこと言えへんやんか。自分は何もせんと、他人の推理にケチつけとるだけやろ」

む、と氷魚ちゃんは、理恵ちゃんに向き直る。

「そういうあなたこそどうなの、理恵。まさか本気で犯人はパイプをよじ登ってきた、なんて馬鹿げたことを考えているんじゃないでしょうね」

「考えてたらどうやねんな」

「別にどうもしないわ。ただそこまで程度が低いとは予想外だっただけよ」

「は、何とでも言うたらええわ。少なくとも、自分では何も考えつかんくせにエラソーにしとる誰かさんよりは百倍ましやろうからな」

「ちょっとやめなさいよ、二人とも」

険悪になり始めた二人を、千里ちゃんが慌てて取り成す。しかし二人は互いに顔を背けてしまい、それっきり口を利くことになかった。

そういえば、全然会話に参加してこなかったけれど、いみなちゃんはどうしたのだろうか。

ぼくはいみなちゃんを捜す。と、彼女はパラペットに沿って歩いていた。といっても何かを観察している様子はなく、その表情にも元気がない。同じ所をぐるぐると歩き回っているだけだ。さっきも変だったけれど、一体どうしたのだろうか。

結局、現場検証からも芳しい成果は得られず、ぼくたちはその日の捜査をあきらめて、各自帰宅することにした。

明日は土曜日。学校が休みである。だから午後一時にベイカーに集まって、皆で推理会議をするという約束になった。

地下鉄で宮古駅にやってきたところで、ぼくは皆と別れ、駅前の通りを一人で歩いた。行き先は特に決めていない。ただ空腹を覚えていたので、どこかで食事して帰ろうと思ったのだ。

さすがは大学最寄りだけあって、駅前には学生をターゲットにした飲食店がずらりと並んでいる。どこに入ろうかと考え、結局は行き慣れた場所に落ち着くことにした。言わずもがなベイカーである。

ただ時刻がちょうど夕食時なので、ベイカーの店内もかなり込んでいた。これは順番待ちになるかな、とぼくが考えていると、

「いらっしゃいませ」毎度のごとく奥から手鞠坂がやってきた。「……ってなんだよ、周か」

「幸二さ。本当、いつ来てもいるよね」ぼくは呆れ混じりに言う。「もしかして、ここのバイトって住み込みとか？」

「そんなわけあるか。大体逆だぞ。俺がバイトに入っているときに限ってお前が来るんだよ」

「わかってるよ、そんなこと」ほんの冗談である。

「お前な……」

ぼくを睨めつける手鞠坂だったが、カウンター内からの鋭い視線に気づいて、すぐに出しかけていた手を引っ込めた。視線の主は店長（マスター）である。この忙しいときに何を遊んでる、と今にもどやしつけてきそうな雰囲気だ。目は口ほどに物を言い。

「ちっ、命拾いしたな、周」

捨て台詞（ぜりふ）を吐き、手鞠坂は営業モードに切り替わってぼくを案内する。順番待ちしなくていいのかな、と首をかしげたが、その疑問はすぐに解消された。

「あれ、先生？」

「ん？　ああ、お前か」

手鞠坂に案内された席には先生がいた。どうやら手鞠坂は、ぼくが先生と待ち合わせをしていたと思ったらしい。

「どうした、ぼけっと突っ立って。座ったらどうだ」

「あ、はい。じゃあ失礼します」

先生の同席許可に甘え、ぼくは向かいに腰かけた。手鞠坂にナポリタンとブレンドを注文する。手鞠坂がカウンターに戻っていくと、

「お前な」先生がおもむろに言った。「勝手に入るなよな、現場に」

「え？」

「だから現場に入るなと言ったんだ。入っただろう、事件現場の屋上に。お前と、あと在真、扇谷、酒匂、午沼」

「あ、えーと、それは……はい。入りました。入りましたけど」ぼくは訊き返す。「あの、どうして知ってるんですか？」

「『結界』を張ってるからな」

「結界？」

「昨日屋上に入ったときに仕掛けておいた」

「昨日って……」

それは氷魚ちゃんとぼくがついていった、あの現場検証のことだろうか。あのときに屋上に結界を張った？

そういえば、先生は屋上の四隅にしゃがみ込んで、なにやら熱心に調べている様子だった。あれは別に何かを調べていたわけではなく、ただ結界施術の布石を行っていただけだったのか？

「でも、ぼくたち、普通に屋上に入れましたけど」

「別に『結界』といっても、外敵の侵入を阻んだりするような類のもんじゃない。そんな強力な結界をあの広さで展開しようとしたら、それこそ百倍率増幅の増幅器(アンプ)でもないと無理だ。俺が仕掛けたのは、誰かが結界内に侵入したとき、それを演術者に報せるだけの簡単なものさ。いわば予備校だな」

……これはたぶん、呼子(よびこ)ではなかろうかと思う。いや、自信はないけれど。

「でも、どうしてそんなものを?」

「おいおい、訊くなよな。犯人を捕まえるために決まってるだろ」先生は事もなげに答えた。「本当は今すぐにでも捕まえてやりたいところだが、殺人未遂を立証する証拠もないしな。だから罠(わな)を張って待っているってわけだ」

「……?」

ぼくは首を捻る。先生の言葉はまるで『証拠さえあればいつでも犯人を捕まえられる』と言っているように聞こえる。『犯人は現場に戻る』とは千里ちゃんも言っていたけど、ではやはり、犯人はぼくたちのすぐ近くにいるということなのか。……いや、ちょっと待て。それよりも、もしかして――

「あの」ぼくは半信半疑で尋ねた。「もしかして先生、犯人がわかってるんですか?」

「当たり前だ」

あまりにも態度が平然としていたので、ぼくに一瞬その言葉の意味を捉えあぐねた。

衝撃は三秒後に来た。

「――……えっ、ち、ちょっと待ってください、わかった？　犯人が誰だかわかった？　そう言ったんですか？」

「言ったが？」

「じゃあ屋上密室の謎も？」

「ああ、解けた」

絶句。

先生は、意外だ、と言わんばかりに片方の眉を持ち上げ、「なんだ？　じゃあお前はまだわかってないのか？」

「あ、あの。ぼくはっていうか、まだ誰一人としてわかってないと思いますけど……」

「あ？　なんだ、そうなのか？」

ぼくは戦慄した。そして今更のように気づく。そもそもだ、昨日の現場検証の目的は一体何だったのか。もしかして先生の真の目的は、その結界を仕掛けることにあったのではないか？　だとすれば、先生は屋上に行く前から犯人が誰なのかわかっていたことになる。

「よく言うだろ。『どれほどあり得そうにないものでも、一つずつ可能性を消していって最後に残ったものが真実に間違いない』ってな」

それは他でもない名探偵の台詞だ。先生も消去法で事件の真相に迫ったというのだろうか。だから証拠がない、と？

悩むぼくを前に、先生は言った。

「訊かないのか？」

「何をです？」

「事件の真相だよ」そう言って、自分のこめかみをとんとんと指で叩く。「今回の事件のすべてが、ここにあるんだぞ」

事件の真相が目の前の魔術師の頭の中にはある。けれど、ぼくは訊くつもりはなかった。なぜなら、

「訊いたら教えてくれるんですか？」

「まさか。自分で考えろ」

言われると思った。だから訊かなかったのだ。先生は決して答えを教えようとはしない。全部各人にやらせる。それが自分の流儀だと言うように。

ふと、ぼくは想像した。

どんな鍵も通用せず、決して開けることの叶わない密室。それは紛れもなく先生の頭脳なのではないか、と。すべての解答が混沌と詰め込まれた魔術師の密室。ぼくたちは、そこから時々気まぐれで飛び出してくるごくわずかな情報を頼りに、少しずつ仮説を組み立て、一つ一

つ事実の全貌を明らかにしていくしかない。

「犯人はアレイスター・クロウリー三世ですか？」ぼくはその密室を揺さぶってみる。ひょっとすると何かこぼれてくるかもしれない。

「どうしてそう思う？」

「いえ、さっき薬歌理事長から話を聞いたんですけど——」

ぼくは理事長から聞いたことを先生に話した。先生がオズに加入したときのパーティーでのクロウリー三世の凶行。先生との衝突。クロウリー三世がそのままオズから姿を消したこと。

「だから今回の事件は、クロウリー三世が先生に復讐するためにやったことなんじゃないかと思ったんです」

「なるほど、動機から犯人を絞ろうとしたわけだな。……しかし」先生は怪訝そうな表情で腕を組み、言った。「あのパーティーで、そんなことがあったっけか？」

「……あの、憶えてないんですか？」

前にクロウリー三世のことが話題になったときは、あえて黙っていたと思ったのだけれど、どうやらただ忘れていただけらしい。

「理事長はそのときの先生の勇姿を見て、将来、先生を魔学部に招こうと心に決めたって言ってましたよ」

しばらく黙り込んでいた先生はやがて、ああ、と手を打った。

「そうかそうか。そんなこともあったな。あまりにつまらない出来事だったんですっかり忘れていた」

「…………」

どうやら記憶まで、おもしろいおもしろくないの天秤にかけられるらしい。

「ふうん。……理事長があのパーティーにいたのか？」

「だそうですよ。理事長はロア家の人ですから、その伝手だって本人が」

「ロア家？　ロア家ってあのロア家か？」

へえ、そりゃおもしろいな、と先生。

「たしかにロアはオズに一番顔が利くからな、それでか。……ああ、思い出してきたぞ。薬歌玲、ロア、……〝クスコ・レイ・ロア〟か。そうだ、たしかに会場にいたな。俺に挨拶してきた。で、そこにクロウリーのやつが割り込んできたんだ」

「へえ」魔術師二人と薬歌理事長、まさしく夢の競演ではないか。「何を話したんです？」

「いや、俺は別に何も。クロウリーのやつが、若い娘の理事長に向かって『いいお名前ですね』とかなんとかおべんちゃら並べてただけさ。本当にキザなやつだったな」

舌打ちしてコーヒーをすする。どうやらクロウリー三世の昔話はお気に召さないらしい。態度でわかった。

手鞠坂が料理を運んできたので、会話は一時中断する。

テーブルにナポリタンの皿とコーヒーのカップが並べられた。ぼくは、いただきます、と手を合わせてから添えられたフォークを手に取り、パスタを絡め取って口に運ぶ。

「ところで周。お前、明日は暇か」

「えーと、明日は」午後一時には皆とベイカーで推理会議があるが、それまでなら問題ない。

「午前中なら大丈夫ですけど」

「それならちょっと付き合え。病院に行く」

「凜々子ちゃんのお見舞いですか？」

「まあそんなようなもんだな。……在真との約束を果たすだけさ」

「え、それって」

「ああ」先生はコーヒーを飲み干して言う。「そろそろ三嘉村の顔を元に戻してやらんとな」

3.

というわけで翌日、土曜日の午前十時。ぼくは研究室を訪ね、そこで先生と合流して、一緒に都立宮古病院へと向かった。

「――周くん！」

ぼくたちが病室に入ると、ベッドで上半身を起こして読書していた凜々子ちゃんが顔を上げた。

「あれ、もうしゃべっても大丈夫なの？」つい二日前まで会話は筆談だったはずなのに。

「うん。あんまり大きな声出したりしなかったら大丈夫なんだって」

顔を覆う包帯こそあるものの、彼女のその朗らかな声は事件前と変わりなくて、ぼくは安心した。

凜々子ちゃんは読んでいた文庫本を閉じて、ぼくと先生に椅子を勧めてくれた。ちなみに文庫のタイトルは『四つの署名』。……なんだか作為的だ。

「わざわざ来てくれてありがとう」

「うん。あ」頷いてからぼくは自分の失態に気づいた。「ごめん、手ぶらで来ちゃった」

凜々子ちゃんは首を振りながら、「そんなの気にしないで。あたし、周くんが来てくれただけですごく嬉しいんだから」

「……そう言ってくれると救われるよ。今度は必ずお土産持ってくるから」

ぼくが約束すると、凜々子ちゃんは頷いた。「楽しみにしてるね」

「元気そうだな、三嘉村。何よりだ」隣の先生が言った。

「はい、おかげさまで。先生もわざわざ来てくださってありがとうございます」

凜々子ちゃんの丁寧な謝辞に、うむ、と横柄に頷いてみせる先生。本当、へりくだることを知らない人である。

けれども、今日の先生は多少大きな態度を取っていても許されるだろう。なぜならぼくとは違い、凜々子ちゃんにとって何よりのお土産を持参しているのだから。

「あのさ、凜々子ちゃん。実は今日来たのは——」

ぼくは来訪の理由を説明しようとした。

が、

「さて。三嘉村の顔も見たことだし、長居してもなんだからな。俺はそろそろ失礼するとしよう」

「……は？」いきなり先生がそんなことを言い出したので、ぼくは面食らった。「せ、先生？」

「あの、もう少しゆっくりしていってください先生。来たばっかりじゃないですか」

凜々子ちゃんが引き止めるが、先生はわざとらしく困ったような表情を作ると、

「ゆっくりしたいのは山々なんだがなあ。大学教授という職に就いている以上、結構忙しいんだよ、俺も」

絶対に嘘だ。ぼくがさっき研究室に行ったときは、持ち込んだモニターとゲーム機でRPGをやっていたくせに。

「まあ、そんなわけで仕事が山積みでね。悪いな、三嘉村」

「いえ、そんな」凜々子ちゃんは恐縮した。「お忙しいのにすみません」

「うむ。ああ、でも安心しろ。ちゃんと周は置いていくからな」

「先生、あの」

「というわけで、俺は先に帰るが……ふふ、せいぜいうまくやれよ」

最後の一言をぼくの耳元でささやいて、肩をぽんぽん叩くと、先生は病室を出ていった。

その後ろ姿を呆然と見送りつつ思う。

もしかして、いや、もしかしなくても、嵌められたのだろうかぼくは？

「先生もお仕事大変なんだね」

しみじみとそう言う素直きわまる凜々子ちゃんに、ぼくは何と答えるべきか迷った挙句、当たり障りなく、そうだね、とだけ言っておいた。

「周くん、何か飲む？　インスタントのコーヒーと紅茶しかないけど」

「えっと、じゃあコーヒー。……いや、じゃなくて、ぼくがやるから」

サイドボードのポットに手を伸ばした凜々子ちゃんを制して、ぼくは立ち上がった。自分が社会的模範となるべき真人間だとは到底思わないが、さすがに入院患者にお茶を淹れさせるような悪党でもないつもりだ。

「ありがと。あたしもコーヒーがいいな」

「了解。カップとかあるの？」

「うん、そこのクローゼットの中に……あ」

凜々子ちゃんは壁際に置かれたクローゼットを指差したところで口ごもった。

「どうしたの」

「あのね、周くん。やっぱりあたしがやるよ」

「どうして？　この中だよね」

「あ、待って待って！」クローゼットに近づいたぼくを慌てて呼び止めると、凜々子ちゃんは顔を赤らめて言った。「クローゼットの中、下着とか入ってるから、その……」

「……あ、うん。なるほど」

　ぼくは両手を上げてクローゼットから離れた。回れ右をして入り口のほうを向く。背後でクローゼットが開けられ、閉じられる。凜々子ちゃんの許可でぼくは再び振り返ってベッド脇に戻り、用意された紙コップにインスタントの袋を開け、ポットからお湯を注いでコーヒーを淹れた。

「凜々子ちゃん、ミルクと砂糖は？」

「あ、ミルクはいいけど、お砂糖二本入れてもらえる？」微笑んで言う。「甘党なんだ、あたし」

　言われた通り、シュガースティックを二本入れたコーヒーを彼女に渡す。ちなみにぼくは無糖だ。

　彼女は猫舌らしく一生懸命にコーヒーを冷ましていたが、やがてそれに口をつけながら、きょとんとした表情で訊いてきた。

「ねえ、周くん、その手どうしたの？」

凜々子ちゃんが言ったのは、ぼくの右手首に巻かれた包帯のことである。そういえばこの怪我をしたのは事件があった日だから、彼女には説明する機会がなかったのだ。もっとも、遅刻しそうで慌てたせいでコーヒーをこぼして火傷した、なんて進んで披露したいエピソードでもない。なので、

「えーと、ちょっとね、火傷したんだ」ぼくはごまかすことにした。

「大丈夫なの？」

「大丈夫だよ。全然大したことないし」

「そうなんだ。よかった」

凜々子ちゃんは微笑んで、ようやく適温になったコーヒーを飲んだ。

……これでは逆だな。ぼくが心配されてどうする。

「ぼくのことよりも、凜々子ちゃんは自分のこと考えたほうがいいと思うよ。皆、すごく心配してるし」

「みんな？　ホント？」

「本当だよ。氷魚ちゃんも、いみなちゃんも、理恵ちゃんも、千里ちゃんも、皆」

そうでなければ、自分たちの手で犯人を捕まえようなんてことにはならないだろう。

凜々子ちゃんはうつむきながらも真剣な表情になると、上目遣いでこちらを見て、

「周くんも？」

「え？」

「周くんも心配してくれてるの？」

「それは……もちろん」

　ぼくが答えると、凛々子ちゃんは笑顔になった。包帯越しにもそれがわかる。紙コップを両手で持ち直しコーヒーを飲み、「そっかあ。えへへ、ありがとね」

「……うん」どう言ったものかわからず、ぼくもコーヒーをすする。

「周くんはさ、どうして魔学部に入学したの？」凛々子ちゃんが訊いてきた。

「それはまあ、いろいろだけど」

「元々医学部に入るはずだったんでしょ？　それをやめて魔学部に入るなんて、すごく魔学が好きなんだね」

「どうかな。そういう凛々子ちゃんはどうして魔学部に入ったの？」

「あたしは全然理由とかないの」彼女は苦笑して手を振ってみせた。「ただみんなが――氷魚ちゃんや、いみなちゃん、理恵ちゃん、千里ちゃん――みんなが魔学部に行くって言うからついてきただけなんだ。あたしにはみんなみたいに『魔学部でこれがやりたい』っていうのはないの。ただみんなと離れたくなかっただけ」

　窓から射し込む日差しに横顔を照らされた凛々子ちゃんは、なんだかとても儚く見えた。そのまま光の中に溶明していくのではないかと、人魚姫のように泡になって消えてしまうのではないかと、思わずそんなことを考えてしまうほどに。

「あたしね、小学校の頃に両親が離婚してるの」

「…………」唐突な彼女の告白に、ぼくは沈黙を持って答えた。

「四年生の頃だったんだけど……それであたし、その頃はちょっとひきこもりがちになっちゃって、何日も学校を休んでたの。顔を合わせるたびにお父さんとお母さんは喧嘩して、あたしそんな二人を見るのがすごく怖かったから、一人で部屋に閉じこもったまま何もせずにじっと座り込んでた」

暗い自室と心の殻——言うなれば二重の密室に堅く閉じこもってしまった幼い彼女。何日も何日もぐるぐると思考の迷宮に迷い込んで。さぞ苦しかっただろう。

「そのときにね、あたしの家にみんなが来てくれたの」

「みんなって」

「うん、氷魚ちゃんと、いみなちゃんと、理恵ちゃんと、千里ちゃん」

「へえ……」五人は小学生のときからの親友同士なのだという話を思い出す。「そのときも皆、心配してたんだろうね」

「それがね、おかしいの」凜々子ちゃんは口に手を当てて優しく笑った。「あたしね、誘拐されたんだよ」

「誘拐？」

訊き返すぼくに、凜々子ちゃんは頷いて続けた。「いきなりみんなが部屋に入ってきたかと思ったら、あたし、家の外に連れ出されちゃって。何を訊いても、全然答えてくれないの。そのまま電車で横浜まで連れて行かれてね――横浜だよ、横浜――そこで初めてみんなが言うの。『凜々子はあたしたちにユウカイされたの』って。あたし驚いて『なんでこんなことするの』って訊いたんだけど、みんな教えてくれないの。それどころか公衆電話からあたしの家に電話して『ムスメは預かった』とか『返してほしければイチオクエン用意しろ』とかとんでもないこと言い出すの。もうあたし訳がわからなくなっちゃって」

「へえ……」俗に言う狂言誘拐というやつだ。幼い彼女たちがなぜそんなことをしたのか、その目的も察しがつく。きっと塞ぎ込んでいる親友を放っておけなかったのだろう。

「うん、そう」凜々子ちゃんがぼくの表情を読んで言った。「みんな、あたしのためにやってくれたんだよね。あたしが誘拐されたってことになれば、親も喧嘩をやめて、離婚なんかしないで済むって、そう考えてくれて」

「たぶんそうだろうね」

学校に来なくなってしまった凜々子ちゃんのためにどうすればいいか、幼い氷魚ちゃん、いみなちゃん、理恵ちゃん、千里ちゃんは、皆で必死に知恵を出し合ったのだろう。そうして決行された狂言誘拐。親の庇護のない遠地にて、彼女たち五人は何を思っただろう。それはきっと終始波乱に満ちながらも、この上なく幸せな時間だったのではないだろうか。

「結局、誘拐そのものはね、夜になって街をうろうろしてたところを警察の人に呼び止められて、近くの交番に連れていかれて終わっちゃうの。その頃にはもうあたしたちも大分心細くなってたから、緊張が解けていっせいに泣き出しちゃってね。そのあとみんな家に戻って、すごく親に叱(しか)られちゃった」

「…………」

「でも、あれは楽しかったなあ。右も左もわからない街を、あたしたちだけで手を繋いで歩くの。周りは知らない大人ばっかりだったけど、こうやってみんなと一緒にいれば絶対に大丈夫だって、すごく安心できた」

遠い目をして言った凜々子ちゃんは、やがて現実に戻ってくるようにぼくを見て、

「……あたしの両親は、それからしばらくしてやっぱり離婚しちゃった。あたしはお母さんについていって、お父さんとは別れて、家族はばらばらになっちゃったんだけど。……でもあたし、もうその頃にはまた前みたいに学校にも行けるようになってて」

「……うん」

「それ以来、ずっとあたしはみんなと一緒だった。だからみんなが魔学部に行くって言ったときは、当たり前みたいにあたしも魔学部に行くって考えたの。みんなと離れるのが怖かった。

——だから、あたしは魔学部に来たの」

語り終えて、凜々子ちゃんはコーヒーを飲んだ。

そんな彼女を目の当たりにして、ぼくは自分でもわからないうちにしゃべり出していた。

「……ぼくも、子供の頃は片親で育ったんだ」

凜々子ちゃんが顔を上げた。優しい眼差しでゆっくりと頷く。「そうなんだ」

「うん」それに促されるように、ぼくはぎこちなく訥々と続けた。「えーと、小さい頃にね、死んじゃったんだけど。まあそれは関係なくて。あ、いや、関係なくないんだけどさ」

ぼくのたどたどしい様子に、くす、と凜々子ちゃんは微笑む。

ぼくはコーヒーを飲んでから言った。

「──撃たれたんだ」

「え?」

「撃たれたんだ、銃で。母親がさ。ぼくがまだ五歳の頃だった」

「────」凜々子ちゃんは呼吸を止めたように沈黙した。

「ぼくの実家の話、前にしたよね。島根県の松江市ってところなんだけど。結構田舎(いなか)だから、そういう大きな事件は珍しくてね、あのときもかなり騒ぎになったよ」

「…………」

「銀行強盗でね、犯人は五人ぐらいで、全員目と口のところに穴の開いたマスク被ってた。大きな散弾銃で銀行員を脅して『金を出せ』って。銀行にいた人たちは、皆人質になってロビーに伏せさせられた。ぼくと母親もそこにいたんだ」

　イメージが閃光のように瞬く。——夕暮れ、——絶叫、

　ぼくは少し言葉を切ってから続けた。

「母親がさ、その間ずっとぼくに言い続けてくれてた。『魔法使いが助けてくれる』『だから大丈夫』って」

「……魔法使い？」

「そう、魔法使い。まあこれは正しい呼称じゃないけど。その頃にぼくが読んでた絵本に、魔法使いが出てきたんだ。困っている人を助けてくれるっていう何とも典型(ステレオタイプ)的な魔法使い。だから、母親はぼくを不安にさせないようにそう言ってくれたんだと思う」

「そう、なんだ」

「うん。まあでも、魔法使いは助けに来てくれなかったんだけどね」ぼくは言った。「すぐに警察が建物の周りをぐるっと包囲した。でも犯人は銃持って人質取ってるから、警察も迂闊に動けなくて、何時間も膠着(こうちゃく)状態が続いた。警察の説得と犯人の要求がずっと繰り返されてたけど、全然嚙み合わなくて。……しばらくして、ついに犯人側が焦(じ)れた。『人質に銃を向けてやれば、警察も重い腰上げるだろう』って犯人グループのリーダーが言い出したんだ」

「まさか……」

「うん。それで人質の中からぼくの母親が選ばれた。自動ドアの前に立たされて、背中に銃突きつけられて。それでも抵抗しなければ大丈夫だって言って母親は笑ってた。ぼくを安心させ

るために。——でも、それでも、母親は撃たれたんだ」

　イメージが断片的に乱れ飛ぶ。——散弾銃、——血の海、——倒れる母、

「……実際には、警察の決断を促すためのパフォーマンスのつもりだったんだろうね。結局、それで犯人たちもすごく動揺してた。その隙を突いて、警察が裏口から突入してきた。そうして犯人は皆逮捕されて、事件は解決したんだ」

　そのときのことが引っかかってたのかもね、とぼくは言った。

「魔法使いは結局ぼくの母親を助けてくれなかった。なんで助けてくれなかったんだろうってずっと思ってた。それは今にして思えば当たり前なんだけど——でも、その気持ちがあったから、医学部の推薦蹴って魔学部に来ちゃったのかもしれない。……だから、自分がなんで魔学部に来たのか、ぼくもあんまり自分でわかってないんだ」

「……周くん」

「うん、その、ごめん。やっぱりこんなこと話すべきじゃなかったね」

　うつむく凜々子ちゃんを前にぼくは後悔した。自分でもどうしてしゃべってしまったのかよくわからなかった。おもしろい話でないことはよくわかっていたはずなのに。

けれど。

　凜々子ちゃんは無言でふるふると首を振り、

「……ごめんなさい。あたし、頭よくないから、こういうときなんて言っていいのかよくわか

らないけど」わずかに視線を上げる。「でも、周くんがこういうの、ちゃんと話してくれたことが、なんだかすごく嬉しい。……ごめんね、あたし変なこと言ってるよね。でも、本当にそう思うの」

「…………」

「そう。あたし、今は魔学部に入ってよかったって心から思えるよ」凛々子ちゃんはいつものように明るい調子を取り戻して言った。「だって、こうして周くんと友達になれたんだからね」

4.

地下鉄で駅前に戻ってくると、時刻は午後一時を少しオーバーしたところだった。ぼくは急いで推理会議の会場であるベイカーに向かう。

けれど入り口ドアをくぐった途端、手鞠坂がすっ飛んできた。

「おい周！　お前、何やってたんだよ！」

「ちょっと用事があってね。何、どうかしたの」

手鞠坂は声を小さくしながらも口早に言った。

「馬鹿、呑気(のんき)に構えてる場合じゃないんだよ！　お前の友達の女の子たち、なんか結構激しくやりあってるぞ！　早く行って止めてこいよ！」

「やりあってるって、喧嘩してるの？　なんで？」

「わかんねえよ。とにかく早く行ったほうがいいって」

手鞠坂に案内され、ぼくは店内唯一のボックス席に向かう。

はたして手鞠坂の言葉に嘘はなかった。席には氷魚ちゃん、いみなちゃん、理恵ちゃん、千里ちゃんの四人が集まって、なにやら口論を繰り広げていた。

「正気かいな、いみなっち。そんなバカげた推理、ウチは絶対認めへんからな！」

「ご、ごめんなさい、わたし、そんなつもりじゃ……」

「じゃあどんなつもりや。どんなつもりやったらそんなふざけた発想できるねん。ウチにも教えて欲しいわ」

「ちょっと理恵ってば、言いすぎ！」

「そうよ。いみなはただ可能性を論じているだけでしょう。今はどんな些細な可能性でも検討することが大切だと思うわ」

「そんな可能性があるはずないやろ！　それともなんや、千里もひおっちも、今の推理が合うてるて思うんか」

「そ、そりゃああたしだって、今の推理はさすがにどうかって思うわよ。だって、もしいみなの言う通りだとしたら、凜々子はもう……」

「でも、今の推理には矛盾が見当たらなかったわ。論理的に考えれば妥当と言わざるを得ない

「ひおっち！」

「ち、ちょっとちょっと落ち着いてよ」ぼくは思わず割って入った。放っておいたらつかみ合いが始まってしまいそうだった。互いの推理を持ち寄って会議をするだけのはずなのに、どうしてこんな諍いに発展してしまったのだろうか。

ぼくは皆を刺激しないようにゆっくりと訊いた。「どうしたの一体」

「知らへんわ！」理恵ちゃんはにべもなく言い捨てると、音を立てて椅子に座り込んだ。他の三人も気まずげに沈黙している。先程、理恵ちゃんから糾弾されていたいみなちゃんはうつむいて涙ぐんでいた。

沈黙を破ったのは疲れ切ったようなため息。千里ちゃんだった。

「……いみながさ、一つ、推理を持ってきたのよ。で、その推理を巡って意見が割れてね、ちょっと喧々囂々（ケンケンゴウゴウ）しちゃってたってわけ」

「推理ってどんな」

「今病院にいる凜々子は、本物の凜々子じゃないっていう推理」

「え？」

理恵ちゃんが鼻を鳴らし、びくりといみなちゃんが身を強張らせた。千里ちゃんは理恵ちゃんをたしなめるように、

「……やめなさいよ、理恵。まだそうと決まったわけじゃないでしょ」

「よくわからないんだけど。そうすると一体どうなるの？」

「そう考えれば、屋上密室のトリックがすべて説明できるのよ」氷魚ちゃんが説明を引き継ぐ。「防犯カメラには屋上に上がっていくときの凜々子しか映っていなかった。それを素直に受け取れば、屋上に入ったのは凜々子一人だけということになる。けれど凜々子は被害者だから、屋上に出入りした加害者が他にいるはず。――でも、その凜々子が被害者であり、同時に加害者でもあるなら、矛盾はなくなるわ」

「……なるほど」ぼくは得心した。「犯人は、凜々子ちゃんになりすまして、堂々とカメラの前を通って屋上に上がった。そして屋上で自分の顔を切り刻んだ。あとは誰かに発見されるのを待って――この場合はぼくたちだけど――そのまま屋上から運び出されて脱出する」

「ええ。それなら殺人が未遂で済んだ理由も説明がつくわ。犯人は被害者を殺さなかったんじゃない、殺せなかったのよ。なにせ自分自身がその被害者だったんだから。もちろんこの推理だと、自動的に犯人はアレイスター・クロウリー三世ということになるけれど」

たしかにその推理なら、事件の謎も、犯人も、何もかも説明がつく。ついてしまう。

けれど。

（けれど、それなら、本物の凜々子ちゃんはどこに？）

「だから間違いや言うてるやろ」黙っていた理恵ちゃんがぶっきらぼうに言った。「そんなんが真相なはずない。そんなんが真相やったらりりっちは――」

そう。

犯人（クロウリー三世？）が凜々子ちゃんになりすましていた――そして、今も病院でなりすまし続けている――とすると、本物の凜々子ちゃんは一体どこにいるのか？　本物の凜々子ちゃんが見つかってしまえば、このトリックはすぐにバレてしまう。彼女を隠蔽しておくこと。それがこのトリックの絶対条件なのだ。つまり、

（もしこのトリックが用いられたのなら、本物の凜々子ちゃんは、きっともうこの世にいない……）

皆、それがわかっている。だからこんなにも感情的になっているのだ。

ぼくはいみなちゃんを見る。彼女は一番奥の席で小さくなっている。膝の上でこぶしを握り、必死に涙をこらえていた。昨日、彼女の様子がおかしかったのは、この推理にたどり着いてしまったからだったのか。

「大体やな、そのトリックが使われたっちゅー証拠は何もないやろ。全部憶測や。犯人は自分の顔を切り裂いたやて？　はん、アホらし、笑わせてくれるわ。そんなことまでして、あないな密室トリックを披露する意味がどこにあんねん」

「このトリックが用いられたのなら犯人はクロウリー三世に間違いない。相手は魔術師よ。あの趣味的な怪放送といい、そのぐらいはやりかねないわ」

いきり立つ理恵ちゃんと冷静に返す氷魚ちゃん。互いに一歩も譲らない。

「論理的が聞いて呆れるわ。魔術師だから、やて？　それはただ、わからんことをなんでもかんでも魔術師のせいにしとるだけやろ」

「でもこの推理なら、凶器に付着していた指紋についても説明がつくわ。凶器にはなぜか被害者である凜々子の指紋しか付着していなかった。それも凜々子が――いえ、凜々子になりすました犯人が被害者であり加害者でもあったとすれば簡単に――」

「……っ！　ええ加減にしいや！」ついに理恵ちゃんの怒りが臨界を超えた。テーブルにこぶしを叩きつけ、「なんやねんなさっきから！　だから間違いや言うてるやろ！　なんでそんな推理しようとするねん！　そんなにりりっちのこと死なせたいんか!?」

「もうやめて……っ！」

悲鳴のような叫びが理恵ちゃんの激昂を遮った。一瞬の静寂。その後、押し殺したような嗚咽がもれ出す。

いみなちゃんだった。

彼女は涙で頬を濡らしてしゃくりあげながら、途切れ途切れに言った。

「……もうやめて、お願い、……悪いのは、わたし、わたしが、こんな推理したから、……だから、やめて、もう、ケンカしない、で……」

立ち尽くしたままの理恵ちゃんは胸を突かれたように口をつぐみ、やがて奥歯を噛み締めた。

氷魚ちゃんも表情を翳らせてうつむいている。千里ちゃんは背中を優しく撫でながらいみなちゃんを宥めていたが、彼女は泣き止まずにひたすら、ごめんなさい、と繰り返すばかりだった。皆、身も心も引き裂かれるように憔悴し切っていた。

(どうしてこんなことになったのだろう……)

三嘉村凜々子、在真氷魚、扇谷いみな、酒匂理恵、午沼千里――この五人は本当に仲の良い親友同士だったはずだ。それなのに、その関係は今、ある事件によって崩壊しようとしている。親友を傷つけられたことによる精神的ショック、自分たちは何もできないのだという苛立ち、そして何より五人そろっていないという欠落。彼女たちはそれに蝕まれ、互いに衝突して、限界に達しつつある。五人そろわなければ彼女たちの世界は完結しないのだ。だから諍いを止めることも叶わない。世界が罅割れ、ゆっくりと砕けていくように……。

ぼくは先程の、病院での凜々子ちゃんとのやりとりを思い出す。皆とのかけがえのない思い出を語る彼女は、とても優しい目をしていた。あの凜々子ちゃんが偽者?

沈黙に押し潰されそうになる中、

「ねえ、周くん。お願い」千里ちゃんが顔を上げて言った。「あなたが確かめてきて」

「え?」

「病院に行って、凜々子に会って、あなたが直接確かめてきて。あの凜々子が本物か、そうでないのか」

「ぼくだ？　でも……」

「今のあたしたちじゃ、きっとあの娘と冷静に話をすることなんかできない。だからあなたに頼むの。お願いよ」

　ぼくは皆を見回したが、誰も口を開く者はいない。

「……わかった」ため息をついてぼくは言う。「それで皆の気が済むのなら、やってみるよ」

5.

　——とは言ったものの、その提案に対して、ぼくはひどく気が進まなかった。なんというか、ぼくがそんな〝皆の代表〟みたいな大役を担うのは何か間違っている気がする。

　そもそも一体何と言って彼女に切り出せばいいのだろうか。君は本当に三嘉村凛々子なのか、だったら証拠を見せてみろ——とでも言えばいいのか。しかしクロウリー三世は『過去視』の魔術を使うことができる。つまり、本物の凛々子ちゃんにしかわからないこともクロウリー三世にはすべてお見通しであるわけで、この質問はまったくの無意味だ。では一体、どうやって彼女が本物か偽者か見極めればいい？

　そうやって考え込んでいたので、午前中にやってきたはずの都立宮古病院に再び戻ってきても病室に行く決心はなかなかつかず、ぼくはずっと一階ロビーを行きつ戻りつしていた。十五分ほどベンチに座ったり、立ってそこらをうろうろと歩き回ったりしながら考え続けたが（このときのぼくは明らかに不審だったと思う）結局答えは出なかった。

だから、腹をくってというよりは半ばあきらめに近い気持ちで病室に足を運び、そこに凛々子ちゃんがいないのを確認したときは、正直ほっとしたのだった。

——そう、病室に彼女はいなかった。ベッドも空だ。

これなら皆にも言い訳が立つ。そう思った。やはりこんな重要な役回りは、ぼくには荷がかち過ぎる。分不相応というものだ。時間をおけば皆だって冷静さを取り戻すだろうし、それから改めて来たって遅くはないだろう。

ぼくはそそくさとその場を立ち去ろうとした。

が、

「あれ？　……周くん？」

ぎくりとして振り返ると、凛々子ちゃんが廊下をこちらに歩いてくるところだった。

「えーと、うん、久しぶり」我ながら間の抜けたことを口走る。「その、ごめん、たびたび」

「ううん、何度だって大歓迎だよ」しかし首を振った彼女はきょとんとした様子である。まあ当然だろう。一日に何度も同じ見舞い客が訪れれば。

「どうしたの？　なにか忘れ物？」

「いや、そういうわけじゃないんだけどね……」

挙動不審丸出しのぼくを、凛々子ちゃんは室内に招き入れてくれた。

彼女はぼくに椅子を勧めると、二人分のコーヒーを用意した。午前中に使ったばかりなので、紙コップもインスタントの袋も全部サイドボードの上だ。ぼくはずっと、どう話を切り出せばいいのか考え込んでいて、彼女を手伝う余裕もなかった。それでも、ありがとう、と最低限の謝辞は述べ、熱い紙コップを受け取る。

コーヒーをすすりながら、凛々子ちゃんのほうを盗み見る。特に変わった様子はない。今目の前にいる凛々子ちゃんが実は凛々子ちゃんではなく、今回の殺人ゲームを仕組んだ犯人なのだ、とはとても思えないけれど。

と、目が合ってしまった。

「ん？」彼女はあどけなく小首をかしげる。

「いや、あのさ」ぼくは腹に力を込めると、意を決して訊いた。「えーと、そう。さっきまでどこ行ってたの？」

…………。

いや、これはまず本質には関係ない、他愛もない話題から導入して、その後、徐々に目標に向かって掘り下げていこうという、いわば戦略的後退にも近しい質問なのだ。絶対にそうだ。別に怖気（おじけ）づいたとかでは断じてない。意気地（いくじ）なしと笑わば笑え。

しかしあくまで前哨（ぜんしょう）のジャブであったこの質問が、彼女の思わぬ反応を引き出すことになり、ぼくは、おや？　と思った。

「えと、それは……ちょっとね」凜々子ちゃんが口ごもったのである。

「ちょっと、なに？」脈ありと踏んでぼくは突っ込んだ。まさかこんなにも早く金鉱を掘り当てることになろうとは。

「い、言わなくちゃだめかな」

「そうだね。できれば」

「…………」

「…………」

「――……に行ってたの」

「え？」

訊き返すぼくに、彼女は蚊の鳴くような声で答えた。

「だからね、お手洗いに行ってたの……」

「…………」

ああ。

ぼくという人間は本当、どうしてこうも救いようがないのだろうか。穴があったら入りたい。そしてそのままそこをぼくの墓にしてもらいたい。

「……本当にごめん。変なこと訊いて」

誠心誠意謝ってみるがあとの祭りである。あまりに不用意な質問をしたせいで、凜々子ちゃんとぼくの間にはなんだか妙な雰囲気が漂い始めてしまっていた。……だめだ。とてもこんな状況で切り出すことなんかできない。まずはこの微妙な空気を打破しないと。

「あのさ」さんざんない知恵を絞った挙句、ぼくは訊いた。「退院はいつごろになりそうなの？」

「えっと、明日の検査でお医者さんの許可が出たら、してもいいって」

「そうなんだ。よかったね」

「……うん。でも」にわかに凜々子ちゃんの表情が曇る。

「どうしたの？」

「……顔、まだ治ってないから」

「あ……」

傷の残った顔で人前に出たくない。十代の女の子でなくても、その心情は当然のものだろう。先生は魔術でちゃんと治せると言っていたし、事実その治療のために午前中は一緒にやってきたはずなのだが。

ふと、ぼくは思い至った。もしかして、図々しくも何度も病室を訪れているこのぼくは、凜々子ちゃんにとってこの上なく不快な存在なのではないだろうか。

ぼくがそう訊くと、

「ううん、全然そんなことないってば」凜々子ちゃんは慌てて首を振った。「周くんが来てくれるのはすっごく嬉しいよ」

「そう？　ならいいんだけど。でも、本当に気を悪くしたならちゃんと言ってくれていいから」

「うん、ありがと。でも本当に大丈夫。周くん、優しいし。それに——」凜々子ちゃんはかすかに表情を翳らせ、「その、今はあんまり一人にもなりたくないから」

「どうして？」

「……怖いの」

「怖い？」

「その、犯人が、あたしを……また殺しに来るんじゃないかって……」

彼女はぎゅっと自分の身を抱きすくめた。

犯人の影に怯える凜々子ちゃんはまるで子供のようで、ぼくはふと考えてしまう。あのとき——銀行強盗が押し入ってきたとき、ぼくも今の彼女のように震えていたのだろうか。そしてそんなぼくを勇気づけようと、母はしっかりとぼくを抱きとめていてくれたのだろうか。

「……大丈夫だよ」ぼくは手を伸ばして、凜々子ちゃんの頭の上に手を置いた。「こういうときは魔法使いが助けてくれるらしいからさ」

そう。今度はきっと大丈夫。魔法使いが——魔術師がちゃんと近くにいるのだから。

「……周くんも、あたしを助けてくれる？」

「……ん。努力するよ」

領くと、彼女が抱きついてきた。

「絶対だよ。……忘れたら怒るからね」

「忘れないよ。ぼく、記憶力はいいほうだから」

背中を撫でながら、約束する、と言うと、彼女は涙目でぼくを見上げ、やっといつもの笑顔を見せてくれた。もちろん包帯越しではあったけど、彼女の瞳の輝きがそうと示している。

そのときにはもう、ぼくは目の前の彼女が偽者だなんて考えられなくなっていた。彼女は本物だ。少なくともぼくは信じよう。そう心に決めた。

それから三十分ほど他愛もない話をしたあと、ぼくは椅子から立ち上がった。

「それじゃあ、そろそろ」

「うん。また来てね」

「わかった。それじゃ」

ぼくはドアのほうに向かった。

すべてはそのときだった。

背後でがたんという物音とともに、凛々子ちゃんが、え？　と小さく呟くような声を出した。

それに反応して振り向こうとした瞬間——

首の付け根に強烈な衝撃が来た。

（え？）

声を出すことすらできない。目の奥で火花が散ったかと思うと、一瞬浮遊感に包まれ、その後、どたんという硬い感触。倒れたのだ、と他人事のように思った。たった一撃。それだけで立つことすら叶わなくなった。

悲鳴。凛々子ちゃんの悲鳴が聞こえた。事態を把握して恐怖が爆発した本物の悲鳴だ。それに靴音がまじっている。硬い床の冷たさを頬に感じながら、ぞっとした。

——室内に、もう一人、誰かいるのか？

(約束)

ぼくは彼女に約束した。

(約束した)

助けると。必ず助けると。

だからこんなところで寝ている場合じゃない。起きろ。起き上がれ。這いつくばってないで立ち上がれ。

頭ががんがんする。ぐわん、と視界が揺さぶられるような眩暈感。

手を突き、震える膝に力を入れる。

その意思をへし折るように、首の後ろにがつんと第二の衝撃。

鈍痛が脳髄を貫く。がくっと膝が折れた。

ゆっくりと意識が薄れる。霞がかるように白んでいく。

……またなのか？　またぼくは——

もうまともに考えることもできない。頭。その片隅で。

ぼくは、嘲(あざけ)り狂った低い犯人の忍び笑いを、たしかに聴いた気がした……。

6.

そして。

目が覚めると、そこは白い病室のベッドだった。

「大丈夫かい」

須津警部がぼくを覗き込んでいる。

ゆっくりと上体を起こす。首の付け根がずきずきと痛んだ。けれど、ぼくはこんなところで寝ている場合じゃないのだ。助けないと。凛々子ちゃんを助けないと。

「あ！　ま、待ちなさい！」

須津警部を無視して、ぼくは病室を抜け出した。どうやら同階の別室だったらしい。凛々子ちゃんの病室はすぐにわかった。

室内に飛び込む。そこには大勢の人がいた。中には暮具警部や久遠警部の姿もあった。ドラマなどでお目にかかる青い作業着の鑑識官の姿もあった。でも、凛々子ちゃんの姿はどこにもなかった。

代わりに。

ベッドの上には、血まみれの死体が寝ていた。

「凛々子、ちゃん……？」

ぼくは吐きそうになるのを必死にこらえ、ベッドに近づく。そして思考が停止した。

――死体は、人としての原型をほとんど留めていなかった。

まず指。一本も残すことなく、第二関節の辺りで無惨に切り落とされている。

次に顔。傷を覆っていた白い包帯はすべて暴かれ、皮膚はずたずたに切り裂かれている。

さらに歯。剥き出しになった歯茎からは、根こそぎ歯が抜き取られている。

最後に目。双眸は容赦なく刺し貫かれ、濁った闇のような空洞が穿たれている。

……指を一本残らず切り落とされ、顔面を判別不能なまでに潰され、歯もすべて抜き取られ、目も刺し貫かれた死体。あまりにも無惨に破壊され尽くした死体。残酷な暴力に犯され、蹂躙された死体。人としてのすべてをむしり取られたあとの、残りカスのような死体。死体。死体。死体――

バシャ、というカメラのフラッシュがその映像を網膜に焼きつける。何枚も何枚も。

ぼくはその場に崩れ落ちた。

暮具警部と久遠警部がぼくを部屋の外に連れ出し、廊下のベンチに座らせる。追いついてきた須津警部が、ゆっくりと話しかけてきた。

「……検温に来たナースが、病室の床に倒れている君と、ベッドの上の遺体を発見した。ほんの一時間前のことだ」

「………」

「君は、犯人を見たかい」

ぼくは無言で首を振る。気持ち悪い。死体の映像が眼球の奥に沈殿している。

「どんな状況だったのか、説明してもらえるかな」

ぼくはまるで他人事のように説明していた。けれど何をしゃべったのかはよく憶えていない。ただただ気持ち悪かった。

それからしばらくして氷魚ちゃん、いみなちゃん、理恵ちゃん、千里ちゃんの四人がやってきた。皆の蒼白な表情を見た瞬間、ぼくは今すぐ自殺してしまおうかと考えた。

「……ごめん」

それだけ言った。それだけしか言えなかった。

いみなちゃんが泣き出す。それが癇に障ったのか、理恵ちゃんが彼女を罵倒（ばとう）した。氷魚ちゃんが理恵ちゃんの横っ面を引っ叩（ひぱた）き、千里ちゃんが慌てて間に入る。しかしそれも意味がなく、二人の声はどんどん大きくなるばかりだった。止まらない。もう誰も冷静ではいられない。関係が破綻していくのがわかっていながら、それをどうすることもできない。

何かが決定的に終わった。皆がそれを心のどこかで、確かなものとして感じ取っていた。

……そして。

魔術師が病院に姿を現したのは、それから五分後のことだった。

【第六講】魔術師の回答弁論

1.

凜々子ちゃんが殺された翌日は雨だった。

雨足は強くない。けれど空はどこまでも灰色に染まり、まるで世界中が雨に閉ざされてしまったかのようだった。街並みからも、色彩が根こそぎ消失している。

その日、ぼくは朝からずっとベイカーにいた。

誰とも会いたくなかった。

けれどじめじめとした狭い部屋に一人でこもっていると、肺に黴（かび）が生えてしまいそうでひどく不快だった。

今日は手鞠坂もバイトが休みらしく姿が見えない。

昼頃、ドアの軋む音がして店内に客が入ってきた。その人物はぼくの目の前に腰かけた。顔は見なかったけれど、誰なのかはすぐにわかった。革製（レザー）の手袋にスプリングコート。左耳からはチェーンピアス。

「よお、何してんだ一体」先生は言った。

「……コーヒー飲んでるんですよ。見てわかりませんか」

「ふん、なかなか不遜だな」

先生こそ不遜な態度で笑うと、店長にキリマンジャロを注文して煙草に火をつける。そしていきなり言った。

「お前、後ろから殴られたんだって？」

昨日の状況を警部から聞いたのだろう。ぼくは無言だった。

「部屋から出ようとするときに背後から襲われる。ということは、犯人はあらかじめ室内に潜んでいたことになる。あの病室で、人ひとりが隠れられる場所といったら？」

先生の言葉のせいで、頭が勝手に昨日の事件のことを考えてしまう。あの病室で人が隠れられる場所といえばクローゼットしかないだろう。あの中なら人ひとりどころか、二人分は収まるスペースがある。ぼくが部屋を出て行こうとしたとき、まずなにか物音がした。あれはたぶんクローゼットの扉が開く音だ。つまり、犯人はあらかじめ部屋に忍び込み、クローゼット内に隠れておいて、ぼくが退出しようとしたあのとき、クローゼットから出てきてぼくを襲った。そのとき、突然ひとりでに開いたクローゼットを目の当たりにして、凜々子ちゃんが、え？と呟いたのだろう。そして犯人はぼくを昏倒させたあと、ゆっくりと凜々子ちゃんをその手にかけた……。

　辻褄は合っている。しかし、病室にはいつも凜々子ちゃんがいただろうし、クローゼットだって彼女が使うはずだ。はたしてあの中に忍び込む隙などあったのだろうか。

「三嘉村だって部屋を離れることぐらいあっただろう。そのタイミングを見誤らなければ、そんなに難しいことじゃない」

……そういえば、ぼくが病室を訪れたとき、凜々子ちゃんは部屋を空けていた。あのときに犯人は部屋に侵入し、クローゼットに隠れたのか。——いや、もういい。もうよそう。今更こんなこと考えたって無意味だ。

　凜々子ちゃんは死んだ。

　そして他の女の子たちも、凜々子ちゃんの死によって関係は断たれた。きっとあの四人はもう一緒に笑い合うことはない。

　すべて手遅れなのだ。

「手遅れだあ？」

　先生が言った。

「違いますか」

「ああ、違うね。全然違うさ」

　断言する。……今気づいたが、先生は怒っているようだった。

「ふざけるな。手遅れだと？　お前のは、ただ自分の怠慢を死者のせいにしているだけだろうが」

「……なんですって？」

「おお、怒ったのか？　ふん、何度でも言ってやる。そうやって悲しむ権利はお前にはない。本当に悲しんでいいのはあの四人だけだ。お前は、ただ自分の無気力さを三嘉村のせいにしてるだけだろうが。死者への冒瀆もはなはだしい。酔ってんじゃねえよ、ガキが」

　理性のちぎれる音がした。冗談でも何でもなく、本気で先生の顔面にこぶしを叩き込もうと思った。が、それよりも早く先生がぼくの胸倉をつかみ、軽々とぼくの身体をテーブルの上に引きずり上げていた。

「……おい、いいか。一つ言っとくぞ」獣のような目がぼくを睨む。「考えるのをやめるな。思考を放棄するな。そうやってこぶしを振り上げる気力があるなら、もうちょっとましな方向に回せ。やれることは全部やれ。そうしてから悲しめ」

「…………」ぼくは答えなかった。答えられなかった。

　先生はふん、と鼻を鳴らし、どうせ暇なら俺に付き合え、と言った。

「この、くだらん殺人ゲームを完膚なきまでに終わらせてやる。解決編を始めるぞ」

2.

そして午後五時頃、城翠大魔学部魔学史学科の佐杏ゼミ研究室には、今回の事件の関係者全員が集まっていた。

魔学部の新入生ガイダンス会場に殺人を予告する放送が流された『魔学部怪放送事件』、密室状況の魔学部棟屋上で新入生が傷つけられた『魔学部屋上密室事件』、そして都立宮古病院の病室にて同新入生が殺された『魔学部生殺害事件』――これら三つの事件の関係者がこうして一堂に会するのは、これが初めてのことだろう。

研究室にいるのは十名である。

魔学部新入生にして佐杏ゼミの所属であり、被害者三嘉村凜々子ちゃんの親友でもあった在真氷魚ちゃん、扇谷いみなちゃん、酒匂理恵ちゃん、午沼千里ちゃんの四名と、このぼく天乃原周の計五名。

今回の一連の事件の捜査を担当する警視庁捜査一課刑事、須津黎人警部、暮具総警部、久遠成美警部の三名。

城翠大学理事長であり魔学部創設者、薬歌玲理事長、一名。

そして最後に、魔術師にして城翠大学魔学部客員教授、佐杏冴奈先生、一名。

室内は重苦しい沈黙につつまれていた。

昨日はあれほど激しくぶつかり合っていた四人の女の子たちも、今日は見る影もなく、まるで死人のように暗い顔つきをしていた。親友の死が自分たちの未来そのものも閉ざしてしまったかのように、互いに顔を合わせようともしない。

三人の警部と薬歌理事長はそんな彼女たちを気の毒そうに眺めつつ、ただ沈黙して魔術師の口から発せられる一言を待っていた。

正午を過ぎた頃から、雨足はどんどん激しくなってきている。空にはどす黒い雲がたれ込め、風雨が窓を叩く。室内は照明の白い光で満たされていた。

呼び出した全員がそろうと（ちなみに全員に連絡をつけたのはぼくである）、先生は椅子を回転させてこちらを向いた。一人一人と視線を合わせながら、ゆっくりと言う。

「さて、今日集まってもらったのは他でもない。誰も事件の真相に気づいていないらしいから、そいつを教授してやろうかと思ってな」

一同から虚を突かれたような気配が伝わってくる。ややあって、

「で、では、先生は一連の事件の犯人が誰なのか、ご存知なのですか？」

訊いたのは薬歌理事長だ。学内の最高責任者として、また魔学部の生みの親として、最も犯人を憎んでいるだろう一人である。

先生は、ああ、と簡単に頷く。これに色めき立ったのは須津警部だ。

「だ、誰です？　犯人は一体誰なんです⁉」

今回の事件の捜査主任であるらしい須津警部は、何としても犯人を逮捕したいところだろう。が、

「お前は誰だと思うんだ？」

「え？」

「だから、お前は誰が犯人だと思うんだ？」

「そ、それは」先生の反問に須津警部はたじろいだ。「い、今はまだ明確に誰とは答えられません。ですが捜査は順調に進展しています。このままいけば、近いうちに必ず犯人は逮捕できると私は確信しています」

「ほう。なら俺がわざわざ犯人を教えてやることもないな」

「う……そ、それは」

隣の暮具警部が、同僚の狼狽ぶりにため息をつく。

「須津くん。見栄（みえ）を張っている場合じゃないと思うがね」

「く、暮具さん」

「佐杏先生。警察の捜査状況は決して芳しくありません。有力な手がかりもなく……現状、手詰まりの感は否めません」

暮具警部は苦々しい表情で言う。

その隣の久遠警部も彼に同調し、

「先生。真相を看破したとおっしゃるなら、どうかご協力をお願いします。これは捜査本部からの正式な依頼と受け取っていただいても構いません」

「ふん」

先生は三人の警部たちから、ぼくたちゼミ生のほうへと視線を移した。

「お前たちはどうだ。何か考えはないのか。自分たちで捜査と推理を進めていたんだろう」

先生の質問に、女の子たちは誰も答えようとはしなかった。だからぼくが代表して、ありません、と答えた。すると、

「……本当に、犯人が誰かわかったんですか」千里ちゃんが訊き返した。

「だから、さっきから何度もそう言ってんだろう」

「誰です……」憎しみの形相で彼女はしぼり出した。燻っていた火種が焔となるように、その声は徐々に大きくなっていく。「誰です犯人は……、どこにいるんですか……！」

「落ち着け、見苦しい」

冷水を浴びせかけるような先生の一言に、千里ちゃんは押し黙る。

再び室内に沈黙が降りた。

「さて」ややあって先生が口を開いた。「いきなり解答からってのは、本来なら俺の流儀じゃないんだがな。ま、誰も答えがわからないってんなら、これ以上もったいぶっても仕方がない。

ずばり結論から言おう。──犯人はこの中にいる」

一瞬。

室内が完全な真空に変わった。

「……犯人が、この中にいる？」

「そ、そんなウソやろ……」

ゆっくりと室内を──そこに集まった人々の顔を見回す氷魚ちゃんと理恵ちゃん。いみなちゃんに至っては驚愕に打ちのめされて言葉もない。

先生は煙草をくわえ、ライターで火をつけた。

「この魔学部を巻き込んだくだらん殺人ゲームを仕組み、『魔学部怪放送事件』『魔学部屋上密室事件』『魔学部生殺害事件』の三つの事件を起こした犯人。それは──」

誰もが耳をそばだてていた。

誰もが瞬きを止めていた。

誰もが呼吸を忘れていた。

誰もが解決を期待していた。

誰もが終幕を渇望していた。

すべての事件関係者の視線を一手に集めた魔術師は、すーっと紫煙(しえん)を吐き出したあと、ついにその名前を口にした。

「――それはお前だ、天乃原周」

3.

ざあっ、と皆の視線がこちらに集中した。

集団の一番背後に立っていたぼくは、ぐるりと皆を見回したあと、半歩後ろに下がり、

「……あの。冗談やめてくださいよ、先生」

戸惑ったふりをしながら言った。

「冗談？　心外だな。俺はいつだって大真面目だ」先生はぼくを見つめながら静かに続ける。

「魔学部に怪放送を流し、魔学部の屋上で三嘉村を襲い、その後病院で三嘉村を殺した犯人は、周、お前に間違いない」

「ち、ちょっと待ってください。どんな推理をしたらそうなるんです」先生との会話を続けながら、たじろいだようにもう半歩後ろに下がる。「怪放送の件は置いておくとしても、あの屋上密室の件はどう説明するんです？　ぼくが犯人だって言うのなら、どうやって階段の防犯カメラに映らず屋上に上がって、凜々子ちゃんを襲って、その後屋上から脱出したって言うんですか」

「ふん、密室ね。おい、扇谷」

突然名前を呼ばれたいみなちゃんは、はっと我に返って顔を上げた。

「密室って日本語は、つまり『Locked room』――〝人が出入りできない部屋〟って意味で合ってるのか？」

「……は、はい。……合ってると思います」

いみなちゃは戸惑いながらも頷く。

「ふーん、そうか。だとすると、だ」確認を得た先生は煙草を一服吹かしたあと、全員に投げかけるように言った。「あの屋上の、どこが密室だ？」

皆、顔を見合わせた。先生は畳みかける。

「そうだろう？　あの屋上の、どこが〝人が出入りできない部屋〟なんだ？　……そもそも今回の事件に『密室』って単語が使われ始めた頃から俺は疑問に思っていたんだが――屋上はあの通り、周囲を何にも囲まれていない開空間だ。隣の学部棟からロープで橋を渡すとか、ヘリで直接乗りつけるとか、その気になればいくらでも方法はあるだろう」

「で、ですが、先生。隣の学部棟からロープで橋渡すといっても、一番近い教育学部棟の屋上からでも、魔学部棟の屋上とは五十メートルは離れています。それだけの距離にロープを張るには何らかの仕掛けが必要でしょうが、そんな痕跡は何一つ発見できませんでした。それに、教育学部棟は魔学部棟よりも三階分は背が高いんです。魔学部棟に侵入するときは〝下り〟になるわけですからいくぶんは楽でしょうが、魔学部棟から脱出するときは逆に〝上り〟になってしまいます。そんなシビアな状況で、あの高さをロープ一本で渡るというのは、いくらなんでも無茶なのではないでしょうか……」

久遠警部が反論すると、氷魚ちゃんも落ち着きを取り戻したのか、眼鏡を押し上げて言った。

「それに、ヘリで直接乗りつけるという手段も、着陸の際にパラペットとペントハウスが邪魔になります。複数犯であったとすれば、一人がヘリを屋上付近に滞空させておいて、もう一人が屋上に侵入するということも可能ですけど……そもそも魔学部屋上にそんなヘリを見たという目撃者も、そのヘリのローター音を聞いたという人間もいません」

反論された先生は、しかし動じることなくあっさり、だろうな、と頷いた。

「せやったら」理恵ちゃんが皆の疑問を代弁する。「犯人はどうやって屋上に入って、どうやって出ていったって言わはるんですか？」

さっきから皆が直視しないように、しかしぼくの反応をうかがっているのがわかった。

——犯人、ね。

「おいおい、今更それを俺に訊くのか？　屋上に侵入する方法は前にちゃんと言ったと思うがな」

「あの……それって、もしかしてアレですか？　犯人はビルの壁にくっついてるパイプをよじ登って屋上に入って、またそれを伝って降りていったっていう……？」

千里ちゃんが半信半疑といった体で訊いたが、先生は真面目な顔で頷いた。

「あのパイプは地上から屋上まで一直線に繋がっている。おまけに各階ごとに設けられている雨樋はステップ代わりになる。それを利用すれば途中で休憩することも可能だ。これだけ見事に条件が整っているんだから、あとはある程度の体力と、高度への耐性さえあれば、屋上への侵入と脱出は余裕ってもんだろう」

要するに、と魔術師は続けた。

「密室なんてものはただの幻想に過ぎない。そもそも本当に密室だというなら――人が出入りできない部屋だというのなら、そんな場所で殺人なんか起きるはずがないだろう。殺人が起きたその時点で、そこはすでに密室ではあり得ない」

誰も反論する者はいない。皆、魔術師の回答弁論に呑まれたように聞き入っていた。

「繰り返すが、密室なんてものは幻想だ。竜や鬼と同じで、あると思うから存在する、いわば空想が生み出す魔物だ。お前たちが思考に〝常識〟という枷を嵌め、『防犯カメラに映らず屋上に出入りする方法はない』と思い込んだまさにその瞬間、屋上の密室は完成したのさ。……しかしだ、皆の思考に常識の枷を嵌めて、屋上密室を完成させた犯人――それは他ならぬお前なんだよな、周。お前は現場検証に二度立ち会っている。そのどちらでも『犯人はパイプを使って屋上に入ったのではないか』という推理が持ち出されたとき、お前はこう言っているな。『常識的に考えてそれはあり得ない』と。……常識？　ふん、馬鹿馬鹿しい。どうして常識的に考える必要がある？　犯人は殺人ゲームなんてふざけたことを計画して、それを実行するような非常識な人間だ。常識的思考に縛られていて、その行動を看破できるはずがないだろう。お前は自分の犯行を隠蔽するために、もっともらしいことを口にして、皆の推理を巧みにミスリードしていたわけだ」

先生の弁舌は止まらない。

「そして、お前が皆の推理をミスリードしたトリックがもう一つある。それは屋上に誘い込んだ三嘉村を、その時点ではあえて殺さず、凶器も残していったことだ。そうすることで『犯人は発見者が屋上にやってくる直前まで現場にいたが、発見者がやってきたので慌てて屋上を脱出した。だから三嘉村を殺し損ね、凶器も取り落としていった』と皆に思い込ませた。そして自分も発見者に加わることで、自動的に容疑者から外れることに成功したわけだ。ふん、稚拙ではあるがなかなかどうして。まんまとお前の狙い通りに決まったようだな」

皆のぼくを見る目が変化していくのを感じる。ゆっくりと、しかし確実に。

——犯人。

「さて、お前が犯人だとすると、病院での事件は簡単すぎるほど簡単に片がつく。お前は病室を訪れて三嘉村を殺害した。その後、病室のクローゼットを開け放ち、そこに犯人が潜んでいたように偽装したんだ。そして凶器をその場に放置し、自分は床に寝転がる。あたかも犯人に襲われて気を失っていたかのようにな」

「あのですね、先生」ぼくは先生を遮った。「ぼくが凜々子ちゃんと知り合ったのは、あの怪放送のあとですよ。ぼくが凜々子ちゃんを殺害したんだとしたら、あの殺人予告は一体誰の仕業だったんです？　矛盾してるんじゃありませんか」

「ふん、常識の範疇で考えようとするからだ。垣根を取っ払って少し思考の輪を広げてやれば、そんな矛盾は簡単に消滅する。例えばお前が最初から無差別殺人を企んでいたのだとしたら？あの放送を流した時点では誰を殺すかなんて決めていなかったとしたらどうだ？　誰でもいい、この魔学部の誰かを殺そう、そう考えてあの放送を流した。その後、たまたま三嘉村と知り合った。だから三嘉村を殺した。それだけの動機だったとしたらどうだ？」

「……先生。いくらぼくでも怒るときは怒りますよ」ぼくは声を低くして言った。「先生の推理は全部ただの憶測でしょう。たしかに今のやり方ならぼくでも——いえ、病院での件がありますから、ぼくだけに犯行が可能なように思えますけどね。でも、それは何か具体的な証拠に基づいているわけじゃない。想像だけなら誰にだって言えますよ。極端な話、ここにいる誰でも犯人に仕立て上げることができるじゃないですか。ぼくが犯人だと言うのなら、その証拠を見せてくださいよ」

「ふふん、証拠を見せろか。犯人にはお約束の台詞だな」

ぼくのその言葉を待っていたとでも言わんばかりに、先生は口の端を持ち上げた。その余裕に気圧されて、ぼくは思わずもう半歩下がる。

「いいだろう。そこまで言うなら見せてやろうじゃないか、お前が犯人だという動かぬ証拠を。

もっとも、見せるのはお前のほうだがな」

「……何のことです」

「周、お前、その右手首はどうした」

先生の何気ない一言に、一瞬、ぼくはびくりと身を強張らせた。しかしすぐに平静を取り繕って言う。

「これは、だから前にも言ったでしょう。コーヒーをこぼして火傷したって」

「ほう、火傷ね。なら見せてみろ」

「………」

沈黙。

ぼくは初めて応答を拒否した。

「ん？　どうした、黙りこくって。見せたくないのか？　それとも」獲物を仕留める鷹のごとく先生は言う。「それとも――見せられないのか？　うん？　そういえば、お前がその怪我をしたのは三嘉村が屋上で襲われた日だったな。三嘉村が怪我を負ったその日に、お前も怪我をしたわけだ」

先生はゆっくりと椅子から立ち上がった。それだけで、まるで獣が身を起こしたかのような威圧感。

ぼくは無言のまま、また半歩後ろに下がる。

先生は久遠警部を見やり、

「屋上に残されていた凶器のナイフには、犯人ではなく、なぜか三嘉村の指紋が付いていた。間違いなかったな」

「え、ええ、間違いありません。ですが……」

「そう、凶器から被害者の指紋が出た。たしかに普通に考えれば些細なことのようにも思える。普通に考えればな。だが、俺はこう考えたのさ。——もしかして三嘉村は、犯人に襲われながらも、無意識のうちに必死に抵抗したんじゃないか、とな」

すべてを見通す魔術師の慧眼が、再びぼくを捉える。

「自分が容疑者から外れるためには『犯人は、被害者が発見される直前まで現場にいた』と思わせなければならない。だから個人識別を無効にするという殺害手順の途中まで——顔面を切り刻むところまで実行したわけだ。あたかも、邪魔さえ入らなければ終わりまでやるつもりだった、とでもいうようにな。想像するだけでなんとも血生臭いことだが……実のところ、その作業自体はきわめて繊細かつ緻密なものだっただろう。なぜか？　それは三嘉村を死なせてしまっては意味がないからだ。死なない程度に顔を切り刻む。それは言葉で言うほど簡単なことじゃない。おそらく三嘉村は動かないように薬で眠らされていただろうが、行程にはかなりの集中力を要したはずだ。だからそのとき、犯人は完全に隙だらけになっていただろう。相手は眠っているという油断もあったかもな。……もし三嘉村が、薬で意識を朦朧とさせながらも、相手のナイフを奪い取って無意識に反撃していたとしたら——」

　ぼくは、包帯の巻かれた右手首を押さえていた。

「——犯人の身体のどこかには、必ず、凶器のナイフとぴったり合う傷がつけられているはずだ。それこそが犯人を告発するための動かぬ証拠、三嘉村が遺したダイイングメッセージなんだよ」

　沈黙が室内を包む。

　皆がぼくを見ていた。

　その視線には疑惑と不信、敵意と猜疑、そして——かすかな希望が込められていた。先生の悪夢のような告発内容が否定されるのを待っている、ぼくが笑い飛ばしてしまうのを待っている、そんな淡く儚い希望。

　ぼくは。

　その希望を。

　——見事に裏切ってやった。

「……時々思ってたんですけど」ため息を一つつく。「先生って、別の場所で起こった出来事まで把握できてるんですか？」

「う、うそ……」唇をわななかせながら、目一杯に涙をためていみなちゃんが呟いた。顔から血の気が引いている。恐怖と混乱で感情の針が振り切れたのかもしれない。

「……認めるのか？」

先生が恫喝的にささやく。ぼくはそれを受け流すように、何を今更と肩をすくめてみせた。

「どうして……どうして、こんなことを……」

氷魚ちゃんが皮膚が真っ白になるまで拳を握り締めた。

「特に理由はないよ。でも、そうだね、強いて言うなら」知りたかったのかもね、とぼくは突き放すように答えた。「きみたち五人のうち、一人でも欠ければ一体どうなるのか。それを知りたかったのかもしれない。それで一番ぼくに近づいてきた彼女を生贄に選んだ……」

千里ちゃんのほうに目を向ける。

「そう、だから君には本当に感謝してるんだ、千里ちゃん。彼女の変化をぼくに教えてくれたのは君だ。おかげで彼女を呼び出すのもやりやすかった。代わりと言っちゃなんだけど、ちゃんと約束は守ったよ。彼女はもう絶対に傷つかない——もう何も感じないんだからね」

ぎし、と千里ちゃんの目が、紛れもない殺意に染まった。それよりも一瞬早く、

「この人殺し……！」

理恵ちゃんが激昂して、ぼくに飛びかかってきた。しかしその行動を予測していたぼくは、半歩ずつ距離を詰めていた背後のドアを押し開け、廊下へと飛び出した。

「待て！」

先生が叫ぶ。もちろん待てと言われて待つ馬鹿はいない。

ぼくは廊下を走り、階段を駆け上がった。

風のような速さで先生が追跡してくる。が、追いつかれはしない。追いつくほどの暇は与えない。

ぼくは目的地へと到達した。

屋上。

そこは一面、雨と風の世界。

身を濡らしながら、号泣する天を振り仰ぐ。思わず呟きがもれた。

「終わった……」

ぼくがすべきことはこれで本当に終わったよ、凜々子ちゃん。

さあ、ぐずぐずしてはいられない。すぐに皆が追いついてきてしまう。それまでに最後の仕上げをしなくては。

ぼくは屋上の縁(へり)に駆け寄り、パラペットに足をかける。広々としたキャンパスを眼下に望みながら、最後の決意を固めた。

屋上はいつも通りに風が強い。

その風に背中を押されながら、虚空に身を躍らせるように、ぼくは……——

◆ 魔術師からの再挑戦状 ◆

『──親愛なる諸君。

　このたびは城翠大学魔学部をめぐる物語(ゲーム)の読了(クリア)おめでとう。

「我」は新入生諸君の身の無事を心から喜ぶものである。

　若き諸君ら一人一人の小さな肩には、大いなる魔学の明日が荷われているのだということを忘れず、これからも日々学業に精進してもらいたい』

『さて、諸君は、はたして七つの欺計(トリック)をすべて看破し得ただろうか』

『残念ながら見つからなかったという諸君、決して嘆くことはない。

　魔術師にとっては過去も未来も、耳に心地よく響く音楽のようなものなのだ。

「我」はそれに耳を傾けつつ、諸君の推理を今しばらく待ち続けるとしよう』

『七つの欺計をすべて看破し得たという諸君は、このまま次の補習講義(オマケ)に進むといい。

しかし看破し得なかったという諸君には、今一度、六つの講義を復習することをお薦めする』

『さあ、賢明なる諸君。

真の物語読了(ゲームクリア)はすぐそこだ。

密室の扉(ページ)をめくり、隠された真実をその目で確認せよ。

「我」はいつでも諸君のすぐそばにいる。

もうすぐすべてが白日の下にさらされ、「我」は諸君の前にその姿を現すであろう』

『「我」は魔術師。引き続き、七番目の欺計をこの手に握り、扉(ページ)の奥にて諸君を待つ。

それではただ今より、物語(ゲーム)を終了させる……』

―― 補習講義（ポスト） ――

1.

かくして『魔学部怪放送事件』『魔学部屋上密室事件』『魔学部生殺害事件』の三つの事件で構成された城翠大学魔学部を巡る殺人ゲームは、その幕を閉じた。

――被害者は一人。加害者も一人。そのどちらもが魔学部の新入生であり、しかも告発を受けた加害者は、屋上から身を投げて自殺した。

そんな悲惨な事件の結末は、捜査に携わった警察組織にも激震をもたらしたようで、マスコミへの発表もしばらくは見送られることとなった。そのため全国の人間が事件の顚末（てんまつ）を知る機会は、もう少しだけ先へと延びることになる。

事件は、一人の魔術師の手によって解決した。しかしその事実を知る者は少ない。警察組織においては、おそらく警視庁捜査一課、須津黎人警部、暮具総警部、久遠成美警部の三人だけであろう。これは魔術師本人が、自分が事件解決に関与した事実の公表を拒否したからであり、ゆえに後の報道でもその名が見られることはなかった。

佐杏冴奈。

それが魔術師の名である。

事件解決の翌日、彼は魔学部棟の屋上にいた。

「…………」

パラペットに腰かけて、愛飲の煙草を吹かしているその横顔からは、事件解決に対する何の感慨も見て取れない。

昨日。彼の告発を受けた犯人、天乃原周がこの屋上から身を投げたあと――

彼は三人の警部にすぐさま現場から人払いをするよう指示しただけで、事後処理はすべて警察に任せてしまった。だから墜落して地面に叩きつけられたという天乃原周がどうなったのかは知らない。地上八階の高さから落ちて無傷であるはずはないだろう。はたして生きているのか、それとも死んでいるのか……。

在真氷魚、扇谷いみな、酒匂理恵、午沼千里の学生四人はすぐに帰宅させた。親友を殺害した犯人が自分たちと同じゼミの学生だったという事実に、彼女たちは心底憔悴し切っていた。全員、今日は大学にも来ている様子はない。今はそれでいい。彼女たちには心身の休養が必要だろう。

事件のことを報じたメディアは今のところない。これから後、今回の事件がどう取り扱われていくのか、彼にはわからなかったし、また興味もなかった。

とにかく。

事件は終わったのだ。

「……やれやれ、ってやつだな」

彼はぼうっとした表情で呟いた。その目は見るともなく空へと向けられている。

昨日の豪雨が嘘のように、今日の空は青く澄み切っている。屋上の風もそよぐ程度でさわやかだ。

ぽとり、とくわえた煙草の先端から灰が落ちた、そのときである。

「先生、ここにいらっしゃったのですか」

ペントハウスのドアが開き、城翠大理事長の薬歌玲が姿を現した。

佐杏は特に薬歌には頓着せず、空を見上げたままだった。

「先生。このたびの件につきましては、本当に何と申し上げてよいか……」

薬歌は佐杏のそばにおずおずと近寄る。

佐杏は短くなった煙草をコンクリートに押し付けて火を消した。すぐさま二本目をくわえて火をつける。

「……先生、あの。聞いていらっしゃいますか?」

「聞いてる」薬歌を見ずに答える佐杏。「まあ、別にいいんじゃないのか。俺もそこそこ楽しめたからな」

「そうおっしゃっていただけると、その、不謹慎ながら、わたくしも一安心なのですが——」

少し強い風が吹いた。佐杏の髪が揺れ、吐き出した煙もたちまちさらわれていく。

「あんた」不意に佐杏は言った。「俺がオズに入ったときのパーティーに出席してたんだって？」

「え？　え、ええ、そうですが。……それがなにか？」

「いや、まあそれはあとでいい。——それで？　そっちこそ何か話があるんじゃないのか」

図星を言い当てられたらしく薬歌は顔を上げ、「……はい」と頷く。しかし、なかなか話し始めようとはしない。ややあって、

「その……先生は、どうして天乃原さんがあんなことをしたとお考えですか？」

と言った。

佐杏は答えない。

「わたくしは、どうしてもそれがわからない……いえ、納得できないのです。天乃原さんとは一度だけ、二人きりで話をしたことがあります。あの方はとても温和な方でいらして、今回のような残酷なことができる人だったとはとても思えないのです」

「それで？」と佐杏。「一体何が言いたいんだ？」

「はい」薬歌は意を決した様子で言う。「——本当に、犯人は天乃原さんだったのでしょうか」

「……………」

「天乃原さんは、三嘉村さんとは本当に仲が良さそうだったと聞いています。そのご友人を殺すような動機が、あの方に本当にあったのでしょうか？」

「なるほど。つまり、俺の推理は間違っているとそう言いたいわけだな」

「それは、その……」

薬歌は萎縮してしまった。そんな彼女を見やり、

「ふふん、はっきり言ったらどうなんだ」魔術師は一息深く吸い込むと、盛大に煙を吐き出しながら言った。「あいつが犯人じゃないと言うなら、そんなまどろっこしい言い方じゃなくて、もっと他に確たる証拠があるだろう」

「……え？」

「包帯で処置しなければならないほどの傷をつけられたのなら、傷口からはそこそこ派手に出血があったはずだ。だが、そんな血痕は現場のどこからも見つからなかった。もし仮に血痕が現場に残らないようにあいつがうまく処置したんだとしても、そんな傷を負った手でパイプを伝って降りるなんてことは到底できやしない。そもそもだ、もし本当に凶器のナイフで傷つけられたのだとしたら、そんなものを犯人が現場に残していくわけがないだろう」

「あの……一体どういうことです？」

戸惑う薬歌に、魔術師はあまりにあっさりと結論を述べた。

「つまり、周の手に、ナイフの傷なんかなかったってことさ」

薬歌に頬を引っ叩かれたように愕然となった。

「で、では」

「ああ。あいつは三嘉村を殺した犯人じゃない」

「そんな……ですが、その、天乃原さんは自分の罪を認め、ここから飛び降りて自殺を――」

「認めたか？」

「え？」

「あいつが本当に自分の罪を認めたか、と訊いてるんだ。いや、たしかにそれらしいことは言っていた。けど、結局あいつは肝心の証拠となる手首の傷を見せてない。ただ走って逃げただけだよな」

「…………」

佐杏は落とした煙草を踏みつけて立ち上がる。そして、

「――おい、もういいぞ。出てこい」

誰にともなく言った。

すると。

むくり、とペントハウスの上で身を起こす人影があった。それを確認した薬歌が驚愕の表情を浮かべる。

……まあ、無理もない。その人影の正体は、昨日この屋上から飛び降りて自殺したはずの天

乃原周——つまり、このぼくだったのだから。

「〝見せられないのか？〟って見せられませんよ、そりゃ」

ぼくはペントハウスから飛び降りた。唖然とする薬歌理事長の前で、右手首に巻かれた包帯をしゅるしゅるとほどいて見せる。剝き出しになった右手首には、ようやく治ってきたコーヒーをこぼした火傷の痕があった。

「……あ、天乃原さん？」ぽかんとして理事長が言う。

「お久しぶりです、理事長。といっても昨日の今日ですけどね」

「くくく、ちったあ驚いてくれたか？」

先生が口の端を持ち上げる。理事長の素直な反応にひどくご満悦のようだ。

「……これは一体どういうことです、先生」

「はん、もうわかってんだろ。昨日の茶番は全部芝居だったんだよ」

そう。

昨日、関係者全員を集めて行った事件解決劇と犯人逃走劇——あれらはすべて先生とぼくとで仕組んだ芝居だった。雨の屋上まで駆け上がったぼくは、パラペットを踏み台にしてペントハウスの上に登ったのである（たしかに理恵ちゃんの言った通り、ペントハウスの上に伏せていたら、誰もぼくがいることに気づかなかった）。あとは先生が、追いついてきた皆が下を確認しないようにそれとなく追い返し、そっと警部たちだけに犯人逮捕に必要なのだと説明して協力を要請する。警部たちの協力を得たら、パトカーなどを呼び、あたかも『追い詰められた犯人が自殺した現場』らしい雰囲気を作る。そうして見事、周囲の目を欺くことに成功したのだ。以前、先生が言っていた。驚愕させて相手が浮き足だったところにすかさず虚偽を潜り込ませる——それが詐術(ペテン)の基本だと。皆、ぼくという犯人の意外性に驚愕し、真相を見誤ったわけだ。

ちなみに、昨日ベイカーで先生がぼくに言った『暇なら俺に付き合え』という台詞は、芝居に付き合えという意味だったのである。本当、日本語はおもしろい。

「……どうしてこんなことをされたのです?」

憮然(ぶぜん)とした顔つきで薬歌理事長が言う。

先生は鼻を鳴らしてコートのポケットに両手を突っ込むと、にいと笑って答えた。

「そりゃあもちろん、真犯人のお前をとっ捕まえるために決まってんだろうが、薬歌玲。——いや、いい加減正体を現したらどうなんだ。アレイスター・クロウリー三世」

2.

先生は新しい煙草に火をつけた。最近気づいたことだが、先生は機嫌が良くても悪くても——とにかく感情が高ぶっていると喫煙量が増加する傾向にあるらしい。今は間違いなく機嫌が良い状態だろう。

「……よりにもよって殺人ゲームとはな、またずいぶんと突飛なことを思いついたもんだが。しかしだ、お前が今回の殺人ゲームを思いついたのは一体いつだったんだろうか？」

先生はポケットに手を突っ込んだまま煙草を吹かしつつ、講義室を巡回するように歩き出した。薬歌理事長の隣をゆっくりと通り過ぎる。

理事長は無言だ。その表情は突然感情のスイッチがオフになってしまったかのように、のっぺりとしていた。

先生は最初から答えなど期待していなかったのか、一人でしゃべり続けた。

「それは、この俺が魔学部にやってきたときだろうか？　それとも、この魔学部が完成したときか？　ふふん、両方とも違うな。お前が今回の茶番を思いついたのは、もっとずっと以前。おそらく今から十年以上も前、俺がオズに入ったときに催されたパーティー——あの会場で本物の薬歌玲と初めて会ったときだろう」

「…………」

「お前は熱心に薬歌玲と話をしてたな。『いい名前だ』とかなんとか言って。……そう、あの時点で、お前はすでに今回のゲームのあらすじを思いついていた。だからこそ、お前はオズから姿を消したんだ。本物の薬歌玲と入れ替わるためにな」

薬歌理事長はやはり無反応だ。

先生は構わず続ける。

「当時、薬歌玲は二十二歳——城翠大教育学部を卒業し、ケンブリッジの大学院に入学したばかりの学生だった。その薬歌玲に得意の魔術変装でなりすまし、お前は彼女の人生を乗っ取ったんだ。ちょうどその頃から薬歌玲はケンブリッジで異例の進学、昇進を遂げ、日本に戻ってすぐにも城翠大の理事長に就任する。急激に人生の階段を駆け上がっていくわけだが……それらの華々しい経歴は何もかもお前がやったことだな。ええ？　クロウリー三世」

日本初の魔学研究機関である魔学部を創始し、国内魔学の先駆者となった偉人、薬歌玲。彼女が実は偽者であり、その正体はオズから姿を消した魔術師、アレイスター・クロウリー三世だった。真実だとすれば、まさしく日本魔学史が丸ごと引っ繰り返る衝撃的事実だ。

一際強い風が、屋上を駆け抜ける。

「……そのようにおっしゃるのでしたら」薬歌理事長はゆっくりと唇を動かし、なめらかに言葉を紡いだ。「ご教授願えますか。一体どうやって階段の防犯カメラに映ることなくこの屋上に侵入して、被害者を襲い、また屋上から脱出したのか、その方法を」

「ふん、自分でやっておいて白々しいやつだな。答えは単純にして明快だ。お前は一歩もこの屋上に入っていない。入っていないんだから出る必要もない。以上だ」

先生はいつものごとく、実に簡潔に答えた。

理事長は冷静に切り返す。

「屋上には立ち入っていないと？　ですが、そんなトリックが存在するのですか？　屋上に立ち入らずに被害者の顔だけを切り刻む――そんな奇跡を可能にするトリックが？」

「は、そんなもの必要ないさ。お前は魔術師だ。魔術を使ったに決まってる」

「魔術ですか。けれど、そちらの線も可能性はないという結論に至ったのでしょう？　『飛行』をはじめ、今回のような状況での殺傷を実現する魔術はすべて『不可能命題』のはずですから」

薬歌理事長の言う通り、先生自身もそう結論づけていた。階段の防犯カメラに映らずにこの屋上にいる人物を殺傷する魔術はない、と。

しかし、

「ああそうだ。階段の防犯カメラに映らずに屋上にいる人物を殺傷する魔術はあり得ない。だが、元々そんな魔術、必要ないんだよ。なぜならお前は、三嘉村を傷つけていないんだからな。――そう。お前は屋上の三嘉村に魔術変装を施したんだ。『ナイフで顔面を切り刻まれている』という変装をな」

「――――」

「三嘉村の顔の傷も、そこから流れ出る血も……俺たちが屋上にやってきたとき、この屋上の惨劇を構成していた何もかもが、文字通り『偽装』だったのさ」

先生は続けた。

「つまり、お前の取った行動はこうだ。まず手紙で三嘉村を魔学部の屋上に呼び出し、自分はこの屋上から一番近く、かつ、ここを見渡せる場所——教育学部棟の屋上に待機しておく。三嘉村がやってきたら『催眠』の魔術で眠らせ、その後、『偽装』を演術して変装を施す。対象が離れていても、目視で施術することは可能だからな。それから、やはり魔術で血糊が付着したように『偽装』したナイフを、この屋上へ投げ込む。そこそこ距離があるが、向こうの棟には三階分の高さがある。それぐらいは可能なはずだ。わざわざ凶器を現場に投げ込んだのは『どんなトリックを使ったのか知らんが、犯人はたしかに屋上に出入りしたのだ』と推理をミスリードするため。ナイフにつけた三嘉村の指紋と、三嘉村の顔だけを傷つけた『偽装』にも同じ効果を計算したわけだ。……しかし、その真の理由は違うだろう？　それは、このトリックでは三嘉村を殺害できないからだ」

　先生の推理に、薬歌理事長は沈黙を保った。

　ぼくが先生からこの推理を聞かされたときは、驚愕で開いた口が塞がらなかった。けれどそういうものとして思い返してみると、辻褄が合う点がたくさんあるのだ。例えば、先生が凛々子ちゃんの傷は必ず完治すると断言していた理由である。先生は最初から、凛々子ちゃんの傷が魔術による変装だと見抜いていたのだ。だからあの傷は綺麗に治ると断言していた。別に錬金系魔術治癒の『不可能命題（ロストタスク）』を覆したわけではなく、ただ凛々子ちゃんにかけられた魔術変装を解けばいいだけなのだから、先生のあの自信満々ぶりも頷けるというものだ。

「病室での件も簡単だ。お前は周が病室を去る間際に、潜んでいたクローゼットから姿を現して、周を昏倒させたんだ」

「どうしてわざわざそんなことをするのです？　三嘉村さんを殺害することが目的ならば、彼女が一人で病室にいるときに決行すればいいのでは？」

「ふん、それはそうだろうさ。お前の目的が、本当に三嘉村を殺害することだったならな」先生は何もかもお見通しとばかりに言う。「お前がわざわざ周がいるときにクローゼットから出てきた目的は、さっきまで生きて話していた三嘉村の姿を印象づけておいて、ベッドの上の死体が三嘉村だと錯覚させるためだろう」

「――――」

「でなきゃ、わざわざこいつがいるときに姿を現す理由がない。ベッドの死体は怪放送のメッセージ通り、指を切り落とされ、顔を潰され、歯も抜き取られ、目も刺し貫かれて、個人識別が無効の状態にされていた。だから死体の識別は、現場の状況と、実際に事件に巻き込まれた周の証言が決め手になる。お前は、あの死体を三嘉村のものだと欺くためにこいつを利用したんだ」

「あの死体が三嘉村さんのものではないとおっしゃるのですか？　では、あの死体は一体誰のものだと？」

「それこそ愚問だな。人間の死体なんてそうホイホイ都合してこれるもんじゃない。可能性を列挙して一つ一つ潰していけば、自ずと解答は導き出せるさ。他でもない、病院にあった死体、あれこそが本物の薬歌玲に間違いない」先生はついに真実を口にした。「クローゼットには人二人分の余剰があった。どこに保管していたものか知らんが、お前は本物の薬歌玲と一緒にクローゼット内に潜み、周を襲ったあと、三嘉村を眠らせた。そしてベッドの上の三嘉村を本物の薬歌玲と入れ替え、そこで薬歌玲を例の方法で殺害したんだ。死亡推定時刻を合わせるために、薬歌玲はまさにそのときまで生かされていたんだな。日の目を見ない密室で、身体の自由も意識も奪われて保管されていただろうが。……ふん、加害者どころか被害者さえも偽者(フェイク)か。それなりにおもしろい趣向ではあったが、まだまだぬるかったな」

先生は勝どきを上げるかのごとく宣言した。

「加害者は薬歌玲に変装したアレイスター・クロウリー三世本人、被害者は三嘉村凜々子に偽装された本物の薬歌玲。これが、今回の殺人ゲームの解答だ！」

先生は射抜くような視線を理事長に向ける。

その視線をしばし受け止めていた彼女は、

「……ふ、ふふふ」

不意に、

「ふふふふふふ……」

仮面を脱ぎ捨てるように、

「あはははははははははははははははははははははははははははははははははっ…………！」

空を仰ぎ高らかに哄笑した。

「見事です、見事と言う他ありませんよ。多少の誤差こそありますが、ここまで狂いなく真相を看破するとは。さすがは六名の中でも最高と謳われる〝六人の魔術師の六番目(ヘキサエメロン・ザ・シックスス)〟、佐杏冴奈。わざわざ日本にまでお呼びした甲斐(かい)がありました」

薬歌理事長は言う。

いや、もはや彼女は薬歌玲ではなかった。

魔学部を巡る殺人ゲームを仕掛け三つの事件を引き起こした真犯人は、万人を欺く魔術の変装を解き、ついに白日の下にその姿をさらしたのである。

3.

——〝変身〟という単語が頭をよぎった。

昔、檻(おり)の中のライオンを一瞬で美女にすり替えてしまうというマジシャンの奇術をテレビで見たことがあるが、今目の前で起きた光景はまさしくそれを彷彿(ほうふつ)とさせるものだった。

かすかな旋風を巻き起こしながら——たぶん演術解除の余波だ——彼女は自分自身の姿を一瞬ですり替えてしまったのである。

上品なスーツを着こなした三十代美人が、なんと、ぼくと同い年ぐらいの女の子の姿へと変わっていた。黒い帽子に、これまた黒のマントで全身をすっぽりと包み込んだいかにもなファッションである。黒猫とホウキを持っていれば完全に中世の魔女そのものだ。

小柄で、髪が雪のように白く、瞳は燃えるような深紅(ルビー)。北欧系の繊細な顔立ちは小悪魔めいて可愛らしいといった感じなのだが、その目つきや仕草からはある種の妖(あや)しさが滲み出ている。

すべての虚偽の衣を派手な演出で華麗に脱ぎ捨てた彼女は、風になびくマントを払うと、さながら舞台でライトを浴びる女優のように優雅に一礼してみせた。

「――お久しぶりですね、シックスス。星の数もの人間を欺いてみせたわたくしの変装も、残念ながらあなたには通じなかった。いつからわたくしの正体に気づいていらっしゃったのです?」すらすらと言う。あどけなさすら残る少女の声だった。

「こいつから、薬歌玲はロア家の出身だと聞いたときだ」

「……なるほど」

魔術師クロウリー三世は、その可愛らしい容姿からは想像もつかないほど艶(あで)やかに微笑んでみせた。唇の隙間から犬歯が覗く。

「日本語は本当におもしろい言語です」

「ああ、特有だ」先生はポケットに両手を突っ込み、「日本語には『音』と『訓』という二通りの読み方がある。一つの文字に対して、いくつも読み方がある言語なんてのは世界中でも日本語だけだが、……ふん、『クスコ・レイ・ロア』ね。薬歌玲の『薬歌』という苗字は、『音』

でも『訓』でもない特殊な文字の読み方をすることで構成されている。それをすべてただの『訓』読みに直すと『クスリ』『ウタ』。名前の『玲』という漢字には元々『音』読みしか存在しないからそのまま『レイ』。それに『ロア』を足し、一文字ずつバラバラにして組み直してやると——

クスリ・ウタ・レイ・ロア

アレイスター・クロウリー

——となるわけだ。ふん、駄洒落とはまたくだらないことを思いついたもんだな。お前が薬歌玲に言っていた『いい名前』ってのはこのことか」

「駄洒落ではなく、せめてアナグラムと言ってください。それに、あなたにとやかく言われる覚えはありませんよ」

「ゼミ生名簿の名前が間違っていたのもお前の仕業だな。名前に注意しろ、というメッセージだったわけだ。そして、犯人は名簿に細工ができる人間、つまりそれを用意した職員側にいるってことも暗に示してたんだな」

先生は鼻を鳴らし、クロウリーは上品に微笑した。

本当に対照的な二人だ。先生が湧き上がるエネルギーを惜しげもなく発散する〝太陽〟だとすれば、クロウリーは人を狂気へと誘う妖しさを秘めた〝月〟だろうか。

「それで？　こんなくだらんゲームを仕組んだ目的はなんだ？」

「くだらないとは心外です。恩着せがましくするわけではありませんが、すべてはあなたのためにやったことなのですよ、シックスス」

「俺のため、だと？」先生はわずかに眉根を寄せる。

「その通りです」クロウリーは歌うように言った。「そもそもわたくしが、なぜこんな極東の島国に姿を変えて赴いてまで、自ら魔学研究機関を創設したかおわかりですか？　他でもありません。それは大いなる魔学の明日のためです。――かつて、我が祖父にして魔学の父、二十世紀最高位の大魔術師アレイスター・クロウリー一世は、母国イギリスに魔学結社AAを創り、そこに才能と大志ある若者を集めて、魔学復興に心血を注ぎました。しかし時代の移ろいとともにAAはオズに取って代わられ、その性格も歪に変容してしまった。魔学復興だけを目的とした純粋で崇高なる結社は、魔術師を独占することで満足し切っている愚昧で無能な組織へと成り下がってしまった。オズが新世紀の魔学の担い手である限り、魔学に未来はありません。それはあなたもよくご存知でしょう、シックスス」

ぼくは先生の顔を見た。先生が反論する様子はない。ぼくは先生が話していた内容を思い出していた。研究も実践も何一つ満足にできない魔学結社オズの実態。だから先生は日本にやってきた。その拘束から自由になるために。

「魔学は人類のこれからを担うにふさわしい学問です。自然環境を破壊し、生態系を狂わせ、結果として人類の首を絞めている科学に侵された文明社会を、ノアの洪水のように浄化し、変革する力。魔学はそれを秘めている。ですからわたくしは、まだオズの支配に染まっていないこの日本に、次代を担うための新たな魔学研究機関を——この魔学部を創設したのです。純然たる魔学発展と若き才能を育成するため。そして、ゆくゆくは愚かで救いがたいオズを完膚なきまでに滅ぼすために」

己が理想を語るクロウリーの瞳は真摯な光を湛えており、ぼくは少しだけ——そう、ほんの少しだけ感動してしまっていた。

「ですが、その大業を成すには、未熟なわたくしだけではまだ力が足りません。ですからあなたを——ヘキサエメロンでも最高の実力を持つと言われるあなたをお呼びしたのです。そのお力添えをいただき、共にオズを打ち倒すために。……ですが、あなたはヘキサエメロンでも群を抜いた快楽主義者、世のすべてをおもしろいか否かで判じる嗜好の持ち主です。わたくしの志をご理解いただけるか少々心配でした。ですから、今回のゲームを仕組んだのです。あなたのご期待に沿えるようにと」

「ふん。そういうことか」

頷く先生。その反応を好感触と取ったのか、クロウリーはうやうやしいほどの熱心さで畳みなげた。

「ご理解いただけましたか？　ええ、今回のゲームなど序の口に過ぎません。わたくしにお付き合いいただければ、必ずやさらなる娯楽をご提供するとお約束しましょう。ですからどうか、わたくしにお力添えいただけませんか、シックスス」

「オズを敵に回す、ね。なるほど、そいつはなかなかおもしろそうだが」先生は煙草を落とし、踵で踏みつけて言った。「残念ながら答えはノーだ。俺はお前とつるむつもりはない」

先生の反応が意外だったのか、クロウリーは一瞬言葉に詰まった。……いや、正直ぼくも驚いた。好悪感情で世の中のすべてを判じてしまう先生が、おもしろい、とまで発言しているのに、それに乗らないというのは一体どうしてだろうか。

「……なぜでしょう。よろしければ理由をお聞かせ願えませんか」

クロウリーはまっすぐに先生を見返しながら問う。それに対し、先生は尊大にただ一言、

「お前のことが気に入らないからだ」

と言った。言い切った。「気にいらないやつとは何をしてもおもしろくない。だからだ」

「…………」

シンプルといえばシンプル、あんまりといえばあんまりな理由に、クロウリーとぼくは、はからずも同じように閉口してしまった。

「たしかにお前の言い分には一理ある。オズが魔学発展の妨げになってるってのも否定はしな

い。だがな、それが気に入らないならお前一人でやれ。俺はお前に付き合う気はない」

「……シックスス。あなたには魔学の未来を憂える気持ちはないのですか？」

「そりゃあるさ。俺だって魔術師だからな。けど、それとこれとは別だ。オズをぶっ潰したい？　ふん、おおいに結構、好きにすりゃいい。だが勝手に俺を巻き込むんじゃあない。俺の人生は俺だけのものだ。前にもそう言っただろう」

「………」

どうやら。

先生は相当にクロウリーのことを嫌っているようだった。ただ、理由がわからない。たしかに先生はお世辞にも道徳的と言えるような人ではないが、それでも、訳もなく誰かを毛嫌いするような人でもないはずだ。その先生が、ここまでクロウリーを厭う理由とは一体なんだ？

「わたくしに、何かご不興を買うような落ち度があったのでしょうか」

先生は鼻を鳴らし、「これでも俺は、一応お前に感謝してやってんだ。大学教授なんつー、なかなか悪くない環境を用意されたわけだからな」

「でしたら」

「だが」先生はクロウリーを遮る。「――第二の事件までは許そう。だが、第三の事件はやりすぎたな」

「……それは、もしや」クロウリーは言葉を選ぶように言った。「あなたの教え子たちを傷つにたからわたくしを許さないと？　そうおっしゃっているのですか？」

ぼくは先生を見た。そしてクロウリーの言葉を反芻して気づく。

たしかに。

第二の事件――『魔学部屋上密室事件』――までは、誰一人として傷ついた人間はいなかった。被害者である凜々子ちゃんの怪我も魔術による『偽装』であり、一時気落ちしていた皆も、「この傷は完治する」という先生の保証によって元気を取り戻した。だが、第三の事件――『魔学部生殺害事件』――によって凜々子ちゃんは失われ、皆からも笑顔と友情を根こそぎ奪い去ってしまった。

クロウリーは、くすり、と微笑を浮かべ、

「これは意外でした。案外人道主義者（ヒューマニスト）でいらっしゃるのですね。ええ、そういえば失念していました。以前もあなたは、わたくしに無礼を働いた愚か者を助けておられましたね」

「ふん、勘違いするなよ」にい、と先生はいつにも増して凶暴な笑みを浮かべた。「こいつらは俺の教え子だ。あのときもそう、あれは俺のパーティーだった。俺のものを自由にしていいのは俺だけなんだよ」

「……なるほど。理解しました。ふふ、ですが、それならそれでわたくしにとっては好都合です。計画は変更しましょう。あなたには無理矢理にでも協力していただきます」

不意に。

クロウリーの唇が細い月のような弧を描き、その顔に氷のような酷薄な笑みが広がった。ぞくりとぼくは総毛立つ。その表情はどことなく先生の笑みに似ているようで、けれど、やっぱり完全に異質のものだった。

ぴりぴりと場の空気が張り詰めていく。

「……本物の三嘉村を人質に使おうって腹か」

「お見通しというわけですか」

「当たり前だ。三嘉村が被害者の偽者（フェイク）として選ばれたのは、本物の薬歌玲と身長、体重、血液型なんかが一致していたからだろうが、お前にとって三嘉村は——いや、三嘉村の身体はまだ利用価値がある。今回のように死体を入れ替えて別の人間になりかわるときにも使えるだろうしな。だから当然、生かしておいてあるはずだ」

そう、計算高いクロウリーのことだ。本物の薬歌玲が犯行直前までどこかで生かされていたように、本物の凜々子ちゃんもどこかで必ず生きている！

「ふふふ、その通りですよ、シックスス。ですが、あなたに彼女は救えない。なぜなら！」

次の瞬間、クロウリーが動いた。たんっ、と軽やかにタイルを蹴って跳躍し、パラペットに足をかける。

屋上から脱出する気だ！

ここは地上八階の断崖（だんがい）絶壁だが、脱出する方法などロープ、パラシュート——いくらでも挙げられる。計算高いクロウリーが先生に接触する際に何の準備もしていないはずがない。

しかしこの時点で、すでにクロウリーは最大の誤算を犯していた。それは彼女が何らかの準備をしているのが当然であるように、先生にも相応の準備があって当然だということだ。

クロウリーが虚空に身を躍らせる。

それより一瞬早く、まさに刹那(せつな)のタイミングで――

「はっ、逃がすわけないだろうが！」

先生の魔術が発動した。

4.

「…………っ⁉」

凄まじい閃光が目を焼く。

突如空間に弾けたまばゆい光は、爆発的に広がって瞬時に屋上全体を覆い尽くした。虚空に飛び出そうとしていたクロウリーだったが、寸前でその光に割って入られ、電撃のような反撥(はんぱつ)力(りょく)に弾かれて吹っ飛び、ごろごろとタイルを転がる。

「……っ、――『結界』！」

身を起こしたクロウリーが唇を噛んだ。

光の正体は『壁』だった。黄金に輝く巨大な光の『壁』。それが屋上の四方、そしてペントハウスの入り口に敢然と立ち塞がり、外部との行き来を遮断していたのである。まるでピラミッドの内部に閉じ込められたかのようだ。

「これは、あのパーティーのときと同じ……」

「そうだ」先生が答えた。「ふふん、お望み通り、屋上を密室にしてやったぞ」

先生の表情からはすでに一切の雑念が消え失せ、身体中から神々しいまでの気配が立ち昇っている。魔術を演術中にもかかわらず——しかもとてつもない大魔術だ——呼吸も集中も一切乱しておらず、それどころか皮肉めいた笑みまで浮かべていた。

これこそ先生が仕掛けた罠。かつてパーティー会場でクロウリーの凶行を阻んだ『結界』だ。先生はあらかじめ屋上での現場検証のときに、この『結界』を施術しておき、いつでも発動できるように仕掛けておいたのだ。

「クロウリー、お前は本当に隙がなかった。真っ向から捕まえにかかっても、どうせ身を翻して逃げてしまっただろう。……だから昨日、あんな猿芝居を打ったのさ。あえて誤答をさらせばお前は必ず食いついてくる。そうしてお前をここに——罠の中におびき寄せたってわけだ」

クロウリーの紅い瞳に先生に対する敵意が閃く。しかしそれは、今まで後手後手に回ってきたこちらが、ついに先手を取ったことの証に他ならない。

「……形勢逆転だ。さあ言え、本物の三嘉村はどこにいる」

先生が詰め寄る。

クロウリーは返事をしない。代わりに、ゆっくりと立ち上がり、左手を持ち上げた。その指が差した先をぼくは確認する。先生も油断なくそちらを見やった。

はるか遠く。そこには時計塔がそびえていた。文字盤の針は二時十七分を示している。

「――――？」

ふとあるものに気づき、ぼくは目を細めてその文字盤を凝視した。長針は右斜め下――ちょうど3と4の中間を示している。それはいい。問題はその先端だ。そこに何かがぶら下がっていて……。

呼吸が止まる。

彼女に間違いなかった。ロープで手首を縛られ、その余った部分が輪になって長針の先に引っかけてある。しかしこのままでは長針はさらに下を向いていく。当然ロープの輪は針をすべり落ち、彼女は地面に叩きつけられてしまうだろう。

「凜々子ちゃん！」ぼくは叫んだ。聞こえるはずもないが、それでも叫んだ。彼女は気を失っているらしく、ぐったりとしている。

「たしかに」クロウリーが微笑う。くすり、と。「あなたの言う通りですよ、シックスス。彼女には本当に利用価値がある。いかにあなたといえど、この場で結界を維持したまま彼女を助けることはできないでしょう？　……ふふ。さあ、あまり迷っている時間もありませんよ。早く彼女を助けに行ったほうがよろしいのでは？」

　ぼくは先生を見る。

　先生に動じた様子は微塵もなかった。前を見据えたまま空の右手を持ち上げて、周、と一言ぼくを呼ぶ。そして、

「ここにカップがある」唐突にそう言った。

「え？」

「もし俺が手を離したら、このカップはどうなる？」

「……それは」ぼくは答える。「割れてしまうんじゃないですか」

「その通り、正解だ。ではこのカップが、床に落ちても割れないようにするにはどうすればいい」

「それは」

「どうだ。魔術でそれは可能か？」

　その議論はもうすでに済んでいるはずだった。カップが床に落ちたら、割れないようにする方法などない。それがベイカーでの講義（クイズ）の解答（こたえ）だった。

　けれど。

　それでも今ここで、その解答（こたえ）に甘んじているわけにはいかない――

「可能です」

ふん、と鼻を鳴らし、先生は首を振る。縦にだ。

「そう、それでいいんだよ。……いいか。魔学は現実的かつ論理的だ。それは逆に言えば、たとえどんな無茶苦茶な論理でも、ちゃんとお前が解答を手にしているのなら実現しないはずがないんだよ。だから、あとはお前次第だ。お前の解答を見せてみろ」

できないとは言わせないからな、と先生。

提出された最終試験の内容に、ぼくは無言で頷いた。

すると、今度こそ本当にクロウリーがせせら笑った。

「まさか、救助のほうはそちらの教え子に任せるというのですか？」

「ふん、俺の教え子はなかなかに優秀だぞ。何てったって、この俺が教えてんだからな。それに、お前も気づいてるはずだろうが」

「…………」

沈黙するクロウリー。そうして彼女は初めてぼくのほうを見据えた。ぼくも彼女を見返す。

視線の交錯は一瞬だった。

「周、持ってけ」

先生が左耳のチェーンピアスを外し、投げてよこした。両手で受け取ると、先端の水晶柱は内側に複雑な紋様が幾重にも彫刻されていた。見る角度によってプリズムのように色が変化していく。

「それは」クロウリーが片眉をあげる。「――無限率増幅器〝ルメルシエの水晶〟。現代では失われた矛盾回路（メビウス）を持ち、理論上、無限の増幅率を誇るという究極の増幅器（アンプ）。中世魔学最盛期に造られた、世界に二つとない幻の魔器（インスト）ですね。……しかし、よろしいのですか？　それはあなたにとって切り札のはず。それを手放してしまっては、わたくしと渡り合うどころか、この巨大な『結界』を維持することすら難しいのでは？」

「あんまり俺を舐（な）めるなよ。お前ごとき、こいつで充分だ」

先生は煙草を投げ捨て、ポケットから宝石を取り出した。見覚えがある。それは以前に先生が研究室で造っていた増幅器（アンプ）だった。

「…………」

先生が本気と見るや、クロウリーも表情から余裕を消した。マントの下から宝石（アンプ）が付属した指輪を取り出し、右人差し指にそれを嵌める。

そして彼女はさらにもう一つ、何やら鈍い銀に輝く、細い万年筆のようなものを取り出していた。見覚えがある。それはいつも薬歌理事長（に変装したクロウリー）が、胸ポケットに忍ばせていたものだ。彼女はそれの端部をかちりと捻った。途端、それはヒイィィンという耳鳴りのような音を発し始める。クロウリーはさながら剣の柄（つか）のようにそれを掲げ持つと、ひゅっ、と足元に向けて一閃（いっせん）させた。

瞬間、ぞりっという硬い音がして――

「……⁉」

コンクリートのタイルに二メートルほどの断裂が走っていた。

いや、違う。

これは断裂ではなく消滅だ。クロウリーの足元のコンクリートは、不可視の剣に薙ぎ払われた瞬間、何の痕跡も残さず——まるで最初から存在しなかったかのように消え去ったのだから。

「……ふん。超次消去魔器〝パラケルススの魔剣〟か。実存を定義する超次記号そのものに干渉して目標を消滅させる桁外れの魔器。そっちこそ、ずいぶんと物騒なものを持ってるじゃねーか。そいつはたしか、あまりに危険すぎる代物だってことでオズが封印してたはずだがな」

「あんなところで腐らせておくには惜しく思えましたからね。脱会するときに拝借してきたのです」

「……ちっ、お前が持ち出してやがったのか」

俺も狙ってたんだがな、と先生。おいおい。

クロウリーは不可視の切っ先を先生に向けた。

「本来なら暴力に訴えるというやり方は望むところではないのですが、仕方ありません。いかなる結界をも切り裂くという非物質の刃、はたして受け止めることができますか？」

「上等だ。……俺も久々に本気でいかせてもらうぞ」

二人の魔術師は同時に臨戦態勢に突入した。手にした増幅器の内部にぼっと蒼白い灯がともる。同時にヴゥゥゥゥ……と低い稼動音が響き始め、両者から凄まじい気迫がほとばしった。

突然、先生がぼくを突き飛ばした。ペントハウスのドア前の結界が一瞬開き、ぼくはその中に倒れ込む。と、次の瞬間には穴はもう閉じていた。

「先生！」

「とっとと行け！」先生が叫ぶ。「もし三嘉村を助けられなかったら殺すぞ！」

それが呼び水となり、クロウリーが地面を蹴った。正確な三歩で彼我（ひが）の距離を埋め、不可視の剣を一閃する。

ぼくは踵を返した。ずん、どん、という腹にこたえる爆音を背に、階段を一段飛ばしで駆け下りる。魔学部棟の玄関から飛び出すと、時計塔目指してひた走った。

先生のほうが圧倒的に不利であることはわかっていた。

クロウリーの言い分は正しい。あれだけの規模の『結界』を維持したまま互角に渡り合おうなど、無茶も甚だしい。しかも敵（クロウリー）は強力な魔器（インスト）を持ち、先生の切り札はぼくの手の中だ。いかに先生といえど、これだけの悪条件の中で、クロウリーとまともに戦えるはずがない。

しかし。

この先生の決断は、決して一挙両得を狙って博打（ばくち）を打ったとか、そういうことではない。先生はそんなことで教え子の命を危険にさらすような人じゃない。今ならそう断言できる。

つまり、あの人は、ぼくなら凛々子ちゃんを助けられると確信しているのだ。だからこそ自

分はクコウリ　の相手をすることを選んだのである。

なぜ？

どうしてぼくなんかを信じられる？

魔学部棟から時計塔までざっと見て五百メートル。ぼくの百メートル走のタイムは自己ベスト一六秒前後——決して速いわけではない。しかもその五倍の距離を走り、かつ時計塔の最上階にまで上らなければならないのだ。単純に百メートルの記録を合算するよりもはるかにタイムは悪くなる。所要時間は五、六分か、もっとかかると見ていい。

対して、時計塔の長針はすでに4の上にある。秒針が付いていないから二十分何秒なのかわからないが、どう考えても残り時間は五分以下。

頭の片隅でそんなことを冷静に考えている自分がいる。

それでも足は止めない。

止めるわけにはいかない。

喉が干上がり、肺が焼ける。

脳への酸素が不足する。

思考はどんどん形を崩して曖昧になっていく。

間に合わないかもしれない。

死ぬかもしれない。

だめかもしれない。

どうしたってなるようにしかならない。

意味がない。

無意味だ。

それなら自分から何かしたって無駄だ。無駄だ。無駄だ。ああ、もう全部無駄なんだ。

わかってる。そんなことはあのとき――母が撃たれたときに、すでにわかり切っている。

けれど。

(約束)

約束した。

(今度はきっと大丈夫。魔法使いが――魔術師がちゃんと近くにいるのだから)

ぼくは時計塔にたどりついた。『立入禁止』と書かれた鉄製のドアに取り付き、ノブをつかむ。しかし開かなかった。押しても引いてもびくともしない。

「……くそ！　……開け！　開けよ、この――」

ぼくは息を切らせてわめきながらドアに体当たりした。しかしどうやっても開かない。開かない。開かない。開かない。時間は刻一刻と過ぎていく。こぼれ落ちる砂のように。爆弾の導火線が燃えていくように。タイムリミットは一分後か二分後か三分後かそれとも次の瞬間か。

脳裏に閃く光景。地面に激突する彼女。頭蓋骨(ずがいこつ)が破裂し、中身が撒き散らされる――

焦燥。

恐怖。

「開け！」

ぼくはドアノブを思いっ切り蹴り飛ばした。ぐきっ、という嫌な感触がして足首に痛みが走る。どうやら捻挫したらしい。ドアノブを捻らずに足を捻ってどうする。つまらないジョークをやっている場合じゃ——

きいぃ。

「…………」——あ、開いた。

ぼくはドアの中に飛び込む。

時計塔内部は巨大な円柱型の空洞になっており、その内側を階段が螺旋状に連なっていた。痛む足を引きずりながら階段を駆け上がる。気が遠くなるほど続く階段に眩暈がしたが、それでも必死に上を目指す。

ほとんど這うようにしながら最上段にある扉にたどりついた。こじ開けると、そこは機械室だった。いくつもの装置が室内を埋め尽くしている。噛み合った巨大な歯車。ピストン運動を繰り返す何本もの鉄柱。レバーやボタンのついた制御盤。——それらはすべてが互いに連動し、軋むような無骨な機械音を奏でながら、一定のリズムで動いていた。まるでオルゴールの中に閉じ込められた気分になる。

そして、それらの死角になってしまいそうな部屋の奥――そこに最後の扉を見つけた。ぼくはそのドアを蹴り飛ばす。

途端、目を開けていられないほどの突風の直撃を受けた。

――一歩先は、空。

それは時計塔の文字盤に出るためのドアだった。一応手すりが付いてはいるが、それもあってないようなものだ。あまりの高さに目が回りそうになったが、ぐずぐずしてはいられない。

ぼくはドアの枠をしっかりとつかんで身を乗り出し、直下の長針を確認する。――彼女はまだそこにいた。いてくれた。

「凛々子ちゃん！」

ぼくの声も風に翻弄される。そのときだった。

時計の長針ががくんと一つ傾き、その振動が先のロープの輪にも伝わった。ずるずると彼女は傾斜に従ってすべり落ちていく。

止まらない。

落ちる。

もはや何も考えていなかった。

ぼくは手すりに足をかけると、その向こうの虚空へと身を投げた。

「……っ！」

下っ腹が空くような一瞬の浮遊感のあと、ぐるんっ、と天地が引っ繰り返る。風の抵抗を受けて身体はコマのように弄ばれながら、みるみる地面へと落ちていく。

あらん限り手を伸ばす。指先が凜々子ちゃんの服の一端に触れた瞬間、思い切りそれを握り締め、彼女の身体をたぐり寄せた。

ぼくは魔術の演術など何もわからないただの素人(しろうと)だ。

だが魔学は現実的(リアル)かつ論理的(ロジカル)。ならば解答さえ把握していれば素人も玄人(くろうと)も関係ない。有るか無いかそれがすべて。そして、ぼくはもうその解答を手に入れている。あのベイカーでのクイズのときに、すでに。

（——ものすごく丈夫なカップを使う、という考えが真っ先に浮かんだのだけれど……）

そうだ。

これはゲームではない。

だから守るべき前提条件もない。

それさえなくしてしまえば結果は容易(たやす)く覆せる。却下する必要など、ない。

カップを丈夫なものにする方法もわかっている。その方法はさっき見て——いや、聴いている。

それは〝聴く〟という感覚ではなかったかもしれない。しかしぼくはそう感じた。『結界』が展開されたあの瞬間、先生が世界に向けて放った『結界』を紡ぐための〝曲〟を、ぼくはたしかに聴いたのだ。その旋律も構成も律動も正確に記憶している。すべての条件はそろっている。あとは――

（あとは、その〝曲〟を再現するだけ……！）

魔術師は演奏者であると同時に、自身が〝音〟を発する楽器でもある。そのため演術時には、身体を一から造り変えなければならない。人としての肉体を捨て、魔術を演術するための器体へと。

外見上に変化はない。けれど、そうイメージした瞬間、体内器官はただ魔術を演術するためだけに、次々とその意味を変化させている。意志が身体を造り変えていく。

研ぎ澄まされる感覚。

クリアになる思考。

細胞は沸騰するように死滅と蘇生を繰り返し――ぼくの身体は、爪の先、髪の一本一本まで一個の器体として完成される。人間の限界を超越した、魔術師としての真の姿に。

「――――」

ごうごうと耳元で風が唸る。

みるみる近づく地面。

目の前に迫る死。

けれど。

もうぼくの中には、焦燥も恐怖もない。

空っぽ。

がらんどう。

その中で、ずっと反響し続けている〝音〟。統制され、調和され、絹のようにきめ細かい色彩を帯びた『結界』という名の〝曲〟。それを解放する。手にした増幅器(アンプ)が〝振動〟を感知して増幅回路に取り込み、瞬時に何万倍、何億倍にまで増幅する。

そして〝音〟が世界へと放たれた。

瞬間、

「……っ！」

手元でとてつもなく重い〝振動〟が爆発した。至近距離での波動の直撃。内臓まで撃ち抜かれ、意識は粉砕されそうになる。入力側に返還(フィードバック)する残響波で、増幅器(アンプ)を握る手は感電しているかのようだった。それでも無我夢中で念じ続ける。〝振動〟を発し続ける。

そして。

視界がまばゆい黄金に染まったと同時に、ぼくは粉塵(ふんじん)と轟音を撒き散らしながら、地面へと激突した。

5.

……どれぐらいの時間が経ったころか。

クロックガーデンの綺麗に舗装された石畳を突き破って深く穿たれたクレーター。ぼくはその中でへたり込んでいる自分自身に気がついた。

視線を下げると、そこには凜々子ちゃんがいた。ぼくの膝に頭を置いて眠っている。彼女の顔をすごく久しぶりに見た気がして、思わずため息がもれた。

すると視界に影が落ちた。顔を上げると、先生だった。

「よう」先生はポケットに手を突っ込んだままこちらを見下ろしている。「生きてるか？」

「……ええまあ、なんとか」

ぼくは軽く頭を振って意識をはっきりさせる。凜々子ちゃんを背におぶると、先生が差し出してくれた手を握って、穴の外へと這い出た。

と、その際、握っていた手を開いて見てぎょっとする。先生から借りた増幅器(アンプ)に大きな罅が入っていたのだ。

「あ、あの、先生」

「ん？」

「いえ、これ」ぼくはおそるおそる割れた水晶柱を先生に差し出す。「……す、すみません」

先生はそれを手に取り、目の前に持ってじいっと眺めていたが、

「ま、あんな無茶苦茶な増幅をやれば当然だわな……」

そう言って、増幅器(アンプ)をぽいっと後ろに放り捨ててしまった。

「え、あの、いいんですか、捨てちゃって？」ぼくは慌てた。

「ああ、構わん。どうせあれだけ壊れたらもう直せない。増幅回路の仕組みが現代魔学じゃ再現不可能だからな」

「でも、大切なものだったんじゃ？」

「別に。まあ希少品ではあったけどな」

「……はあ」

そういうものなのか。まあ先生がそう言ってくれるのなら、ぼくも気は楽なのだけれど。

「ところで先生、クロウリーは」

どうしたんですか、と言おうとして、慌てて口をつぐんだ。刃物のような目つきで睨まれたからである。

「──逃がしたよ。悪かったな」先生はぶすっと不機嫌そうに言う。

「……いえ」ぼくは首を縮めた。増幅器(アンプ)が壊れたことより、そっちのほうが腹立たしいらしい。

「くそ、ヘキサエメロンの誰かがあいつに協力してやがるな。でないと、あんな反則魔器(インスト)が手

に入るはずがない。……ふん、まあいい。あれだけ決定的な証拠を持ち歩いてりゃ、そっちの線からあいつをたぐり寄せることだってできる。……見てろ。そのうちはっきり白黒つけてやるからな」

どうやら名探偵（シャーロック）VS犯罪王（モリアーティ）の対決は、これで幕を下ろしたわけではないらしい。

「でも、ま、今回はこれでエンディングにしといてやるか」先生はぼくの後ろを見て言う。

そうですね、と頷き、ぼくも肩越しに振り返る。

ぼくの背中では凜々子ちゃんが、「……ううん」という実に平和で幸せそうな寝返りを打っていた。

～ 予習講義(プレ) ～

『終わりよければすべてよし』という諺がある。周知の通り、〝最後が丸く収まっていれば、それまでの過程も全部丸く収まったことになるのだ〟という何ともアバウトな意味の諺だ。犯人逮捕には至らなかったものの、死んだと思われていた凜々子ちゃんも無事に戻ってきたし、今回の事件はまさにこの諺がぴったり当てはまっていると言える。

大学入学と同時に事件に巻き込まれ、毎日をせわしなく過ごしてきたぼくだが、事件が解決したその日には〝これでようやく本来あるべき平常の生活に戻ることができる〟と喜んだものだった。これでも興味のある講義にはちゃんと出席したかったし、読みたい本もたくさんあったのだ。出遅れを取り戻すべく、思い切り安穏とした日々を謳歌(おうか)してやろう。そう考えていた。

いや、考えていたのだが。

「……疲れた」

事件解決から一週間。

今日も大学で講義を受けたあと、ぼくはいささか疲れてぐったりとしながら、駅前のベイカーにやってきた。時刻は午後三時。まさにティータイムであり、店内は暇な学生たちでそこそこ賑わっている。

「おう」カウンターの奥から手鞠坂がやってきた。「佐杏先生来てるぞ」

「ああ、うん」研究室にいないから、たぶんここにいるのではと思って来たのだ。

手鞠坂は忙しそうだったので、ぼくは案内を断り、一人でテーブルに赴いた。

先生はいつものテーブルで（もはや定席になりつつある）煙草を吹かしていた。ぼくを見ると、よう、と手を上げ、対面の席を勧めてくれた。

「どうだ、キャンパスライフは。堪能してるか」

にい、と先生は笑みを浮かべて言う。今ぼくがどういう境遇にあるのか、明らかに察しているのだ。

「……もうめちゃくちゃですよ」

ぼくは恨みがましく言いながら、疲労のあまりテーブルに突っ伏した。

そう、めちゃくちゃである。この一週間、ぼくは大学にいて心休まる瞬間など一時もありはしなかった。ぼくが思い描いていた落ち着きとゆとりのある大学生活は、一体いつになれば手に入るのだろうか。

「なんだ？　大学一の有名人っていう肩書きは気に入らないのか」

「そう言うなら代わってくださいよ。そもそもこれは先生の役目じゃないですか」

「ふふん、断る」口の端を歪めて言う。おもしろがっているのが見え見えだった。

『魔学部怪放送事件』『魔学部屋上密室事件』『魔学部生殺害事件』の三つの事件で構成された魔学部を巡る殺人ゲームは、先生の手によって真の解決を迎え、完全にその幕を閉じた。

しかし事件の犯人、トリック、その他諸々の真相を知る者は少ない。犯人であるクロウリーと事件を解決した先生、そしてこのぼくと——一週間前、魔学部屋上での魔術師の対決に立ち会った三人だけだ。

なぜかというと。

今回の事件の犯人が魔術師アレイスター・クロウリー三世であることを公開すると、彼女がこれまで行ってきた、薬歌玲の人生を乗っ取り、オズを打倒するべく魔学部を創設したというとんでもない事実まで世間に知られることになる。すると何の罪もない魔学部——ひいては城翠大全学部の学生、職員、卒業生、膨大な数の人間があらぬ偏見を受けてしまうことにもなりかねない。だから先生は、今回の事件の真相を一切公開しないことに決めたのである。

が。

それで警察が納得するはずもなかった。彼らにしてみれば、ある日いきなり凜々子ちゃんが生き返ってくるわ、薬歌理事長が失踪するわ、病院での死体が誰のものなのかさっぱりだわと、事態があれよあれよという間にとんでもない方向へ転がっていったのだから。今頃、捜査本部は混乱の極致だろう。

　そんなわけで事件解決の翌日から、須津黎人警部、暮具総警部、久遠成美警部、並びに各マスコミの取材陣、さらにはゼミの皆や見知らぬ学生たちからの執拗（しつよう）な追及が始まった。教室移動のたびに、ぼくの背後にぞろぞろと行列ができる始末である。しかも先生はそういう人たちが近づくと、敏感に気配を察知して逃げてしまうらしい。したがって、それらの追及は全部ぼくのほうに回ってくるのだった。

　この一週間、ずっとそんな感じで追いかけ回されており、いい加減、ぼくは精根尽き果てていた。

「ゼミの皆や警部たちだけには、話しておいてもいいんじゃないですか？」

　クロウリーに罠を仕掛ける前に——あの芝居の前に——ぼくは先生にそう言った。が、

「馬鹿。的を外すにはまず味方から、って言うだろうが」

　先生はそう嘯（うそぶ）き、ぼくの提案を却下した。その結果、ぼくだけが苦労しているのだから実に釈然としない話である。

「ま、人の噂も四十九日だ。耐えろ」

「…………」もう突っ込む気力もない。

　くくく、と笑った先生は、灰皿に灰を落としながら、

「で？　今日は何か用があって来たんじゃないのか」

　そう言われて頭を切り替えた。そうだった。そのためにここに来たのだ。

「あ、ええ、そうです。どうしても先生に訊いておきたいことがあって……」

それはつい先日のことだ。

とにもかくにも凜々子ちゃんが無傷で戻ってきたことで、氷魚ちゃん、いみなちゃん、理恵ちゃん、千里ちゃんの四人が狂喜したことは言うまでもない。事件解決と凜々子ちゃんの無事のお祝いを兼ね、両親ともに旅行中だという千里ちゃんの家を借りて、祝賀会を開くことになった。……まあ、その詳しい内容は語るまい。人には誰にでもバラされたくない秘密の一つや二つはあるものだ。そして、あの乱痴気騒ぎは間違いなくそれに分類される事柄である。とにかく、平日だというのに一晩ぶっ続けで酒乱の宴は催された。かなりのハイペースでアルコールが消費され、空が白む頃には、皆、見事に酔い潰れてしまっていた。

その朝、午前九時のこと。

「うー……、頭痛いぃ……」

カーテンの隙間から差し込む日差しに目を擦りながら、凜々子ちゃんがリビングのソファで目を覚ました。他の面々は思い思いの場所でまだぐっすりだった。

「おはよう」ぼくは凜々子ちゃんに声をかける。

「あ……周くん、おはよ、……いたた」頭を押さえる彼女。完全無欠に二日酔いらしい。

「大丈夫？」

ぼくが訊くと、彼女は顔をしかめ、

「んー……、ダメみたい……。周くんは平気なの？」

「うん、まあ。セーブして飲んだからね」

「そっか……、あう、痛いぃ……」

見兼ねてぼくは立ち上がった。「コーヒーでも淹れようか。アルコール摂取したときは何でもいいから水分入れるといいんだって」

「うん……、ありがと……」

ぼくはダイニングのコーヒーメーカーを拝借し、二人分のコーヒーを淹れた。

「はい」ぼくは彼女にカップを渡す。「砂糖、スティック二本でいいんだよね」

「うん」凜々子ちゃんは冷ましながらそろそろとすする。「あは、美味し」

「それはよかった」

「あれ？　でも、周くん……」不意に彼女が言った。「なんで、あたしがシュガースティック二本だって知ってるの？」

——と。

「まあ、そんなことがありまして。……それで一つ考えたんですけど」

「そんなことか。そりゃあお前の考えた通りだろうよ」先生はあっさりと肯定した。

「じゃあ、やっぱりそうなんですか」

「ああ。クロウリーのやつも言ってただろう。多少の誤差こそあるが、ってな」

「あ」

多少の誤差。先生が暴いてみせた事件の真相と、クロウリーの犯行の食い違い。それは――

「病院にいた凜々子ちゃんは、やっぱり本物の凜々子ちゃんじゃなかった。あれはクロウリーの変装だったんですね」

先生は頷き、「第三の事件のとき、クローゼットに入っていたのはクロウリーと薬歌玲じゃない。三嘉村と薬歌玲だったんだ」

つまり、ベイカーでいみなちゃんが披露して皆が喧々囂々となったあの推理は、真相をかすめていたのだ。

「三嘉村とクロウリーが入れ替わったのは、おそらく第二の事件のあとだろう。俺とお前で三嘉村の顔を治療しに行ったとき――あのときにはもうすでにクロウリーが三嘉村になりすましていたんだ」

病院でのやりとりを思い返してふと気づいた。あのとき、先生は病室にやってきた途端、すぐに帰ってしまった。ぼくは嵌められたのだと思っていたけれど、あれは――

「先生、もしかして……」

「ああ。確証はなかったが、一目見て怪しいと思ったんでな。すぐに研究室に戻って三嘉村の居場所を『探査』した。そうしたらまったく反応がなくて、とりあえず病院の三嘉村は本人じゃないとわかったのさ。今にして思えば、あのときにはもうクローゼットに三嘉村と薬歌玲が入っていたんだな。クローゼット自体に『結界』をかけて『探査』を妨害してたんだ」

たしかに、その後コーヒーを淹れるべくクローゼットを開けようとしたぼくを、凛々子ちゃんに化けたクロウリーは「下着が入っている」と言って止めた。あれがぼくにクローゼットの中を見せないための方便だったとすれば辻褄も合う。

「どうして一目で、彼女が本物の凛々子ちゃんじゃないってわかったんですか?」

「馬鹿、当たり前だろうがそんなもん」先生はさも当然とばかりに断言する。「外見上あんなひどい怪我に対して、医者が一日二日でしゃべっていいなんて許可出すわけないだろ」

「………」

いや、まあ。

たしかにあれはちょっと不自然だなと、ぼくも思っていたけれど。

「でも、どうしてクロウリーはわざわざそんな不自然なことをしたんでしょう。普通に筆談していれば済んだことなのに」

「簡単だ。クロウリーは筆談をしたくなかったんだよ」

「筆談を、したくなかった……?」

「前にも言っただろう。魔術師は直筆文書を嫌う。魔術媒介にされるのを怖れてな。これはもう徹底的に身に染み付いた職業病みたいなもんだ。生理的に受けつけないんだよ。だからたとえ筆談だろうと、直筆なんてしたくなかったのさ」

「……どうしてそこまでして、凛々子ちゃんと入れ替わったんでしょうか？」

いみなちゃんの推理通り、第二の事件の屋上密室をクリアするためだというのならわかる。しかし、密室トリックはちゃんと別に存在するのだ。バレる危険を冒してまで（実際に先生にはバレてしまった）、病院に運ばれた凛々子ちゃんと入れ替わる理由なんてあるのだろうか。

「それは今回の殺人ゲームが仕組まれた目的を考えれば明白だろう。クロウリーはオズをぶっ潰すために自分以外の魔術師の協力が欲しかった。そのために魔学部を創り、こんな回りくどい方法を取ったわけだ」

「はあ。それと凛々子ちゃんと入れ替わることに、何の関係があるんです？」

「おいおい、それがさらっと俺の魔術を再現しやがったやつの台詞か？」

ぼくは押し黙る。それについては今更釈明の余地もない。

「つまり」先生はにやにやしながら言った。「やつは、お前と接触するために三嘉村と入れ替わったのさ。まだオズに目をつけられていない七番目の魔術師であるお前のことを、より深く探るためにな。しかもそれが、自分と似たような魔術の才能を持った魔術師なら、多少危険を冒してでも探りを入れたくなるのは当然だろう？」

「……エスパーですか、あなたは」

「はん。この程度、少し考えればすぐに気がつくことだ。――クロウリー三世が他人の過去を見ることができるように、お前は自分の未来を見ることができるんだろ？」

先生は煙を吐きながら言う。本当、この人はどこまで超越しているのか。

ぼくは肩をすくめ、その事実を――認めた。「……はい。その通りです」

そう。いつか先生が話していた未来を見る魔術『未来視』。先生はジョークのつもりで口にしたらしいが（今思えばカマをかけられていたのだろうか？）、実はぼくはそれを使うことができる。

ぼくがこの魔術に目覚めたのは五歳の頃、あの銀行強盗事件に巻き込まれたときだった。犯人が母に銃口を向けるパフォーマンスをしたとき、ぼくはこの魔術で母が撃たれる光景を『未来視』してしまったのである。

――散弾銃、――血の海、――倒れる母、
突然脳裏に閃いた惨劇の光景に、ぼくは半狂乱になりながら、母を助けようと強盗の前に飛び出した。

しかし、その行動が逆に最悪の事態を招いた。突然わめきながら飛び出してきたぼくに、犯人は虚を突かれた様子で銃口を向け、そして、

「――――」

ぼくの目の前に、ぼくが『未来視』した通りの光景が展開された。

そう。

母は、ぼくをかばって撃たれたのである。

助けを望んだ『魔法使い』は他ならぬこのぼくだった。

しかし、その『魔法使い』は母を助けるどころか、傷つけてしまった。

ぼくは自身の魔術の才を呪(のろ)った。そして〝未来が見える〟という能力の存在が、ぼくの意識に深い諦観の根を張らせた。どうしたって見える未来しかやってこない。ならば何をしたところで無駄なのだ、と。以来、ぼくは特に何を望むでもなく、ただひたすらに安穏を求めて生きてきた。医学部に入学しようとしたのも、ただ手鞠坂が行くと言うのでついてきただけだ（その辺りの事情は凜々子ちゃんと一緒かもしれない）。

だから、その医学部推薦合格を蹴ってまで魔学部に入学したことは、ぼくの人生初の一大決断だった。そうした理由は今でもよくわからない。けれど本物の魔術師が――『魔法使い』が――日本に来ると知ったとき、ぼくは自分でも正体のわからない衝動に突き動かされていた。

「でも、どうしてクロウリーは、ぼくが魔術を使えることがわかったんでしょう。いくら『過去視』が使えるといっても、いつもいつも他人の過去を盗み見ているわけではないですよね」

「馬鹿、お前が自分でバラしてんだよ」

「え？」

「お前、薬歌玲に化けたクロウリーと二人きりで話をしたことがあるだろう。そのときにこう言ったらしいな。クロウリー三世はお転婆だ、とかなんとか。〝お転婆〟ってのは普通女を指す言葉だ。お前、なんでクロウリー三世が女だと知ってる？」

「あ」ぼくは自分の迂闊さに呆れた。そうか、それで……。

「そうだ。それを聞いて、クロウリーは『おや?』と思ったんだろう。だからすぐに『過去視』を演術してお前の過去を見た。するとどうだ、こいつはとんでもない掘り出し物じゃあないか——ってな。それでやつは、翌日、お前ともう一度接触するために病院の三嘉村と入れ替わったんだ。クロウリーの真の目的は、実は俺じゃなくてお前だったのかもな」

先生は煙草を灰皿に押し付け、カップに手をかけた。

「ちなみに先生はどうしてわかったんですか?」

先生もぼくが魔術を使えることに気づいていた節がある。というのも、ぼくに凜々子ちゃんの救助を任せ、それをクロウリーがせせら笑ったとき、先生はこう言ったからだ。お前も気づいてるはずだろうが、と。けれど『過去視』の使えない先生が、どうしてぼくの魔術に気づくことができたのだろう。

「俺も、お前自身の口から聞いてる」先生は平然と言う。

「え? 嘘でしょう?」ぼくは驚愕した。「……いつですか?」

「第一の事件があった日——怪放送が流れた日だ。お前にクロウリーの『過去視』について説明してやっただろう。あのときだな。俺は『過去視』を説明するときに、〝過去を見る〟という表現を使った。にもかかわらず、お前は頑なに〝過去を知る〟という言い方ばかりしていた。〝見る〟じゃなくて〝知る〟。その差は小さいようで大きい。だからこう思ったんだよ。もしかしてこいつに『過去視』というものが――もしくはそれに類する似たような魔術が――どういうものなのか知ってるんじゃないかってな。『過去視』という言い方をされてはいるが、本当は〝見る〟ではなく、もっと別の感覚なのではないか。こいつは『それ』を知っているんじゃないか。だとすれば……」

「……たったそれだけのことで、ですか」

先生の洞察力、推理力の凄まじさに、ぼくは改めて感嘆した。

先生の言う通りだ。『未来視』は〝見る〟というより、どちらかというと〝聴く〟という感覚に近い。映像ではなく音楽なのだ。よく人の心を打つ名曲は、それを耳にしたとき、その曲の表現するイメージが自然と目の前に広がっていくというが、あれと同じような感覚だ。

「――で。お前、その魔術で、最初から誰が犯人なのかわかってたんだろう」

「えーと、まあ、はい。一応」ぼくは睨まれて首を縮める。「もしかして、それも最初からバレてたんですか？」

「いや、これはお前の言動を観察してなんとなくだ。やたらと密室トリックは魔術なんじゃないかって疑ってたからな。犯人が本物の魔術師だとわかっていれば、そりゃあ魔術を使ったと思うに決まってるだろうよ」

「でも、ぼくが知っていたのは犯人がクロウリーだってことだけですよ。クロウリーが薬歌理事長になりすましていたことも、事件に使われたトリックも、全然わかりませんでしたし」

ぼくが『未来視』した光景はただ一つ。屋上で変装を解いたクロウリーが、先生と対峙(たいじ)して高らかに哄笑しているあの光景だけだ。

——高らかに哄笑する犯人、

凛々子ちゃんが血まみれになって倒れていた屋上。そこに踏み込んだときに、ぼくは期せずして魔術を発動させてしまったのである。

普段ぼくは『未来視』を決して使うまいと心に戒めて封印している。しかしこの魔術、例えるならスイッチをオンにした電奏機器(エレキギター)をいつでもどこでも持ち歩いているようなもので、それを封じておくというのはなかなかに骨の折れる作業なのだ。電奏機器(エレキギター)は、ちょっと気がゆるんで弦に指が触れようものなら、たちまち耳障りな騒音を発するデリケートな楽器だ。それと同じように『未来視』は、ちょっと油断すると魔術そのものが勝手に未来を予知してしまうのである。あのときは凛々子ちゃんの惨状を見たショックでその注意を怠ったため、魔術が発動してしまったのだ。

いくら魔術師としての才能があっても、演術しなければその技量はどんどん落ちていく。ぼくが『未来視』を制御できないのは、要するに今まで積極的に魔術を使おうとしなかったからだろう。

けれど。

母を傷つけた魔術を自ら進んで使うなんて、ぼくにはどうしてもできなかった。

「お前のそういう考えが怠慢だって言うんだ」先生は鼻を鳴らした。「ったく、無気力も結構だがな、それも時と場合を選べ。犯人がわかってるならとっとと言えばいいだろうが」

ぼくは小さく頭を掻く。本当、あのときの先生のお説教は耳が痛かった。犯人を知っているにもかかわらず、黙して語らないぼくに先生が言った言葉。やれることは全部やれ。そうしてから悲しめ。本当に、耳が痛い。

「でも」ぼくは弁解した。「遅かれ早かれ、先生が全部謎を解いて犯人を追い詰めることも、ぼくは『未来視』でわかっていましたし」

「だから」先生は煙草に火をつけて言った。「それがお前の怠慢だって言ってんだ。いや、それとも単純に頭が回ってないだけか？」

「……？　なんのことですか？」

「おいおい、しっかりしろよ」先生は嘆息する。「考えてもみろ。お前は俺がクロウリーを追い詰めたって言うけどな。ク、ロ、ウ、リ、ー、を追い詰められるやつが、本当にこの世にいると思ってんのか？」

「え？」

「だから、クロウリーと対等に渡り合えるやつが、本当に世界にいると思ってんのか、って言ってんだよ。……その気になれば、やつはありとあらゆる登場人物になりすまし、無差別に犯行を繰り返して、挙句に姿をくらますことだってできたんだ。そんなやつと謎解きなんて土俵でまともに戦えるはずがないだろ」

「でも、実際に先生はクロウリーを追い詰めたじゃないですか」

「それはやつが良識的なルールに則(のっと)っていたからさ。何でもありにしてしまえばゲームは当然破綻する。ゲームはルールを守ってこそ楽しめるものだ。俺と同じく——いや、俺以上に、やつもゲームを楽しんでいたんだよ」

「…………」

「やつが本気を出したら、それこそ今回の出来事は事件にもなりやしない。事件が起きたことにすら誰も気づかず事態だけが進行する。ただの怪奇現象(ホラー)になってしまう」

ぼくはしばし絶句した。反論できなかったからだ。

「……じゃあ、今回の事件は一体何だったんですか？　先生も含めてぼくたち全員、クロウリーの手のひらの上で踊らされてただけってことですか？」

「はっ、ところがそうでもない。それが実におもしろいところだ」先生はまっすぐぼくを見据えて言った。「なぜなら、お前がいたからな」

「ぼくが？」

「そう、お前だよ周。今回の事件でクロウリーが犯した最大の誤算は、屋上の『結界』に足を踏み入れたことなんかじゃなく、お前の存在そのものだったと言っても過言じゃない。言っただろう、起こってもいない事件を解決するには『未来視』が必要だと。事件にすらならないはずの事件を解決してしまう魔術。それがお前の『未来視』だ。お前という切り札があったからこそ、俺も遠慮なくやつを追い詰めることができた。お前がいなけりゃあ事件は解決しなかった——いや、そもそも事件にすらならなかったかもしれないんだ」

「………」

ぼくは予想以上の事態の深さに、少し呆気に取られてしまった。ここまで深い思惑の根が張り巡らされているなんて予想もしていなかったのである。

「ふふ、これこそが必然ってやつだな。今ならはっきりとわかる。お前は犯人(クロウリー)を止める唯一の解決法(カギ)を持った人間だ。つまり、お前がいないと今回の物語は成り立たなかったわけだ。ふん、これ以上の必然はないだろう？」

必然。

それは、この物語(ゲーム)が、推理小説(ミステリ)として成立するための絶対条件——。

「……よしてくださいよ。そんな、ぼくが話の主役だみたいな言い方。この事件の主役は先生のほうでしょう？」

「ふん、俺はそんな小さな役柄に収まる気はないね。もういい加減気づいてんだろう？」

「何にです？」

とぼけると、無言で睨まれたので、ぼくは観念した。

「……冗談です、気づいてますよ。先生の『佐杏冴奈』って名前、偽名なんでしょう」

ぼくがそれに気づけたのはクロウリーのアナグラムを先生が暴いたとき、クロウリーがこう言ったからだ。——あなたにとやかく言われる覚えはありませんよ、と。

それでピンときた。先生の『佐杏冴奈』という名前を、クロウリーのと同じ要領で全部『音』読みに直すと、「サ」「アン」「コ」「ナ」。それを並べ替えてやると——

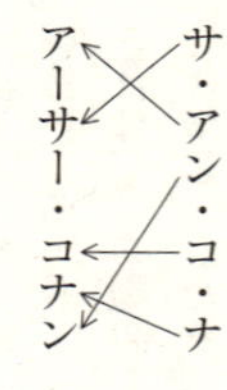

——となる。

『アーサー・コナン』とは、すなわち名探偵(シャーロック)や犯罪王(モリアーティ)を生み出した作家コナン・ドイルの本名だ。

作者という、主役でも敵役でもなくそれらを思うがままに操る——言うなれば神にも等しい役柄。それが先生のいるポジション。そもそもはじめから物語に参加していないのだ。事態のすべてをはるか雲の上から見下ろして楽しむ、まさしく超越者。

「だから今回、俺がやったことはっていうと、実は大したことはしてないんだよな。ただ、どんな登場人物にもなりすませる完全犯罪者と、事件が起きる前に解決させてしまう超越探偵の勝負っていう普通なら破綻してるはずの物語を、推理小説仕立てに演出してやっただけなんだからな」

「…………」

だんだんぼくは混乱してきた。

あらゆる人間になりすまして完全犯罪すら可能とするクロウリー三世。

どんな事件も起こる前に解決させてしまうぼく——天乃原周。

そして、それら登場人物を思うがままに操り、好き勝手な物語を演出してみせる先生。

信じられないことに先生はクロウリーに敵(かな)わないという。しかし、そのクロウリーはこのぼくに敵わないという。だが、そのぼくも先生には敵うはずがないのだ。

では。

——結局、今回のゲームの勝者は誰だったというのか？

「ま、俺に言わせりゃ、それは当然お前だろうがな」

「ぼく、ですか？」指を差され、ぼくは戸惑った。「あの、どうしてそうなるんです？」

「当然だろ。今回の事件で用いられた欺計は全部で七つ。そのうちの六つがすでに暴かれていて、残る欺計を握っているのはお前だけだ。だから、最後まで偽計のバレなかったお前がゲームの勝者ってことになるんじゃないか？」

「…………」

整理してみる。

今回の殺人ゲームに用いられた欺計は、僭越ながら、ぼくが魔術を使えることを隠していたことを含めても――

1. クロウリー三世の屋上密室トリック。
2. クロウリー三世の薬歌理事長への変装トリック。
3. クロウリー三世の凜々子ちゃんへの変装トリック。
4. クロウリー三世のアナグラム。
5. 佐杏先生のアナグラム。
6. ぼくの魔術隠蔽。

――の六つである。

ぼくが関与している欺計はすでに暴かれているはずだ。

「あの、それに七つも欺計なんてありませんけど」ぼくはとぼけているわけでなく、本気で先生に訊いた。「何ですか？　七番目の欺計って。しかもそれをぼくが握ってるってどういうことです？」

「あのな、だから……」

先生が言いかけたときである。

「あ。おい、周」

手鞠坂がやってきてぼくに話しかけてきた。

「なに？」

今忙しいんだけど、とぼく。しかし悪友は一向に気にした様子はなく、

「実は来週の日曜に医学部の女の子と合コンすることになったんだけど、向こうの人数が一人足りないって言うんだよ。だからさ、お前出てくれ」

「……ええ」ぼくは露骨に渋ってみせた。どうせロクでもないことになるのは目に見えている。

「ぼくじゃなくたって誰かいるでしょ。他を当たってよ」

「みんな都合ワリーって言うんだよ。なあ頼むって」

「……まったく、仕方ないなあ」食い下がられて、ぼくはため息をついた。まあ最近忙しくて手鞠坂を構ってあげる時間もなかったし、久しぶりに付き合ってもいいか。「はいはい、わかった。参加してあげるよ。場が和むジョークの一つも考えておこう」

「よっしゃ、やっぱり持つべきものは高校以来の友だな。……けど、ジョークはいいぞ。お前そーゆーのって大抵外すんだから」

最後にしっかり言い捨てて、手鞠坂は去っていった。

「……あ、すみません」ぼくは先生に向き直る。「えと、なんの話でしたっけ？」

「だから七番目の欺計の話だよ。といっても、お前が今まさに明かしただろ」

「え？」

「もしもだ」先生は煙草に火をつけ、「もしも今回の事件を、お前の目から見ていたやつが――そんなやつがいるとしたらの話だが――いたとしたらだ、みんな誤解したんじゃないのか」

「何をです？」

「お前のことをだよ。たしかにお前は髪長いし、胸もあるし、腰だってくびれてるし、おまけにスカートはいてる。けど、『ぼく』なんて一人称を使ってたら絶対に誤解するだろう」

「はあ。……でも、見てわかりません？」

「だから、見られないやつがいたとしたらだよ。お前の姿形を視認できないやつがいたとしたらだ」

「……先生、誰のこと言ってるんですか」

「まあ、見破るタネはいくつもあったけどな。まずそう、お前が最初に自分のことを『ぼく』と呼んだときは誰もが不審な顔をしてただろう。けど、大学ってところはどいつもこいつも個性的で変わり者ぞろいだ。ちっとやそっとじゃ誰も動じない。初対面でもあったしな、誰もお前に面と向かって問いただしたりはしなかったわけだ。他にも、俺が電車で声をかけたときお前は妙な顔をしていたが、あれはどうせ痴漢だとでも考えてたんじゃないのか？　あとは酒匂が手鞠坂のことを、彼氏かどうか、なんて訊いてもいたな」

「はあ」

「ただ、決定的に誤解させるに至ったのは、やっぱりお前と午沼とのやりとりが原因だろうな。三嘉村がお前に気があるとかないとかいうあれのせいで騙されたやつは多いはずだ。午沼いわく、三嘉村は誰にでもなびくような状態だった。そんなときにお前と知り合って、三嘉村はお前に対してどうやらただの友達以上の好意を感じているらしい——と、午沼は考えたわけだ。まあ、それだけなら特に何の問題もないだろうさ。けど、お前は自分のことを『ぼく』とかいう男性一人称で呼称するような変わり者だ。その一人称通り、ことそっち方面に関しても男性的嗜好がないとは限らない。だから、その複雑な関係が三嘉村を傷つけるような結果になるんじゃないかと心配して、午沼は要らんお節介を焼いたんだろう」

「…………」

ぼくが自分のことを『ぼく』と呼ぶのは別に他意があるわけではない。母が強盗に撃たれて長期入院を余儀なくされた時期、必然的にぼくは父との二人暮らしで、何をするにも父と一緒の生活だった。そのときに彼が使う『僕』という一人称が、幼いぼくに染み付いてしまったのである。そういえば、母が無事退院したときにもずいぶんと驚かれたものだった。

「はあ？　おい、ちょっと待て」先生が眉根を寄せる。「お前、病院で三嘉村と——いや、三嘉村に化けたクロウリーと話してたとき、母親は死んだって言ってなかったか？」

「え？　そんなこと一言も言ってませんけど」ぼくは首を振った。「ぼくはただ子供の頃に母親が強盗に撃たれたって言っただけで」

「じゃあ片親で育ったってのはどういう意味だ？」

「……先生、どこかから見てたんですか？　ぼくの本当の父は、ぼくが生まれてすぐに亡くなってるんですよ。今の父は母の再婚相手なんです」

「……ったく、そういうことかよ」どっかりと椅子の背もたれに身を預け、心底美味しそうに煙草を吸いながら一言。「はん。ま、それでこそトリックスターの名にはふさわしい、か」

「…………」

トリックスター、か。

はたして今回の事件は、誰が、どこまで本気だったのだろう。

先生にしても、クロウリーにしても、結局その手のうちをほとんど明かしていない感がある。

〝魔術師とは数々の秘密をその頭脳に閉じ込めた究極の密室である〟なんてことを以前に考えたけれど、あるいは本当にその通りなのかもしれない。なぜなら今回の事件を通じて、先生は日本魔学史を引っ繰り返す衝撃的真実をその頭脳に閉じ込め、その密室にまた一つ謎を増やしてしまったのだから。そして、それは犯人であるクロウリーも同じだ。こうして数々の秘密を頭脳に閉じ込めながら、世界を転がし、運命すら弄ぶ存在が魔術師（トリックスター）なのだとすれば。

今回ぼくは、その第一歩を踏み出してしまったということなのだろうか——。

「あ」

ふと気づいて声を上げた。暴かれていない七番目の欺計はぼくが握っていると言ったけれど、先生の欺計だってまだ完全に暴かれていないないではないか。

（先生、本当はなんて名前なんだ？）

こちらの思考を読んだように、先生は片目をつぶって、ふふん、と鼻を鳴らした。

ぼくは解答を訊いてみようとして、やめておいた。返ってくる答えはわかり切っていたからだ。

「自分で考えろ」

と。

（まったく、どっちが詐欺師（トリックスター）なんだか……）

まあ当然といえば当然か。ゲームと名の付くことで、この人があっさり他人に勝利を譲るわけがない。

やれやれ。

手持ち無沙汰（ぶさた）になったぼくは、とりあえず一週間後の手鞠坂の合コンとやらに意識を巡らせた。いっそどんなことになるのか『未来視』してやるのもいいかもしれない。あらかじめ予習しておけば覚悟もできるというものだ。

これまでのぼくなら決して使おうとしなかった魔術。けれど、もう大丈夫。ぼくはもう、ぼくの解答（こたえ）を手に入れている。

ゆっくりと目を閉じ、聴こえてくる音楽（みらい）に耳を澄ませる。

それは――

★

――今週の講義は以上で終了。

来週の予習（プレ）講義を〝未来視（よしゅう）〟した後、『トリックスターズ』〈了〉――

あとがき

デビュー作にはその作家のすべてが詰まっている、というフレーズがあります。本当だろうか、とこれまで懐疑的でした。ですが今回、自身のデビュー作に再び向き合う機会を得て、それは間違っていないかもと思い直しました。たしかにそこには、自分の好きなものが徹底的に詰め込まれていたからです。この作品こそが自分の原点である。改めて強くそう感じました。

本作は、電撃文庫で刊行された久住四季（くずみしき）のデビュー作を改稿した新装版になります。上梓（じょうし）するに当たっては、本当に多くの方にお力添えをいただきました。担当編集氏をはじめとするすべての方々にお礼申し上げます。

そしてもちろん誰よりも、この本をお手に取られている親愛なる読者の皆様に、心からの感謝を捧げます。よろしければ、ぜひ次回作『トリックスターズL』にもお付き合いください。

——それではどうか、また扉（ページ）の向こうの密室（ものがたり）の中でお目にかかれますように。

二〇一五年十一月
久住四季（くずみしき）

久住四季　著作リスト

トリックスターズ（メディアワークス文庫）
トリックスターズＬ（同）

〈初出〉
電撃文庫『トリックスターズ』(2005年6月)
メディアワークス文庫収録にあたり、加筆・訂正しています。

◇◇メディアワークス文庫

トリックスターズ

久住四季

発行　2016年1月23日　初版発行

発行者　塚田正晃
発行所　株式会社**KADOKAWA**
〒102-8177　東京都千代田区富士見2-13-3
プロデュース　**アスキー・メディアワークス**
〒102-8584　東京都千代田区富士見1-8-19
電話03-5216-8399（編集）
電話03-3238-1854（営業）
装丁者　渡辺宏一（有限会社ニイナナニイゴオ）
印刷　株式会社暁印刷
製本　株式会社ビルディング・ブックセンター

ISBN978-4-04-865672-6 C0193

メディアワークス文庫　http://mwbunko.com/
株式会社KADOKAWA　http://www.kadokawa.co.jp/

本書に対するご意見、ご感想をお寄せください。

あて先
〒102-8584　東京都千代田区富士見1-8-19　アスキー・メディアワークス
メディアワークス文庫編集部
「久住四季先生」係

探偵事務所ANSWER ～アンサーさんと都市伝説～
折口良乃

女子大生の響子が依頼に訪れたのは、「異常・怪奇・不可解請け負いマス」と謳う探偵事務所。奇妙な依頼しか引き受けない傲岸不遜な所長・明石屋は「お前は当たりだ」と言い、響子の依頼を引き受けることに。その理由とは……。

お-6-2
332

探偵事務所ANSWER ～アンサーさんとさとるくん～
折口良乃

都市伝説を始めとした怪奇事件しか取り扱わない「探偵事務所ANSWER」に奇妙な来訪者が!?「この事務所を賭けて勝負しませんか?」と生意気な発言をする少年、それは霊能探偵アンサーさんの弟で!?

お-6-3
410

初恋ロスタイム
仁科裕貴

僕の青春は、人より少しだけ長い。ある日、僕以外の時間が止まったのだ。午後1時35分、毎日決まった時刻に訪れる1時間のロスタイムで、僕は僕と同じ景色を見る彼女に恋をする。でも、この現象には僕だけが気付けない理由があって……。

に-3-4
411

人生はアイスクリーム
石黒敦久

妻と娘を喪ったことで、いつも自殺のことばかり考えている宗太。ある日、姉の幼い娘ジルと出会い、彼女の驚くべき秘密を知ることで、彼の生活は変わっていく――。人生は、かけがえのない希望で満ちあふれている。

い-9-1
412

殺戮ゲームの館〈上〉
土橋真二郎

出会いや遊びを目的とした大学のオカルトサークルに所属する福永は、ネットで調べたという自殺サイトからある廃墟にたどり着いた。そして目が覚めた時、サークルの11名が密室に閉じ込められ、殺戮のゲームが始まりを告げる――。

と-1-1
023

◇◇メディアワークス文庫

殺戮ゲームの館〈下〉
土橋真二郎

一方的に提示される不可解な〝ルール〟と、一人、また一人と殺されていく悪夢のような現実。やがて福永たちの前に〝警告者〟が現れ、メンバーの中に〝殺人犯〟がいることを告げるが……!? 疑心渦巻く密室サスペンス、下巻。

と-1-2
024

生贄のジレンマ〈上〉
土橋真二郎

「今から3時間後にあなたたちは全員死にます。ただし生き残る方法もあります、それは――」。卒業を間近に控えた生徒たちに課せられた、冷酷な《ゲーム》。『殺戮ゲームの館』の土橋真二郎が、ジレンマの本質を世に問う問題作!

と-1-3
052

生贄のジレンマ〈中〉
土橋真二郎

クラス投票で犠牲者を選出するか、自ら望んで生贄になるか――残酷な選択を前に生徒たちが思考を停止させる中、篠原純一は事件の真相を知るために動き出す。だがそれは、クラスからの〝孤立〟を意味するもので……。

と-1-4
055

生贄のジレンマ〈下〉
土橋真二郎

過酷な状況に置かれながらも、生徒たちはルールの存在によって精神状態をなんとか繋ぎ止めていた。だがそれは生徒たち自らの〝裏切り〟によってあっけなく崩れ落ち……。そして始まる最後のゲーム。戦慄のジレンマゲーム完結編!

と-1-5
064

演じられたタイムトラベル
土橋真二郎

制作の頓挫したゲームアプリの開発者たちが一同に集められ、ゲームのプレイヤーを〝演じる〟ことを命じられる。矛盾を起こせば死――記憶だけを頼りに抜け落ちた時間のイベントを補完する、決死の舞台が幕を開ける。

と-1-6
169